Vagas notícias de Melinha Marchiotti

*João
Silvério
Trevisan*

Vagas notícias de Melinha Marchiotti

2ª edição

EDITORA RECORD
RIO DE JANEIRO • SÃO PAULO

2022

No princípio, não havia luz sobre a face do abismo. Ao contrário do que se acredita, não existia nem mesmo escuridão, já que o gérmen da luz supõe o seu contrário. Havia antes ausência, manifesta numa difusa impressão de letargia, insignificância, desalento. No começo, o criador tinha diante de si a perfeita inexatidão das formas. E não sabia se mover dentro da perplexidade, essa mesma que circundava seus abismos.

Sem conseguir se acostumar com a perenidade recém-descoberta, o criador inquietou-se e teve uma primeira eructação. Nascia então uma coisa. O criador apreendeu-a, sem nada compreender, e chamou-a palavra. Girou-a, rompeu-a, rejuntou-a. Ficou pasmo ante a inutilidade de sua criação. Ainda assim, imprimiu forma e movimento a cada consoante. Inventou as cores das vogais: A preto, E branco, I vermelho, O azul, U verde. Depois, sempre sem entender, tentou dar sentidos diversos à palavra, de modo a criar até incongruências. Mas a palavra resistiu ao desejo do criador. Manteve-se fiel a si mesma. (...) O criador dedicou-se ao exercício morfológico e sofreu várias metamorfoses que se revelaram de certo modo úteis à sua divindade. Depois, por puro tédio, enviou a palavra para anunciar o que viu nos abismos. O que preexistia atualizava-se agora através dela. Mas perdurava no ar a incômoda certeza de que o sentido do verbo só seria apreendido muito mais tarde.

Mal conformado ante o enigma, o criador perguntou-se quem seria digno de abrir o livro e romper os selos. Só uns poucos, pensou. Justamente aqueles que, utilizando minha espada, abrirem o próprio ventre, para decifrar seus intestinos. Desse modo é que prosseguirão as metamorfoses da palavra. (...) O criador cochilou. Saudoso das visões, submergiu em si mesmo, como fizera sempre, por puro lazer de divindade. Só tarde demais percebeu que, tendo anteriormente instaurado o lado de fora, seu mergulho tornara-se para dentro, de modo que acabava de estourar as fronteiras com o mundo. Pensando simplesmente submergir, despencara. Abriu-se então para ele um abismo de formas enigmáticas que ia encontrando no lado interior. Sem já conseguir detectar os traços de sua origem e reconhecer seu hábitat, o criador sentiu-se desmesuradamente confuso e começou a misturar lembranças de fora com impressões de dentro. Viveu então uma experiência dolorosa: a de perder sua identidade, extraviado por entre um sem-número de espelhos e reflexos fátuos. Piloto de um barco na tempestade, penetrou o que eram agora seus abismos, mal desviando-se de temíveis demônios. Diante dele apareceram perfis esmaecidos. Disformes. Antigos. Julgou ver sinais de um certo Ulisses. Um gesto selvagem do Minotauro. Restos de uma folhagem carnívora. Brilhos indescritíveis de um cristal microscópico ou galáxia. Atravessou em direção à última semente do ser, que nunca chegava. E temeu não encontrar jamais a saída, perder-se para sempre, para sempre encalhar no imobilismo do feto, porque sendo tudo — enquanto criador — era também a generalidade da sombra, gelatinosa aniquilação. Agarrou-se como pôde a um escolho do ser exterior e milagrosamente emergiu do pesadelo. Olhou ao redor: o mundo brilhava de jeito novo, oferecia-se mais transparente. O criador sentiu-se extenuado como um viajante que regressa de riquíssima e perigosa expedição. Percebeu que tinha mergulhado de regresso ao impossível, que atravessara a morte, que correra o risco de desvendar mais do que poderia, que estivera à beira de romper a alma e tornar-se cacos de criador. No espelho de suas águas, tinha compreendido que a pretensão em desvendar o Desconhecido do mundo conduzia ao Medonho de si mesmo. E temeu. (...) Deprimido ante as revelações de sua autofágica onipotência, o criador lembrou de uma frase pesada que ouvira no decorrer da ausência de séculos: quem tem bunda-de-chumbo não pode voar. Para se consolar, experimentou as alturas. Julgou-se digno do que viu. (...) No final dessa eternidade, o criador sentou-se debaixo de um cândido arco-íris e por um instante bocejou. Era a nostalgia do descanso. Ah, pensou, seria bom desvendar todos os fantasmas de uma vez e viver pacificamente o destino de um deus bem mais modesto. Mas como seu espaço era o das incongruências, o criador foi sacudido por contundente certeza, como se segue: estava condenado, movimento após movimento, a continuar tirando mundos e criaturas de dentro de si. Metamorfoseando para sentir-se vivo. Ou pior, criando formas exteriores com seus demônios internos, para não enlouquecer na viagem. Era irremediavelmente o Múltiplo. Ao intuir essa maldição, o criador arregalou seu único olho e enfureceu-se tanto que chegou a lançar jatos de vômito sobre a luz. Quando voltou a si, umas eternidades depois, notou certa muralha onde alguma de suas criaturas pichara um grafite. Deu foco no olho rebelde e leu: NÃO VOMITE, GOZE. Foi então que o criador teve a ideia de gozar pela primeira vez. E acabou achando sagrada a desordem do seu espírito. De modo que o mundo viveu, para todo o sempre, num misto de tragédia com irreverência.

(Do romance homônimo
VAGAS NOTÍCIAS DE MELINHA MARCHIOTTI)

LIVRO PRIMEIRO

NOTAS ESPARSAS DO ESCRITOR

Pois bem, é tão marcante o gosto de Melinha Marchiotti pelo hedonismo que ela transmite a impressão de já ter nascido assim: uma diva amante das virtudes da decadência. Surpreendentemente, foi também uma atriz medíocre e até mesmo dona de uma beleza pouco acima da média. Mas que mulher sagaz, que aluvião de charme! Como perfeita decadista que era, Melinha conhecia os mais requintados segredos da elegância. Através deles, não apenas agradava: exercia fascínio. Quando subia ao palco, na pele de Margarida Gautier, por exemplo, com um único gesto de mão levava seu público ao delírio. Mesmo porque colocava tanta roupa em cima da prostituta tísica que mal se notava sua falta de talento. Após as estreias, a primeira página dos jornais impreterivelmente estampava em letras garrafais a glória da Divina Duse Brasileira. "A PREDESTINADA ATRIZ ATINGIU O SUBLIME." "PRESENTE A NATA DE NOSSA SOCIEDADE. NEM UM SÓ LUGAR VAZIO NO TEATRO." "GANHANDO APLAUSOS E OVAÇÕES ESPONTÂNEAS, A SENHORITA MELINHA FOI CHAMADA INÚMERAS VEZES DE VOLTA À CENA, ONDE RECEBEU MUITAS JOIAS, OBJETOS DE VALOR E *CORBEILLES* DE FLORES."

La Marchiotti, imperatriz da Bela Época brasileira.

Ou meretriz?

*

Pra quem quiser saber: ando passando um mau pedaço. Sem grana, emprego, nem oportunidade. Um enorme talento desperdiçado. Meu país não sabe o que perde. Ai, idos saudosos de Melinha Marchiotti.

*

Releio o que escrevi e fico surpreso. Parece que não perdi o senso de humor. Seria por excesso de talento?

*

Duvido absolutamente do que escrevi ontem. O imperativo categórico volta com força. Acontece que, além desta vida, quero muito pouco: ainda mais vida. Se não estou conseguindo, é que minhas chances passaram e não me sobram alternativas.

*

Pesquiso um método mais radical para abdicar desta morte lenta. Como os futuristas, prefiro a pressa, cultivo a impaciência. Talvez pum-pum no lugar indicado. E pronto. Será bem mais definitivo que um peido.

*

Diante da dor, os trágicos incorrigíveis costumam defender-se com o sarcasmo.

*

Gostaria que Melinha chegasse a ser amante de um vice-presidente estadual. Ela comparece ao palácio do governo num ford bigode com chofer. Ao descer, brilham tanto suas pérolas quanto seus dentes, no sorriso iluminado de estrela(s). Pelo menos é o que diriam os boatos da época.

*

Argh. Tenho um ódio. Ou sobrecarga de algo complicado demais para ser evitado. Queimei o dedo fazendo arroz e bati com a panela na pia, até amassar. Depois joguei os destroços no lixo, ódio integral.

*

De repente escrevi um poema sobre o suicídio. Saiu péssimo. Que desconsolo.

*

Fui ver um emprego que um amigo me indicou: porteiro bilíngue de um departamento do governo. Tem que ser inteligente. Sou inteligente. Mas isso não conta no ordenado, que é mixaria. Logo mais vou ter que escrever em papel higiênico a melhor literatura do país.

São Paulo, 3 de outubro de 1977.

Querido Darcy,

Quem lhe escreve é João Silvério Trevisan. Winston Leyland me sugeriu falar com você. E eu passo a lhe explicar os motivos. Já tenho pronto um segundo livro e um terceiro em fase de elaboração. O segundo é um romance de aventuras para adolescentes e está sofrendo alguns problemas com o editor, que exige modificações e teme a censura de Brasília. De modo que não sei quando o livro sairá. Como eu tinha planejado pedir um adiantamento à editora, isso me deixou em dificuldade financeira para escrever o livro seguinte, um romance cujos trabalhos já estão iniciados. Trata-se de um projeto baseado na história de uma tia minha que se encontra há quase vinte anos enfiada num hospício. Ninguém sabe exatamente os motivos. O silêncio que minha família mantém em torno desse fato aguçou minha curiosidade a respeito das circunstâncias que tornaram essa tia uma espécie de ovelha negra a ser, digamos, punida com o hospício. Isso me fascinou. De algum modo eu me considero herdeiro de sua loucura. Nós dois certamente pertencemos ao mesmo povo amaldiçoado. E "amaldiçoado" significa aqui alguém que busca ser fiel a si mesmo/a, recusando prescrições em massa. Tenho certeza que essa tia sofreu uma condenação dirigida a mim também. E talvez seu sofrimento antecipado tenha me ajudado a viver minha rebelião de um modo menos doloroso. Um dia resolvi visitar essa mulher que se encontra internada num hospício de uma cidade do interior. Lá passei três dias de sofrimento — desde o mero reencontro com ela até o contato com a instituição psiquiátrica, que me pareceu protegida por uma fortaleza medieval. Minha tia, apenas surda quando a visitei em 1962, agora mal conseguia formular frases com sentido. Estava completamente desestruturada, como se lhe tivessem inoculado o vírus da confusão, tornando-a parte da própria instituição loucura. Eu estava diante de um processo semelhante a uma vampirização de almas. E já que nossas histórias pareciam manifestar uma certa continuidade, ali mesmo decidi começar a escrever uma espécie de "Diário em busca da loucura de minha tia". Enfiado num hotelzinho da cidade, escrevi com sofreguidão um calhamaço inteiro, contando e analisando os fatos desse nosso encontro. Sem que eu tivesse programado, meu romance começava a nascer. Eu o chamei então "Escassas notícias de Melinha Marchiotti".

NOTAS ESPARSAS DO ESCRITOR

Acho que tendo a ser rigoroso demais com La Marchiotti. Afinal, trata-se de uma quase imigrante, filha de um casal de cantores que, vindos ao Brasil para a grande temporada artística de 1877-1878, acabaram aqui ficando. É lícito supor que, antes de se tornar glória nacional, Melinha tenha dedicado enorme esforço à carreira dramática, pois queria-a brilhante. Aliás, por mais provinciano que fosse o Brasil do começo do século XX, ter uma nação inteira a seus pés requer um mínimo de talento por parte do ídolo. Façamos justiça à nossa M.M.

*

Melinha raramente amou os homens. Tal frieza seria consequência de um grande amor que faliu, logo no começo da carreira, quando ainda se tratava de Melinha corista. Um sujeito belíssimo visitou-a no camarim do Teatro São José. Tão sedutor quanto sombrio, o cavalheiro. Tornaram-se amantes. Mas o sujeito só fazia amor na mais perfeita escuridão e não se deixava tocar. Um dia Melinha descobriu: ele tinha o sexo florido de verrugas. Melinha ficou estarrecida. Sonhou dias a fio com a visão horrenda daquelas protuberâncias multiplicando-se até cobrirem o corpo todo do amado. Preferiu não vê-lo mais.

*

A partir de seu frustrado amor de falo florido, Melinha passou a torturar os eventuais parceiros de leito, que eram tantos. Como sentia nojo do membro masculino, recusa-se a ser penetrada. Pedia que os amantes se masturbassem, enquanto os olhava através de um espelho, masturbando-se ela também. As pernas ora se abriam arreganhadas sobre a penteadeira, ora encolhiam-se com recato na cama, engolindo dedos. Melinha devorava homens.

*

Acrescente-se que estou morto de tesão. Como uma febre clandestina. Depois que vi Reginaldo Faria pelado no filme, tenho tantos espasmos libidinosos que talvez acabe solitariamente tuberculoso, careca e sifilítico. Meu namoro com Valéria é uma tragédia que, de tão mal encenada, virou farsa. Marcado pelo signo de Sodoma, Romeuzinho julga amar Julieta, mas seus olhos procuram sinais de ternura em Teobaldo, adversário apenas aparente.

*

Melinha apreciava peles, perfumes e poder. Quase corrompia-se no luxo demasiado. Gastava horas diante do espelho. Nas praças, provocava calafrios com seu olhar de pantera. Portava joias diferentes a cada dia. Pérolas no pescoço. Diamantes nos dedos. No tornozelo esquerdo, turquesas. Desfilava com finíssimos sapatos. Colecionava perucas. E echarpes de seda pura. Melinha dominou mais de uma geração, feito rainha. Bem-amada, La Marchiotti.

*

Bobagem.

*

Melinha apodrecia por entre peles e perfumes preciosos. A pobre chafurdava no luxo exagerado. Gastava-se durante horas frente ao espelho. Nas praças, admirava com calafrios os passantes mais perversos. Cobiçava caras joias em diferentes lojas. Pérolas para o pescoço. Dedos de diamante. Nem esquecia seus preciosos tornozelos de turca. Destruía coleções de sapatos. Perambulando de peruca. E enchia-se de ser puta. Melinha foi dominada por uma geração inteira de cafetões. La pobre Marchiotti.

*

16

À tarde, tive um desejo quase voluptuoso de me matar. Escorpião que se destrói, quando cercado pelo fogo. Com sofreguidão. E amor por si mesmo.

*

Conversa com Fulano. Falei duas horas sem parar. Eu estava furioso com a falta de grana, ausência de amor. Preciso mudar. Pelo menos de cidade.

*

Mudar? Só mesmo fazendo plástica. Na alma.

NOSSA SENHORA DAS LOUCAS

Ao final de um longo *travelling* pelo jardim escuro, o casarão surgiu do meio das árvores. Quase suspenso na luz, eu diria: como se a luz lhe desse realidade por dentro. Enquanto subia lentamente as escadas, pensei que Melinha Marchiotti poderia ter habitado ali. Meus pés pareciam bater no oco do mundo, e foi como um sintoma que experimentei a constante ameaça de afundar, mais tarde desejada e não cumprida. À medida que eu e o caseiro penetrávamos os cômodos, novas manchas de luz nos precediam, pontilhando aquele espaço vago (mas grávido) e dando forma contundente aos objetos que eu supunha terem pertencido a um Nosferatu, sombras que se prolongavam e imergiam outra vez na escuridão. Atravessamos um salão rangente. Toc-toc no oco habitado por miados inaudíveis mas também por ratos que certamente devoravam pilastras e prometiam vinganças: compulsivos risinhos de ratos que roem por amor à profissão. Descemos uma escada quase no escuro. O empregado voltou seu rosto para o meu. Eu quis lhe perguntar pelo candelabro de prata mas ele apenas indicou a porta, como quem se esforça para não errar o texto. Eu estava na defesa, entretanto.

A porta se abriu para revelar lustres de cristal, espelhos, tons diversos de brilho. A luz jorrava generosa por todos os cantos, enquanto uma fugidia cantata alemã vazava de não sei onde. Ainda um pouco estonteado, ouvi uma voz masculina, antes mesmo de perceber que provinha daquela figura ambígua, envolta num roupão japonês entreaberto até deixar à mostra uma coxa rija e sem pelos:

— Ontem o Delfim me disse que a questão do petróleo está no limite da catástrofe.

Quase me ignorando, a figura fez uma parada teatral, um verdadeiro *staccato*. Jogou displicentemente a mão esquerda para o lado e, ali em meio às almofadas de tons frios, emendou:

— Quero que o petróleo se foda, respondi pra ele.

Aproximei-me — tropeçando na indecisão — até um tímido primeiro plano. Martim Malibram era inacreditavelmente mais velho do que sua imagem veiculada pela TV.

— Então você é amigo da Paulete? Sente por aí.

Dois gatos siameses aproximaram-se com pedantismo e me encararam como duas arrogantes divindades. Martim, perfeito mestre de cerimônias, introduziu:

— Estas são Lili e Luciana, as únicas fêmeas da casa. Lésbicas e incestuosas, naturalmente.

Parecia bêbado ou chapado. Uísque, fumo, pó? Senti que seus olhos me examinavam com insistência. Fiquei encabulado. Quem pode aguentar por tanto tempo o olho da câmera em detalhe?

— Então você é o artista quando jovem que está precisando de uma mãozinha? Paulete me contou que se trata de um romance. Acho romântico escrever um livro sem dinheiro. Mas me parece tão difícil inventar um romance inteiro! Imagine, escrever páginas e mais páginas desenvolvendo uma história. Mas uma coisa com classe, não é? Porque historinha de telenovela já não dá mais, pelo amor de Deus. Imagine onde chegamos: a partir de agora meu personagem vai usar um penteado mais suave, porque se apaixonou pela melhor amiga. Não é o cúmulo da falta de sensibilidade? Aquilo é uma louca disfarçada, isso sim. Juro que no último capítulo vou olhar para o espelho e dizer: Espelho meu, espelho meu, existe alguém mais viado do que eu?

Martim Malibram interpretou à perfeição uma crise de riso. No final, enxugou os olhos, estudadamente. Eu olhava com imperturbável cara de paspalho, desejoso de afundar no oco da casa.

— Mas, meu filho, você tá muito pouco à vontade, que é isso? Acho que não sou nenhum bicho, não é? Pelo menos me cuido... Quer um pisco? Adoro pisco chileno, mas não suporto o peruano. Se você preferir, tenho os dois. Pedro, serve mais pisco pra gente.

O criado veio nos servir. Marfim Malibram examinou-o como uma escavadeira, antes de voltar os olhos para mim, lascivamente:

— Se não quiser pisco, tem pica também. Da boa.

Dei um sorriso como quem agradece a gentileza. Desejava secretamente estar longe dali.

— Este aqui, continuou Martim Malibram gesticulando afetadamente em direção ao empregado, eu o tirei de um puteiro. Era um pé de chinelo.

Engoliu de uma só vez a dose de pisco.

— Agora é meu amante. Nas horas vagas.

Riu com ostentação de primeira atriz da companhia.

— Tem quase meio metro de vara. Não é mesmo, meu cafetão predileto? Vem cá pertinho, vem. Mostra pro menino.

Pedro não fez cerimônia. Com muita classe, abriu sua caixa de surpresas e deixou saltar certa entumescência dadivosa. Engasguei de susto, sem poder acreditar nos meus olhos. Martim soltou um grito operístico.

— Guarde essa jiboia, pelo amor de Deus. Eu estava só brincando.

Sem poder me conter, ri pela primeira vez. Mas o constrangimento me fez engasgar de novo.

— Você não respeita mais as visitas, Pedro? Espere ao menos o menino se aclimatar, não é? Seu guloso!

Cumprindo sua parte, Pedro sorriu. Mas foi Martim quem desfez a marcação, quando desatou a rir fora do texto.

— Vai pra lá, seu depravado.

Abanou-se exageradamente, tentando conter o riso. Iríamos entrar agora num dramalhão ou continuar a paródia?

— Já chega de frescura.

Finda a paródia, portanto, Martim respirou fundo, fez cara de prima--dona séria e meteu o bico na minha ferida:

— Agora me conta do seu romance… Porque eu só ajudo artista que é revelação. Coisa fina mesmo!

Limpei a garganta, a fim de cantar minha genialidade. Falei de Melinha, sem muita convicção. Pincelei um pouco seu caráter. Introduzi parte de sua história. Mas não tive muito tempo. Martim me interrompeu.

Pôs-se a caminhar pela sala, gesticulando como se fosse a própria Melinha. Descreveu seus penteados. Compôs sua maquiagem, para o dia e para a noite. Vestiu-a de alto a baixo, explicando pormenores de seu guarda-roupa. Mas demorou-se nas joias:

— Melinha, a feiticeira, ama acima de tudo as joias, como todas as grandes pecadoras da história, de Messalina a Mata Hari. Usa joias especiais para cada dia da semana. Às segundas, sai com alguns poucos rubis, modesta, às segundas. Às terças, combina ouro e carbúnculo, para que o ouro brilhe de dia e o carbúnculo de noite. Às quartas, combina safiras, turquesas e águas-marinhas: é bela com seus delicados brincos de azul transparente. Às quintas, privilegia as pérolas; no lado esquerdo do peito, porta com elegância seu camafeu de pérolas rosadas e em forma de pera. Às sextas, cobre-se de prata, com exceção de um anel de granada cor de sangue, bom para espantar os demônios. Aos sábados, gosta de variar: ora combina rubis com opalas de fogo; ora esmeraldas com opalas leitosas; ou ametistas com topázios. E no domingo, que poderia Melinha usar senão ouro e brilhantes, da cabeça até os sapatos, cujas fivelas são delicados chuveiros iridescentes? Melinha conhece os poderes mágicos das pedras preciosas. Usa a cornalina para se apaziguar nos momentos de cólera. Quando sofre de insônia, dependura no pescoço um jacinto, que ajuda a adormecer. Depois de beber demais, põe nos dedos sua maior ametista, boa para combater os efeitos do álcool. Guarda cuidadosamente uma estranha pedra branca que é antídoto contra todos os venenos. Ah, essa mulher sabe ser diabolicamente fascinante. Na noite de estreia justamente da peça *Salomé*, Melinha consegue arrancar expressões de espanto e admiração incondicionais do público presente ao teatro. Enquanto a orquestra toca a "Habanera" da *Carmen*, Melinha entra em cena vestindo um audacioso maiô recamado de rubis, com luvas sem dedos recobertas de pérolas e um longo véu prateado, preso aos cabelos por uma delicada tiara de rosas encarnadas, frescas. Acontece que há uma extraordinária surpresa nessa entrada triunfal. O público pula das cadeiras quando, logo após Melinha, entram em cena duas enormes jiboias enfeitadas com cravos vermelhos em toda sua extensão, cada qual ostentando uma enorme esmeralda entre os olhos. Para dizer o mínimo, os espectadores parecem pipocas saltando ao som de Bizet. Algumas mulheres desmaiam. Há um princípio de tumulto. Melinha permanece quinze minutos impassível, em cena, aguardando que o público volte a si. É evidente que ninguém consegue mais fechar a boca durante toda a peça. No dia seguinte, quando os jornais alardeiam essas notícias, a cidade inteira fica com a boca escancarada. Ah, Melinha, Melinha. Essa mulher gloriosa na verdade reinava pelo espanto e pelo escândalo!

Martim Malibram parou, permanecendo com a cabeça ligeiramente abaixada, como se esperasse as ovações do público. Eu continuava boquiaberto. Também inesperadamente, ele entrou em nervosa movimentação outra vez, para declarar-se decepcionado porque eu ainda não tinha certeza quanto ao final do romance.

— Se você desconhece a protagonista até o ponto de ignorar sua morte, como poderá escrever um romance verdadeiramente convincente? Melinha deve morrer de um jeito fulminante, grandioso. Assim: a casa desaba sobre ela. Como em Sodoma, chamas e poeira. Mas ela não sofre. Pelo contrário, Melinha morre na glória, já que sempre quis ser enterrada em sua própria mansão. Até mandou construir para si uma tumba secreta no porão. Mas antes de morrer há um detalhe fundamental: Melinha amaldiçoa tudo, desejando que o mundo se acabe com ela. Ah, Melinha é má. Ou, antes, uma deliciosa puta feita de pura maldade. Uma bruxa, eis a verdade.

*

Já passava da meia-noite, na sala iluminada como dia. Martim estava deitada sobre as almofadas, a bunda nua e oferecida. Ao seu lado, uma garrafa de pisco vazia.

— Não tem conversa, não. Quero ser comido pelos dois. Afinal, a maricona aqui sou eu.

Eu estava frouxo como caravela em calmaria. Pedro afagava seu pau e me fazia muxoxos, insinuações obscenas. Aproximou-se e me beijou molhadamente na boca, à queima-roupa. Assustado com minha imediata ereção, recuei. Martim observava, de sua excêntrica posição de arqueólogo e libertino:

— Fazendo cu-doce por quê, meu bem?

Acho que balbuciei minhas razões: não costumava transar assim. Texto péssimo, ambíguo, reticente. Martim se apercebeu:

— O que você quer dizer com essa de não transar *assim*?

Balbuciei novas explicações inconsistentes: transar assim com homem, dois. Martim deu um salto, interpretando pessimamente uma mulher histérica:

— Mas você não é amigo do Paulo? Ora, amigo da Paulete pra mim é tudo bofe... Ou então viado. E se você for viado, pelo amor de Deus, finge que é homem, senão... Senão vamos ser duas irmãs!

Baixou o volume, adotou um tom melífluo e estendeu a língua para mim:

— Anda, deixa de frescura. Vem que eu quero experimentar esse teu sorvetão crocante.

*

Martim oscilava, tentando permanecer em pé. Ainda ostentava a bunda nua e exageradamente branca.

— Que história é essa de brochar na minha casa, Pedro? Não vai ajudar o menino a gozar? E eu, como é que fico? Aleijada?

Cambaleou até Pedro.

— Anda, mostra essa macheza toda. Já vi você dar até três em seguida. Ou estou mentindo?

Pedro olhava com meio sorriso, olhar de quem entornou o leite. Martim enfureceu-se:

— E essa agora. Será que vou precisar arranjar novo caseiro?

Obediente, ou ameaçado, Pedro me atacou, de início sem convicção. Martim passou a acompanhar cada um dos nossos gestos a vinte centímetros de nós, coisa que me deixava constrangido. Seus olhos de grande-angular gelavam, ao nos invadir. Mas Pedro mostrou-se mestre em carícias desconhecidas, de modo que senti a proximidade do abismo. Oscilei entre o medo de despencar e o fascínio em dar o salto. Pedro me empurrou. Empurrou e gritei, porque desconhecia a exata profundidade. Mas ao invés de cair eu estava subindo numa explosão. Surpreso, temeroso, alucinado. Lembro que por detrás dos olhos apertados de Martim havia ainda o som da indefectível cantata alemã.

*

Só saí de lá na manhã seguinte. Com um quadro debaixo do braço.

— De um pintor amazonense, explicou Martim. Em atenção a Paulete.

Apesar de se dizer mal-humorado, ele me passou o telefone de um *marchand*, afirmando que o quadro não valia menos de trinta mil cruzeiros.

— Para uma única noite, convenhamos que fui extremamente generoso. Por essa e outras é que me chamam de Nossa Senhora das Loucas.

Não se furtou a uma carícia atrevida, antes de se despedir:

— Pode voltar, quando estiver mais treinado...

Riu, deixando à mostra ramificações rugosas junto aos olhos.

— Não ligue, não. O veneno é por conta da ressaca: não se deve nunca misturar pisco com pica. Mas volte quando estiver disposto, meu anjo, ou se acabando de tesão. Você sabe como adoro sorvetões. E não acredite no Martim da novela, pelo amor de Deus... É uma falsa, uma enrustida.

Antes que eu atravessasse a sala da frente, conduzido pelo fiel Pedro, Martim ainda pôs a cara pra fora do quarto e gritou uma última recomendação:

— Dê lembranças àquela puta do começo do século. A Melinha... como é mesmo?

— Marchiotti, respondi sem conseguir desviar os olhos de Pedro, que à luz do dia estava me parecendo irrecusável.

O perspicaz Martim percebeu. De lá do fundo, sua voz cruzou a sala e sibilou direto no alvo:

— Não se entusiasme tanto, queridinha. Até onde eu saiba, o Pedro *ainda* trabalha para mim.

Desci em toc-toc todos aqueles degraus do sucesso. Contei trinta e nove. Carregando o quadro como um troféu, caminhei em direção ao portão através da alameda central do jardim. Olhei para trás, em câmera subjetiva. Pedro sumira. Havia uma casa em decadência, afastando-se num *travelling* muito romântico.

São Paulo, 14 de março de 1977.

Tenho a impressão de que começo a me aproximar do meu personagem. Estive hoje com tia B. Conversei sobre tia Helena (sua irmã), meus tios e a família. O romance parece tornar-se mais palpável. Tenho um vislumbre da realidade que está nascendo. Que estranha sensação a de utilizar todos esses seres da minha vida para torná-los personagens dos outros. Eu os irei refazendo, como se eles nascessem de novo.

Com esse primeiro encontro, acho que meu entusiasmo se tornou mais vívido. Soube que, ao tomar banho, tia Lena se esfregava até tirar sangue do corpo e escovava a dentadura com tamanha fúria que chegava a ferir os dedos. Retalhos da família: minha prima M. se atira sobre seu pai com um garfo nas mãos, xingando-o e querendo espetá-lo. Cruel decadência do macho. Tio J., o mais velho dos meus tios, comanda à vontade o espetáculo de patifaria, assessorado por uma mulher calculista. Muito sintomaticamente, a família toda parecia ser fanática por Adhemar de Barros.

Tia B. foi muito reticente quanto a fatos antigos e quase defensiva em relação aos atos de seus irmãos. Com certeza, obrigava-se a desculpá-los por serem parte da família. Mas já com as informações que possuo sou levado a pensar que tia Lena teria possivelmente catalisado a loucura de todos: como se representasse o demônio da família e devesse ser exorcizada. Com ela, teria ocorrido algo semelhante à ideia do abscesso de fixação a que Geraldo Ferraz alude: concentrou-se a doença num único espaço (sua pessoa) na intenção de extirpá-la de todos. Tia Helena teria sido crucificada pelos familiares, por ser a mais problemática, a mais vulnerável e, claro, a epilética dos Trevisan.

São Paulo, 11 de novembro de 1980.

A criação implica sempre um distanciamento da realidade tal como nos é apresentada. Eu diria que implica mesmo um repúdio a esse real. Em literatura criamos mundos esquizofrênicos, resultantes de nossas obsessões. Grandes brincadeiras são levadas a sério. Escrever é uma maneira peculiar de ser louco.

São Paulo, 2 de maio de 1981.

Eu e Emanoel almoçamos frango assado em sua casa. Depois, vamos quebrar o ossinho da sorte. Fecho os olhos e meu desejo é encontrar editor para o meu romance. Emanoel pensa. A seguir, ri e comenta quase consigo mesmo: "Não, esse desejo não vale. Eu ganharia sempre." Pensa então um outro desejo. Quebramos o ossinho. Ele ganha. E me revela: desejou que meu romance fosse um sucesso. Antes, tinha desejado que meu desejo desse certo — mas julgou ser desleal para com a sorte maquinar essa espécie de estratagema em que os dois sairíamos ganhando sempre. Fico comovido, abraço-o. Saboreio um raro momento de não me sentir irremediavelmente só.

VIAGEM AO REINO DE
SÃO LONGUINHO

Martim Malibram é com certeza o culpado por este capítulo. Definiu a sauna como um santuário onde as santas rezam em todas as posições. Depois, chamou-a sarcasticamente de antro do pecado. Um paradoxo que faz sentido: peca-se para se obter o perdão. E muitas vezes solicita-se perdão como consentimento para pecar. Assim, é frágil o limite entre o antro e o santuário, porque o remorso prenuncia o pecado seguinte.

Por andar sedento, não resisti às investidas infernais e fui matar meu desejo nada venial. É verdade: ia também à cata de perdão, uma espécie de reconciliação comigo mesmo. Sonhava com a harmonia. Num país utópico onde as espadas guerreassem com amor: o reino de São-Longuinho.

*

De início, o neófito fica nervoso com a surubada.

Se me perguntassem questões acadêmicas, responderia o pouco que sei: os homens sempre se divertiram entre si. Os romanos tinham especial predileção por saunas, segundo se diz, e chegam mesmo a passar por seus inventores, já que Augusto instaurou os banhos públicos e Adriano os reformou. Federico Fellini parece compartilhar dessa opinião. Na Idade Média, as saunas tornaram-se ascéticas, bergmanianas, com pais sonhando em vingar filhas violadas. Por fim, mas não por último, as saunas vieram parar em São Paulo, a Anônima, onde se tornaram ponto de encontro de executivos da indústria automobilística, coisa bem careta. Até que certos hedonistas incorrigíveis começaram a invadi-las. Como lá procurassem de tudo, acabaram por tornar as saunas inegavelmente democráticas.

*

Que pretendia eu nesse reino?

Afinar e ser afinado. Queria besuntados arcos a tirar agudos do meu violino. Era isso aí, minha gente.

Primeiras impressões?

O pecado tem cheiro de eucalipto.

Como foi minha entrada?

Entrei no santuário pé ante pé, sem fazer toc-toc, mas arrastando as sandálias em silêncio para não ferir a contemplação dos bem-aventurados. Havia o desejo óbvio (mas lânguido) escorrendo pelas paredes. O desejo despejava-se também dos canos, em forma vaporizada. Eu caminhava sempre em câmera subjetiva, na mão. Puro transe.

Que país era esse?

Do silêncio e da escuridão. Mas quanto engano, o silêncio. Lá existe modernidade, movimento de britadeiras, brocas, verrumas — sinais de desenvolvimento. Há contemplação por entre o ruído dos ferros que tinem, dos martelos que inflam, das antenas que vibram, das turbinas que dão energia, de perfuradores que cantam, microfones que conduzem sons e permitem gravações, gravadores enfim, estacas que se fincam na umidade do chão profundo, e pinos. As modernas abadessas amam esse país futurista. Mas como tudo tem seu preço, estalam chibatas, chicotes nas goelas, costados, barrigas: chicote-de-barriga. Ouço vozes desencontradas que gritam: Estourem nossos aparelhos. Daqui e dali, frases em vários tons: Ah, torcerei esses arames até fabricar molas. Ou: Badalos, baladai, pendão, penduricalho, penca. Um trem improvável contorna difíceis curvas labirínticas, mas denota perfeita segurança nos engates. Milagre da técnica, digo eu. Deslumbramento até: naqueles túneis, majestosos entram e saem. Urbanos pincéis pintam também, leitosa tinta. Dali a pouco, postes sobem, envernizados se hasteiam a caminho da glória. Vaselinas de jangenê. E no entanto, nas vizinhanças, Tarzan balança em cipós, aos gritos de faça-amor-não-faça-guerra, ó cipó cabeludo, macaxeira-de-home, langotango. E bois bravos esperneiam, revirando os olhos, entalados no cambão. Há também florestas de jequitibás crescendo, jacarandás (ó inferno verde) e outras tantas madeiras sem nome, perfumadas, envenenadas. Mas igualmente mangarás florescendo silvestres, mesmo na escuridão; e bananas se encorpando, de vários tipos: da selvática banana-da-terra à doce banana-maçã, aquela que é tampo para as entranhas. Dos pomares inumeráveis, não se poderão esquecer as frondosas mangueiras e, pelo chão, mangos, mangotes que basta colher — um em cada mão — e levar direto à boca. Mesmo que a selva seja cidade, crescem as tecas, tecas-lianas na selva das cidades. Desfilam inacreditáveis cabeças-lisas, cabeças-peladas, cabeças-de-frade que estonteiam, carecas e testas-furadas de pavorosos canibais. Pior: trombas desabam nas lombas. Deslombadas retiram exclamações de espanto, tímidos protestos antes da morte talvez por asfixia ou empalação. Novamente gritos, estranhos gritos: zé, zeca, zeguedegue, que graça de zezinho, ai joaquim-madrugada, mané-bobo, mané-souza, judas redentor. Aqui, inusitado vai e vem. Ali, chá-de-homem, no anonimato. Alguém pede um puxador a mais. Pra-ti-vai, responde outro diante da taioba. E quatro cavaleiros do apocalipse se aproximam a galope, prometendo terror e êxtase: um Tu-chupa, outro Viratripa, outro Mingula, outro Socabosta; e caem de pau. Já no final da visita, o teto estremece com alavancas que sobem e manivelas quase fantásticas em seu mover. Talvez também escadas magirus ou inacreditáveis pés de feijão da minha infância, que desdobram as pregas e crescem até o céu, naquela bem-aventurança que só conhece quem já foi levado ao paraíso. Sentia-se o pressentimento de um incêndio devastador.

Que objetos homotéticos, outros que o castiçal, se ofertavam nesse mercado?

Chupeta, mamadeira, palito, mangueira irrigada e irrequieta, barra, alfinete, prego, parafuso, marreta, agulha, lápis, vela, cospe-fogo, charuto, piteira, lâmpada, taça, bigorna, fuso, canudo, arranha-céu, foguete, bólido, lança-perfume, lança-chamas, tronco, talo, vara, vareta, tora, cajado, tolete, cacete. E, no entanto, o artigo mais vendido era o obscuro olho brônzico, que olhava e se abria todo.

Me satisfiz ou apenas belisquei e cisquei?

Serviam-se abundantes petiscos, em qualquer lugar. Devo admitir que eu me encontrava num ambiente bastante generoso, do ponto de vista culinário. Ali não se passava fome: antes, sofria-se de gula. Sentados, recostados, em pé, empinados ou não, alguns apenas indicativos de suas propriedades, outros francamente desinibidos. Havia linguiças, salsichas, quibes (morenos, tostados), salames, chouriças e alguns poucos chourições (rubros, sangrentos). Evidentemente, coisas todas picantes. Ou ardentes, digo eu de língua queimada. Para os efetivamente carentes, havia bombons desses que descem com doçura e são engolidos com prazer, até se pedir mais.

Como pude, no momento seguinte, suportar o que se passou?

Numa área de fronteiras indefinidas, tudo é estopim e luta-se a guerra com as armas que se tem. Bacamartes de novos bandeirantes, a postos. Trabucos atrevidos, cruéis, na tocaia. De repente, lanças atravessam o ar. Voam flechas sedentas de alvo. Espadas furam. Facas abrem espaços interiores: as tripas gemem. Pequeninas setas zunem nervosas e mortais, antes de ancorar em furicos. No cabeça a cabeça, saltam os porretes, tão populares porque basta agarrar o seu em qualquer floração. Há parabelos nas mãos agitadas da populaça. Mas também revólveres, espingardas, pistolas (talhadas como joias), carabinas empunhadas, bem firmes. O exército franciscano de federais empunha fuzis, mas às vezes depara-se com antiquadas (e traiçoeiras) baionetas-caladas, quietas, que atacam para sangrar. Evidência de que o país tem armas próprias: não faltam petardos de grande efeito (há gritos e sussurros, quando explodem); e desenvolvidos canhões de muitos centímetros, além de torpedos espantosos que abrem impossíveis perfurações e fazem chover estilhaço, barro, fagulha. A bem da verdade, os garotos não querem paz. Pacífico (e já túmido), retiro-me.

Quem encontrei lá dentro, passando o tempo?

Na verdade, havia um tremendo reboliço nas cavernas, onde Felipe confraternizava com Caetano. Lá encontrei Branca-de-Neve, que confessou ter dado uma fugidinha do Sete-Anões, bom de cama mas muito controlador. Aliás, era ela quem gritava, mais branca ainda: Ah, me fura, me pica com tua seringa, me dá injeção com muita vitamina. Falei de passagem com Alice que, jurando ser ali o País das Maravilhas, perseguia, já quase sem fôlego, um Coelhão Branco de maçarico naturalmente aceso. Vi Carlito-Cabeça-de-Vento procurando pedreiros, motoristas e açougueiros, como sempre indeciso entre as profissões. Gulliver também lá estava, desajeitado no seu tamanho, à cata de sinais "pequenos e fofos", como disse ele: totinhas, torneirinhas, tombicas, ticos, tiches, pitocas, pitotas, pitucas, poranges, pirrolas, pichuletas, pimbas, pindobas, pintas, pembas, iscas, gungas, catocos, bingas, bichocas. Numa esquina, quase dei de cara com Gata-Borralheira que perseguia seu príncipe, acenando-lhe com um pé de chinelo na mão. E Chapeuzinho-Vermelho não tomava juízo. Estava lá catucando com vara curta o Lobo-Mau que dormia sossegado, certamente já de tanque cheio. Encontrei ainda o fantasma de Tônio Kröeger, sempre olhando melancólico pela vidraça, à espera do eterno amigo Hans Hansen — e que impossíveis olheiras tinha! Também ajudei Rainha-de-Paus a se recobrar de um desmaio. Ainda incrédula, a pobre criança disse ter topado com o empire-state saindo dentre o euca-líptino *fog*. Empire-state?, perguntei sem compreender. Sim, respondeu ela resfolegando, jamanta, jegue, magalho, minhocão, mondrongo, pé-de-mesa, caibro, picão, sarabaitana, três-quinas, tripé, vassourão, um lambaio, me entende?, um verdadeiro churumelo dos báo. Prossegui. Na sala de descanso, Bela-Adormecida fingia um sono profundo, mas trazia um girassol bem desfraldado. Só abriu descaradamente os olhos, a curiosa, quando o incansável Kochan passou perseguindo alguns soldados e lixeiros muito suados. Mishima vinha logo atrás, para vigiá-lo, mas acabou esquecendo seu dever quando encontrou justamente Blanche Dubois, então de passagem pelo reino, e já enrugada a coitadinha. Enquanto ambos se esqueciam da vida a contar fofocas, confissões e sacanagens sobre personalidades conhecidas, Kochan aproveitou-se e subiu ao segundo andar, onde repetiu aquele crime hediondo: quis colocar na urna um tremendo chouriço militar e, pretextando fome, espetou-o com garfo, passou a faca e engoliu. Ao ouvir o pavoroso grito marcial, o ciumento Mishima ameaçou praticar haraquiri, no que foi impedido por Dorian Gray (lindíssimo na fantasia de Anne de Joyeuse), o qual mais tarde comentou comigo: "Se um homem se matasse por mim, eu teria amado o amor para todo o sempre." Mas foi na última sala que tive a surpresa maior: lá estava

Carlinhos Marx, de pernas cruzadas, sisudo e gasto, falsamente recatado. Como sempre, falava da luta de classes, dizendo estar fascinado pelos corpos proletários com sua natural ternura, e cansado do erotismo teatral da pequena burguesia. "Claro, o instrumento-de-trabalho é o motor da História", proclamou no seu conhecido tom catedrático. Já conformado, só fiz comentar: "Carlos, Carlos, tu és mesmo politizada até o rabo." Mas depois disso desisti. Estava farto de ideologias.

Haveria reservas ecológicas nesse reino?

No país de São-Longuinho, encontro um verdadeiro jardim das delícias com frutas às centenas — tudo produto natural. Torno-me naturista tropicalista (ousei ficar nu) depois que provei pepinos, nabos, cenouras inteiras e abobrinhas sem fertilizante químico — foi grande meu entusiasmo. Terra onde se metendo tudo dá, encontro aqui inacreditáveis alcachofras, mandiocas (também conhecidas por "manivas"), macaxeiras, vagens, quiabos e espigas (de variado tamanho). Viveiro — no mais moderno sentido ecológico de preservar minorias —, ali se cultivam raças e espécimes que, se não em extinção, sofrem permanente ameaça de devastação. Nesse ambiente, às vezes convivemos, às vezes não. Mas há sempre delicadeza na diversidade. Voam passarinhos, minúsculos canários, assanhados sanhaços, pica-paus, pintassilgos e bem-te-vis canoros ou altissonantes, mas também rolas, roliças rolinhas ou pombos-sátiros arrulhando enfezados pelos cantos, além de perus que se pavoneiam ou cacarejam impacientes como galos de quintal. Para se ter uma ideia da harmonia, basta dizer que, lado a lado, circulam temíveis gaviões que frequentemente abrem as asas, esticam o pescoço e saem em perseguição. Resultado? Ai doçura de suas picadas e esporas, ai arca-de-noé da pacificação. Nada se teme porque este é em verdade o reino das galinhas e dos frangos. Daí tantas plumas no ar.

O que houve de mais inusitado nesse passeio?

À luz plena do dia, encontrei um grupo enroscado em rama de aboboreira. Se de início pareciam quietos, aos poucos fui notando entre eles um histriônico revirar de olhos. Havia movimentos sutis da pélvis, pequenos espasmos dissimulados, entreabrir-se ligeiro de lábios. Eram menganhas, gente que não gostava de passar o feno, preferindo um tipo de atuação mais virtuosista. Talvez porque fossem inadvertidos seguidores de são

Max Stirner (Tens o direito de ser o que tiveres a força de ser. Nem a humanidade pode domar esse Diabo). Ali podiam se encontrar as chaves do pecado da palma, também conhecidas como as cinco flores do mal. Podia-se ver, entre tantos, a sulapa que tira manteiga do pão, a breba a socar pilão, o gano comendo uma rosca, a churumela numa parrusca lascada, a jurumba procurando gosma na rua da palma número cinco, o grego debulhando milho, o pantaleão entretido na maior sigoga, o mangerico curtindo uma pívia das boas, o ximbório que passava o tempo matando jacaré, o trincalho entretido a pelar sabiá, o besugo que tocava um carrinho de mão, o mastruço às voltas com cinco-marias, enquanto o brachola só ali na gloriosa. Preocupado com a observância de sua solidão, eu os deixei tirando mel da lenha, conforme lhes segredava sua natureza. E prossegui minha ascensão ao paraíso — ou minha escorregadela nos infernos, dependendo do sentido do Verbo.

Que sinal celeste foi por todos simultaneamente observado?

O espírito de Joe Dallesandro atravessando a sauna, para contatos de vários graus. Inicialmente tudo virou estátua de sal, ante a passagem do ser prometido nas profundas do desejo inconfessável: Joe vinha nu e o mundo parou em estado de choque. Nem mesmo os ruídos da avenida São João se ouviam, porque o princípio era Joe, que se fizera a mais legítima carne e viera habitar entre nós, com toda sua glória, ainda que momentaneamente. E nós vimos sua luz. Joe era cheio de graça e de verdade, na ausência de tapumes, porque mostrava-se mais pelado que ninguém. Joe era inteiramente alguma coisa concreta e presente, como Deus. Seria difícil traduzir em palavras o que nosso nariz, olhos e poros sentiram: vertigem da imagem, olfato e moléculas. Já se viram bunda e coxas mais arredondadas que as de Joe? Olhos mais implacavelmente verdes? Sovacos mais delicadamente côncavos, perfumados? Peito de manteiga mais suavíssima, onde um único mamilo concentra o fascínio de todos os séculos de uma geração? Perplexidade: nunca um corpo terminou em extremidade mais doce do que esse — ah, onde encontrar o vocábulo exato? — arremate ou flor ou broche, talvez botão, de homem saindo dentre pelos, pau de tirar amor ou buquê de desejos. Mas foi não mais que um minuto. Logo voltamos ao planeta dos mortais. Houve pranto, desmaios, tumulto, gritos. Dick Joe, Cock Joe, Joe Body, Joe Ass, Carne de Joe, Joe do Cio. Deus nos deu, Deus nos leva. Deus nos livre do perigo de tanta beleza. Quase enlouqueci: uma explosão nas veias que não se continham ante o enviado da Maravilha. Terremoto. Calamidade. Anemia aguda em toda a população. Fome crônica de Joe *who was made flesh, full of grace and light, in the very beginning of the world.* Leques, portanto. Certas testemunhas do milagre garantem que Joe sussurrava apaixonadamente o nome José, com sotaque cubano. José, como em Lezama Lima.

Que momento da viagem foi mais perigoso?

Foi quando deslizei para dentro de um fosso onde jacarés me aguardavam, babões de apetite. Eu disse: "Sou noviço" (quando queria dizer "novato"). Repelentes? Nem um pouco. Nesse paraíso consumido pelo ardor, outros seriam os adjetivos para as cobras que se enroscavam dangerrosas, serpentes de raças várias e cascavéis de balangandãs barulhentos, donas de presas encantatórias (peçonhas incomparáveis, botes precisos). Eu sorri desse atrevimento, mas por certa conivência — quando se enroscavam. E pensei estar delirando, ante a visão de jiboias medonhas, exibicionistas. Senti tentáculos, ferradas às vezes, de taturanas e até dragões, que me deixaram certas marcas de picadura. Mas recebi também a carícia fresca de minhocas, lagartixas caseiras e carrapatos. Esses, inferiorizados pela dimensão, às vezes atacavam famintos e transformavam suas pinças em ferrões, até sangrar. Pica-se, pica-se.

Ao sair do fosso, tive a surpresa final: topei com uma girafa. Tratava-se de uma ingênua apoteose, amolecida. Ou seja, tímida. Mas amigável guardiã dos bichos e de suas senhoras, as bichas. Foi a girafa quem hospitaleiramente me levou para uma piscina mais ou menos privada, onde vi delícias para corações sensíveis ao equilíbrio. Ali se molhava o bagre sem restrições. Havia piabas, traíras, lambarizinhos, manjubas e muçus, desses muçus-cabeludos que (já raros de se encontrar) engolem vermes, larvas e têm predileção por lama. Todos de grande utilidade ambiental. Que o digam fedorentos e franzidos ali presentes, que os disputavam aos tapas. Conciliadora, dona girafa consertou tudo num simples desfilar a meia-bandeira. Todos se extasiaram e se entenderam na guerra mais ou menos sacana. Aquele era, definitivamente, o reino do afrodisíaco, atrevido, luminoso, vermelhinho, imortal, nababo, bacana, furioso, gostoso, inchado, magrela, buliçoso, cabeçudo, incansável, tinhoso, diabólico, hediondo, embalado, nervoso nervo progenitor. Mas também a freguesia-do-icó.

Tentativas mais relevantes?

Tentei escalar uma torre. Escorreguei. Quis acender cigarros com minha tocha. Ao invés, saí com a rosa chamuscada. É o que passo a contar.

*

Vaguei desencantado no reino onde um dia Noé ancorou sua arca. A sauna encontrava-se simplesmente desabitada. Espécies dizimadas? O fato é que Joe Dallesandro partira havia muito e Blanche Dubois prosseguira viagem, tempos atrás. Sobraram ecos e fantasmas que imprimiam a tudo melancolia. Um desejo embutia-se, contorcia-se entre vapores vazios, suores de máquina. Só no escuro da sala de repouso fui encontrar alguém. O coração acelerou-se, preparando a coreografia para o grande momento. Alguém se movia, no escuro da sala de repouso. O desejo enfim se movia naquele deserto de raças provavelmente extintas ou em debandada.

Flashback. Deslizo num *travelling* melancólico para a sala de repouso. Não há corte, quando o deslizar invade o escuro. Meu diafragma procura se readaptar. Adapta-se apenas às formas, não às cores. No escuro, pressinto um único volume que se alonga, ali estendido, na entrega. Quem sabe, em movimento interior: enriqueça-se o plano. Inicialmente, tempo morto, plano longo. Câmera agora à deriva. O escuro é povoado de pequenos silêncios e ruídos: montagem sonora dentro do plano informe. Mas não perco de vista esse volume humano que habita a sauna. Nem a câmera (ou canal) consegue externar o desejo bloqueado dentro de mim, por culpa do desequilíbrio ecológico entre paradoxos tornados categorias. Estendo a mão, a mesma da câmera. Uso apenas os olhos da lente com milímetros de profundidade. Há foco? Ninguém sabe. Tenho apenas uma ideia, fixa na cabeça. Estendo a mão no escuro. Corte. Estendo meus dedos invisíveis (na película), sem saber até onde irá a profundidade da sombra. Corte. Encontra-se pele com pele: a câmera-mão. Apalpo ossos. Pressinto respirações. Palpita-se entre meus dedos fechados, que desejam esganar o roliço arrebatado, as reentrâncias por onde oscilo e subo, eu-câmera. Nada exijo. Desejo. O plano flui.

*

O *set* encontra-se totalmente escuro, mas com movimento, eu dizia.

Afinal, desisto do foco e abro a objetiva. O desejo (liberto) prolifera bem, na temperatura perfeita da obscuridade. Os borbotões interiores explicitam-se (*hardcore*) em grossos jatos, como ardentes pingos de vela: imprime-se uma imagem incomum. Foi assim que tudo aconteceu: de tanto ímpeto, o desejo chamuscou a rosa.

*

Fade out da sombra para a realidade em penumbra. Passado o clímax, há um novo tempo morto em que acaricio o rosto dessa formação humana. Ouço seu ressonar prolongado. Na verdade, só volto a mim com sua voz:

— Faz de mim o seu bebê.

*

Como somos os dois únicos habitantes desse espaço da Fantasia, não tardamos em nos encontrar novamente, eu e ele. Desta vez no claro do bar. Um rapaz de bigode como os outros. Exceto que, do moreno do rosto, saltavam dois olhos azuis. Chamava-se Pedro. Mas como preferia o apelido, escreveu Pepo num papel, com seu número de telefone embaixo. E foi embora.

Voltei à sala escura com um vago sentimento de celebração. Deitado, fiquei interpretando formas e movimentos dentro de mim, aproveitando o claustro onde os bem-aventurados e as santas costumavam contemplar todos os gestos interiores, mediam sua luz, aguardavam o êxtase. Respirei aliviado, durante degustados minutos, e contemplei as palavras do meu texto a ser inventado. A rosa parecia mais viva do que nunca. Encontrara sua real dimensão, amadurecera seu perfume. Minha alma inteira cheirava a cio. Enfim, o escritor transgredia.

São Paulo, 17 de agosto de 1977.

Contei pra Yone o medo que sinto de estar num beco sem saída, ao fazer literatura. Falei da contradição entre escrever e viver, como se um tomasse o espaço do outro. Contei como estou me sentindo desesperado porque nunca vou ter dinheiro pra viajar e fazer as pesquisas de que o romance necessita. Me abate enormemente a incapacidade de me realizar na literatura e, ao mesmo tempo, de sobreviver. Ela, minha amiga, ouviu com toda atenção.

. . .

Yone me telefonou depois, pra dizer que tinha que dar um jeito. Pensei: "Apesar de minha advertência antecipada, Yone está tomando minhas dores em suas costas."

. . .

Yone me telefonou de novo para dizer que já bolou uma solução: vai preparar um show para arrecadar dinheiro, de modo que poderei escrever o romance com sossego, disse ela taxativamente. Junto com alguns amigos, já tinha arrumado um conjunto de chorinho. Iriam vender 30 convites a 100 cruzeiros cada. E me entregariam o dinheiro no final. Confesso que fiquei um pouco constrangido, deste lado do telefone.

São Paulo, 18 de agosto de 1977.

Não quero ser tratado de maneira equivocada. Não sou estrela e não gosto. Quero ser eu mesmo. Quero me dar o direito de ser esse que sou. Não pretendo me tornar "o escritor". Perguntei a Yone se ela não estaria me mistificando, porque admira tudo o que faço e me trata com uma atenção quase exagerada (se bem que, evidentemente, um lado disso tudo me faz bem). Yone ficou um tempo em silêncio, coisa bem tipicamente dela. Depois me respondeu: "Não estou mistificando nada. Me sinto bem fazendo o que faço. Se você se sente mistificado, posso afirmar que isso é problema seu. Não vejo motivo pra ser de outra maneira." Fiquei de certo modo aliviado.

São Paulo, 31 de agosto de 1977.

Como não pude ir ao Rio, Emanoel veio a São Paulo me ver, de modo que foi comigo à festa. Apesar da vontade de ouvir chorinho, eu estava um pouco tenso e constrangido. Como o local da festa era distante, fomos antes à casa de uma amiga de Yone, que nos daria carona. Tratava-se de um lugar meio burguês, num bairro habitado por altos funcionários de empresa. Ficamos eu e Emanoel num canto da sala, enquanto chegavam várias bichas de classe alta, muito bem-vestidinhas, bem-comportadinhas e bem perfumadas — um saco, enfim. Ao mesmo tempo que se ouvia um som de rock vindo da vitrola, bem junto de nós um adolescente teimava em tocar violão. Logo depois entrou uma adolescente miudinha, com cara de intelectual precoce, que se dirigiu ao garotão.

Menina — Olha o que estou lendo. O Século das Luzes.

Menino — É algum livro comunista?

Menina — Não sei. Acho que não.

Menino — Se for, não estou interessado. Sou reacionário.

Corri para o rapazinho, quase compulsivamente, e lhe estendi a mão.

Eu — Parabéns.

Menino — Por quê?

Eu — Porque raramente vi um reacionário tão sincero. Isso facilita muito as coisas.

. . .

Acabamos saindo para a festa quase às 11 da noite. Demoramos muito até achar a casa, na Granja Julieta. Só se viam mansões saídas dentre a neblina amarela. Comecei a me sentir ainda pior do que antes. Cochichei para Emanoel:

— Será que vou acabar como bobo da corte da burguesia?

. . .

Quando os amigos de Yone resolveram me apresentar como a vedete da festa, tive vontade de fugir. Pedi encarecidamente que me deixassem em paz. Mas me arrastaram. O dono da casa veio conhecer "o escritor". Perguntou onde poderia encontrar algum livro meu. Para que ninguém duvidasse de sua generosidade, ele acrescentou:

— *É pra dar uma força!*

Só senti alívio quando fui apresentado ao grupo de chorões — pretos e pretas maltratados, gente saída de minha infância. Eles me cumprimentaram com um sentimento legítimo de candidez e orgulho que muito me ajudou. Depois disso, senti grande alegria — talvez porque fosse o "artista" dessa gente. Até dancei um pouco os chorinhos saborosamente bem tocados. Namorei muito Emanoel, apertei-o com saudade. Se o motivo da festa não fosse minha desagradável dificuldade em sobreviver, a noite poderia ter sido até mágica.

. . .

Ontem, Yone me ligou para contar que o conjunto de chorinho não quis pagamento nenhum; só aceitaram dinheiro pra passagem de volta ao Guarujá, onde moram. De modo que o resultado líquido da festa foi 2.400 cruzeiros. Duvido que essa quantia signifique qualquer modificação substancial na minha situação. Gozo a cômica sensação de ser um escritor que debutou.

TRADITIONAL OUVERTURE

Querido Fulano, aqui está uma cena teatral que talvez funcione como abertura para o meu romance. Chama-se

BAKHTIN APRESENTA:
AS CONFISSÕES DE DOSTOIÉVSKI

Bakhtin está escrevendo no quadro-rubro de uma sala de aula da República Soviética do Azerbaijão. Amontoado numa cadeira de rodas ali perto, Dostoiévski bate os dentes de frio.

BAKHTIN (de modo insistente, quase obcecado) — Como dizíamos, a própria experiência do homem, tanto exterior quanto interior, define-se pela mais profunda comunicação, porque *ser* significa comunicar-se. A morte absoluta ou não-ser é na verdade o não ser ouvido, reconhecido, lembrado.

DOSTOIÉVSKI (balbuciando, quase inaudível) — Eu, Fiódor Mikháilovitch, só represento a confissão e as consciências confessionais alheias a fim de desvendar, por intermédio delas, minha estrutura social interior. E também para mostrar que as confissões são apenas a interação das consciências.

BAKHTIN (deixando de lado o giz vermelho, junta as mãos, edificadamente) — Não posso prescindir do outro, nem tornar-me eu mesmo sem o outro. Por exemplo: a absolvição não pode ser auto-absolvição, nem a confissão pode ser autoconfissão. Assim também, meu nome é recebido de um outro e existe para os outros. Eu diria que a autodenominação é usurpação. Portanto, o amor a si mesmo é igualmente impossível.

DOSTOIÉVSKI (quase desmaiando, num lamento) — Afirmo a impossibilidade e o ilusório da solidão.

Então irrompe o Concerto Número 2 de Rachmaninoff. Bakhtin abre os braços em cruz e eleva os olhos para os céus, sem conseguir conter as lágrimas e soluços. É quando se ouve Vozminha.

VOZMINHA — Senhoras e senhores, as consciências alheias me representam. São elas que dão meu mais legítimo significado.

A seguir, justamente quando Kropotkin vai entrar em cena para declamar um poema sobre a solidariedade da espécie, o telão cai, ostentando um anúncio monumental onde se lê:

PARA GONORREIA, NÃO USE BACTRIM

É o fim. Adeus, Fulano.

NOTAS ESPARSAS DO ESCRITOR

Dúvidas sobre como dar continuidade à saga de Melinha Marchiotti. Sua decadência não me parece convincente. Preferiria situações de maior impacto, bem à altura do seu atrevimento. Fico fascinado ante as múltiplas possibilidades de representar os escândalos de um personagem em desacordo básico. Num tempo em que os empresários teatrais tranquilizavam as famílias quanto à probidade de seus espetáculos, Melinha devia apresentar conotações blasfêmicas. Por exemplo, quando trabalha travestida em homem, na sátira *O Joaquim Sacristão assistindo à representação do drama "Os milagres de santo Antônio"*, que acabou sendo proibida por intervenção do bispo diocesano do Rio de Janeiro. Talvez Melinha precisasse de uma grande dose de niilismo, para enfrentar essa defasagem cujo resultado maior era sua transformação em celebridade nacional. Chego a me perguntar se ela não buscaria na decadência e nos amores impossíveis uma compensação pela ausência de interlocutores. Conheço razoavelmente bem esse estado. O de se nascer peixe dentro de uma goiaba.

*

Busco um elemento de choque para introduzir certo ritmo tortuoso à história de Melinha. Por exemplo: já cinquentona, ela se apaixonaria por um adolescente que, desafortunadamente, sofre o pesadelo de estar trepando com a própria mãe. Um dia, o rapazinho descobre que isso realmente o fascina. E foge para sempre, horrorizado.

*

Melinha sofre um amor tardio. Uiva. Dispensa joias, peles e perfumes. Não se pinta mais. Cancela apresentações pelo interior do país. Torna-se indiferente e abúlica. Durante horas, permanece olhando para o infinito, diante da janela de seu quarto, no andar superior de sua mansão na avenida Angélica. Passa dias sem comer. Mal fala com os criados. Quer de volta seu pequeno.

*

Sem dar importância ao público que a reconhece nas ruas, Melinha caminha em desvario: "Não deveria ter-lhe dado meu amor. Ele está morto, está morto." Nada em sua figura lembra uma velha dama respeitável.

*

Melinha quebra o espelho, ao notar-se velha e cadavérica. Tranca a porta do quarto e se recusa a ver até mesmo os amigos que vêm visitá-la. Não sai da cama. Pensa obsessivamente no jovem amante. Um dia, começa a perder os dentes. Cospe-os no chão, sem forças para ir ao banheiro. Na manhã seguinte, caem-lhe grandes tufos de cabelo, até que o couro se revela, brilhoso.

*

Melinha, dar-me-ias um dos teus olhos?

*

É quando começa a perder as unhas dos pés que Melinha tem a ideia. Encomenda lindas bolsinhas de cetim com madrepérola. E passa a enviá-las anonimamente, uma a uma, à casa do ex-amante adolescente. Inicialmente, o rapazinho aterrorizado não sabe a quem pertencem aqueles despojos atirados no portão de sua casa, em seu nome. Só depois reconhecerá o nariz, as orelhas e os dedos fétidos de sua espécie de Jocasta.

*

Melinha Marchiotti, entretanto, continua estirada no leito, sempre olhando para o infinito, enquanto se desvencilha dos restos do amor. Por amor ou por maldade?

*

Eu poderia dizer que, assim como aquela cantora de ópera do século passado, Melinha é da estirpe dos que morrem quando amam.

*

Dolorosa inaptidão. Quero perscrutar o imaginário, quando me faltam condições para simplesmente sobreviver. Impedido de parir, vou adiando. Minha criança apodrece dentro de mim. Supremo desperdício do meu amor. Melinha, rogue por mim.

*

Nem mesmo a fome me faria ceder à tentação de elaborar um desses deliciosos (mas ilusórios) romances realistas. Acontece que já não tenho entusiasmo para deliciar (ou iludir) ninguém. Preferiria perscrutar a modernidade e beber nos iconoclastas, para melhor refletir este desconcerto geral. Depois, devo admitir que me agrada o ruído de arroto no meio do recital. Oposta ao alinhamento em escolas, esta será uma obra disforme, suicida, contraditória. Nela caberão todas as hipóteses. Meu lado santo, meu lado canalha: Nossa Senhora Daparecida no meio de bacanais. Obedecerei fundamentalmente ao meu forte impulso de estraçalhar. Até os mais bárbaros tremerão. Abro caminho, portanto, com o estandarte de santa Melinha, padroeira das putas, niilistas, futuristas, desgarrados, cansados originais.

BRASIL MODERNISTA

O Desembargador apeou do bonde e exclamou com saudosismo:
— Ora vejam que belo corcel!
Ao que o rapaz estabanado, a caminho do Municipal:
— Pra que dizer corcel se quem puxa carroça é cavalo!
Foi só quiá quiá quiá paulista mais *oui oui* futurista.
Em volta a cidade fervilhava blim blim fon fon piuuu!
O carroceiro matreiro armou a palavra e metralhou:
— Coa graça de Deus é égua, seu Osvardo. Pode oiá
o bum dão rataplá bum dão.
E fizeram a Semana de 22.

(Querido Fulano, escrevi esta modesta homenagem, mas não sei onde ficaria bem no romance. Você tem alguma ideia?)

NOTAS ESPARSAS DO ESCRITOR

Desconfio que Martim Malibram me deu um presente de grego. Ninguém se interessa em comprar o tal quadro. Até mesmo Valéria se declarou cansada de tentar.

*

Digamos que Hollywood chegou a namoriscar Melinha. Mas ela se negou. Parecia zombar das chances. O povo dizia que Melinha amava demais o Brasil para ir embora. Mas a recusa não seria talvez por mediocridade inata? Ou prudência: Melinha não quis arriscar um passo maior do que as pernas.

*

Valéria pariu uma ideia brilhante para resolver o problema do quadro. Conhece um grupo de teatro que está encenando nas casas uma peça do Marquês de Sade. Convidou esse pessoal para uma apresentação na mansão de um burguês seu amigo e pretende vender os ingressos a preços razoavelmente altos. Diz que seus clientes não resistirão às possibilidades sádicas e desembolsarão a grana, que de resto não lhes fará falta. Após a peça, haverá uma festa onde o maldito quadro será rifado. Valéria acha que só valerá a pena se houver muita gente, porque os atores vão querer receber uma certa quantia por seu esforço em endurecer o pau durante o espetáculo. Tudo isso me parece utópico e, confesso, deprimente. É como se fossem rifar minha impotência.

*

Me ocorreu uma alternativa para o fim de Melinha. Já quarentona, ela vicia-se em ópio. Às vezes fuma, às vezes bebe-o com refresco. Precisa cancelar temporadas teatrais, perde seu magnetismo. No fim da vida, *é* uma desconhecida num quarto de pensão.

*

Outra alternativa: Melinha compra uma pistola pequenina que mais parece uma joia. Gosta de brincar com a arma, à qual dá o nome afetuoso de Cabreira. Tranca-se no banheiro e enfia-a na boca. Depois, lambe-a longamente, chamando-a de "minha Infanta", não sem certa lascívia. Gasta horas nesse ritual. Certa vez, veste-se como uma diva em noite de gala. Senta-se esplendorosamente diante do espelho e mete uma bala na cabeça.

*

A rifa deu muito menos do que se esperava. Mas não deixa de ser uma boa grana, para quem anda na pior. A festa esteve gostosa. O ponto alto foi um ator de cabelos prateados que teve um inesperado orgasmo em cena e borrou a bunda do ator com quem contracenava. Mesmo os que porventura se sentiram constrangidos com tal exibicionismo acabaram admitindo que o ator grisalho tem bom gosto em matéria de bunda. No geral, fui um ótimo *clown*. Resolvi assumir cinicamente a farsa. Cheguei até a dar uma razoável trepada com Valéria, num dos quartos da casa. É verdade que eu pensava no tal ator lambuzadinho de porra.

*

Ando sentindo uma coisa estranha. Como se o mundo tivesse uma cor a mais do que o previsto. Só agora percebi que a lembrança da sauna me deixa o corpo todo latejando. Posso dizer que foi minha primeira trepada de verdade. Ai, que vício mais doce, o de imaginar.

*

Certa vez, durante a cerimônia oficial de inauguração de um parque, Melinha começa a ser bolinada por um guarda, enquanto se ouve o Hino Nacional. À medida que as notas prosseguem, o homem intensifica seu jogo e Melinha vai entrando em transe orgástico. A partir desse dia, ela não pode mais ouvir o Hino Nacional sem sentir um indescritível desejo libidinoso. E mais: cada vez que tem um amante na cama, precisa colocar no gramofone o Hino Nacional, para garantir um bom desempenho e, sobretudo, o ápice do prazer. Melinha se torna algo assim como uma amante patriótica.

*

Há dois dias que me sinto um lixo. Tenho o corpo todo manchado e um cansaço incomum. Hipocondrias à parte, algo estranho acontece comigo.

*

Tudo o que escrevi até agora sobre Melinha Marchiotti poderá se transformar num pálido esboço ou pano de fundo para o verdadeiro sentido do romance. Comecei a pensar em escrever, literalmente, a biografia de suas tripas. Assim, preferiria contar o que acontece com os intestinos de Melinha durante os dramas que ela vive. Estariam vazios? Sofreriam de cólicas e caganeiras? Ou se revoltariam, recusando-se a descarregar? Enquanto se fala tão obviamente na alvorada e no crepúsculo do amor entre Romeu e Julieta, é escandaloso que ninguém jamais tenha se referido aos percalços de seus intestinos, durante tais episódios trágicos. E, quando digo percalços, não pretendo estar sendo irônico. Gostaria de saber, simplesmente, como os intestinos de Melinha amam o adolescente por quem ela se apaixonou. Na cena do balcão, igualmente, eu me perguntaria como as tripas de Romeu teriam amado as tripas de Julieta. O certo é que, muito depois do mais leve toque de amor, as entranhas apaixonadas ainda palpitam, amantes leais.

*

Notícia extraordinária: estou com sífilis. Se aquele cara da sauna aparecesse agora em minha frente, era capaz de matar o sifilítico. Tem razão o ditado: desgraça pouca é bobagem.

*

Pensei trabalhar no romance, pra me consolar. Mas a sífilis é mais convincente que a literatura. Pobre Melinha, anda esquecida na gaveta da mesa.

*

Tenho pensado obsessivamente na morte de Melinha Marchiotti. Eu a mataria com requintes de horror. Talvez utilizasse veneno, desses que prolongam a dolorosíssima agonia por muitos dias. Ou elegeria uma armadura de ferro em brasa, dentro da qual Melinha fosse assando lentamente. Ou talvez preferisse matá-la de sede, acorrentada junto a uma barrica de água puríssima. Em qualquer dos casos, queria ouvir gritos mais lancinantes do que os de um porco com uma faca enterrada no coração. Para a agonia desse meu personagem predileto, eu experimentaria página por página de uma enciclopédia antiga que certa vez vi na biblioteca e da qual ainda lembro o nome: *Delícias da câmara de tortura*.

*

O dinheiro da festa se acabou muito antes do previsto. Mais da metade já tinha ido logo de cara, como pagamento de dívidas antigas. E agora, sifilítico. Botei novamente meu disco predileto na vitrola: São Paulo, estou em suas ruas da amargura, em suas sarjetas, seus becos-da-fome. Me sinto rondando a cidade a lhe procurar, para estripar aquele gorgota que me passou sífilis.

*

Assassinada ou não, Melinha Marchiotti sumiu da minha literatura. Seu fantasma vagueia bem longe de mim. Sou só sífilis.

*

Telefonei para o tal Pepo da sauna e marcamos um encontro. Preferi não lhe adiantar nada. Não tenho a menor ideia de como vou fazer para não quebrar aquela cara safada de lânguidos olhos, e azuis.

*

Fracasso total ou começo de um delicioso disparate? Além da sífilis, Pepo tinha o rosto machucado e um braço enfaixado, em consequência de um acidente de moto. Quem resistiria àquele seu olhar pedindo mãe? Daí, foram outros os ais e gemidos. Desintegrei-me num universo desconhecido. O que será deste grande escritor abandonado por Melinha, às portas da devassidão?

PAIXÃO E SÍFILIS

— Eu não te aguento, disse Pepo com um sorriso de fauno e fada.

Dentro do bar, olhei para a ponta do meu dedo indicador que se aprumava em direção ao seu nariz e notei certa imagem de ódio hesitante no já frouxo gesto de acusar, agora vazio de sentido. Que revelação poderia ser mais inquietante do que esse devotamento do desejo que me tornava seu objeto? Em câmera na mão, voltei os olhos para os olhos azuis de Pepo. Quando busquei acertar o foco, havia apenas trepidações. Não em seus olhos, que transpareciam certeza em cada uma das sílabas marcadas e silvadas, fustigantes de sedução:

— Eu-não-te-a-guen-to, seu-sa-fa-di-nho.

Objeto de perturbações atmosféricas, baixei e recolhi meu dedo ainda suspenso mas ridicularizado no momento mesmo de sua grande performance enquanto vítima/acusador. Agora, interpunha-se a imagem atrevida de um dedo no cu, talvez. Dedo de amor, seria? Ou cinismo do outro, o enlouquecido pela sífilis? Ousei (mais do que poderia) encarar de novo os olhos azuis e só com dificuldade mantive o ousar (longo primeiro plano, mudo) pois aquele azul ardia, de autêntico marinho. Se havia cinismo nele, havia também um excesso de verdade. Em contraposição, eu era geleia centrífuga e disforme, ali mesmo apartado de qualquer certeza, perdido e desintegrado nas turbulências interiores, que preenchiam os espaços imensos entre mim e aquele azul. Seus lábios adornados pelo espesso bigode de rapaz sedutor emitiram outros sinais de verdade, cada som dos quais desarticulando o que sobrava de mim:

— Acho você um tesão. Fique sabendo que me deixou louco, naquela sauna. Passei semanas só pensando em você.

E atiçou mais pitadas de perversidade:

— Você nem sequer me deu seu telefone. Se não fosse a sífilis, com certeza teria me esquecido.

Balbuciei, apenas gaguejo, com o dedo vago e sem forças para acusar. Ou meter:

— Mas você foi bem irresponsável.

E ele, fingindo ter entendido pela metade, levantou o braço enfaixado, como quem exibe:

— Tá bem, sou um irresponsável. A moto nem era minha. Mas isso não diminui o tesão...

Pensei protestar, em nome da sífilis.

Mas não. Procuro, de modo definitivo, tomar consciência do que ouço. Aprumo-me para resolver a questão, pigarreio perguntas, abasteço-me de solenidade. Mas sussurro apenas, sem já ousar. Reclamo:

— Você não está me gozando?...

Frente ao meu esforço prodigioso, eis a resposta cristalina:

— Trepa de novo comigo, trepa.

Escárnio? Delícia? Orgulho? Cortes sucessivos, agitados: cabeceio. Cabeça baixa. Erguida. Olhar que fuzila e se furta. Mas se agita. Cabeça que agora balança e efêmero riso, de nervos. Em tudo, dou uma amostra densa mas involuntária do Método. Ainda que espontâneo demais para o gênero, faço um vago James Dean, lisonjeado porque vencido, naquela mesa de bar:

— Mas então...

Corte brusco. Fáunico ou dionisíaco, o sedutor:

— Vamos pra cama agora.

Insistência, sem redundâncias.

— Vamos.

Boquiaberto — mas como eu disse e repito: vencido e lisonjeado —, engasguei, gaguejei, quis xingá-lo de cafajeste ou fazer uma declaração de amor cafajeste. Quando nos levantamos, ambos tínhamos as mãos (ou o casaco, ou os livros) escondendo nossas elevações, à altura das virilhas:

laços que se atiravam, pirocas duríssimas. Deixamos às pressas o bar e descemos quase correndo a ladeira até minha quitinete.

*

Vara, cacete. De furar cuecas e lambuzar coxas. Foi revelação e também ansiedade ao descascar. Usei meus dedos de amores também. Ofereci perfurações também. E provoquei mugidos. Mugi, também. Abriram-se as calças (ou será que as calças caíram?) e saltou o cogumelo:

— Ave, sífilis, pensei eu salivando. (Ou teria ele babado?)

Como falar do corpo inteiro de Pepo, agora visto na claridade e, mais do que isso, aqui revelado como transparência pura? Posso falar apenas em Revelação, repito eu.

— Anda, me dá teu suco de sífilis.

— Me dá tua sífilis também.

— Você me deixou louco. Te botei minha sífilis como marca.

Seu rosto tinha feridas, o braço estava enfaixado. A dor, essa era antes a de descascar até o miolo, tempo apenas de desabar na cama e dizer palavrões de paixão.

— Anda, me dá sífilis.

E Pepo sugava, querendo treponemas. Esquadrinhou todos os cantos do meu corpo, à procura deles. Na viagem, misturou ais de amor com inadvertidos ais de dor, sempre que sua fogosidade impelia a exageros aquele seu braço inabilitado. As feridas do rosto também lhe sangraram, manchando pele e lençol. Sensível como uma pena, fiquei de joelhos e de quatro, imaginando o prazer suplementar de foder com um mutilado: fúria e perversão. Só ali, com Pepo de braço enfaixado, eu soube que à paixão se alia um componente maternal, de cuidados ou desvelo, quando repartimos o corpo com um aleijado: a gente se submete com menor resistência à voracidade do enfermo, porque ele, o injustiçado da sorte, tudo merece. Pepo procurou, sôfrego de saudade, e encontrou minha rosinha, por onde meteu o nariz e língua ferozes, cujos apetites carnívoros me faziam gemer, aos solavancos. Quem não grita, não estremece e não agita quando tem suas portas (ainda que de bronze) atacadas? E também, eu jamais fora fustigado por um braço único: com o rosto franzido de êxtase, espiei cada gesto da difícil tarefa de pincelar o dedo (não frouxo, mas certeiro) no creme, e com a única mão dividir fraternalmente o creme entre o olho bronzeado e a massa pênica, untando, untando até uniformizar o desejo, pela mão única. Diga-se, uniformizar, não apaziguar.

— Neste mesmo oco onde introduzi treponemas, não é?

Dito isso, depositou-se, de uma só vez, por minha fortaleza adentro. E eu não reclamei da súbita invasão: pedi mais, mesmo porque aguardara ansioso. Foi tudo o que eu soube tirar do fundo da garganta: quais fonemas suplicantes.

— Mete mais, pelo amor de Deus. E não tira nunca.

Onde se esfrega couro no couro, para tirar fogo? No leito, por exemplo, que é cama e colchão barato quando se deseja apenas que a tora afunde e amasse a lama, plantando alicerces. Confundi as cores. Daltônico e ainda mais, porque se embaralhavam de vez: o vermelho da bandeira brasileira mas também o verde do céu. E as palavras: pobre literatura só feita de palavras, porque então as palavras destroçavam-se em sons de cavernas pequenas, grandes ou em expansão. Exprimia-se o nariz, o ouvido, a garganta, a boca, o sovaco, o vão das coxas, o rabo profundo. Todos os meus poros, aliás, politonavam. Aquele sifilítico de bigode espesso me metia esporas azuis e eu trotava por uma estrada povoada de seres mágicos, mal delineados, quando na verdade tinha diante da cara apenas a cor caiada, prensado que estava entre a jiboia gulosa e as paredes do quarto. Deixei meu sangue perder o rumo naquela estrada, e compreendi o sabá. Vi chifres, rabos e cascos, ao sentir pelos roçando meu lombo e nádegas, dulcíssimos. Descobri minha vocação de assassino, rebotalho, marginal e parricida, pedi que a maldição caísse sempre sobre mim, em forma de arquejantes bocas e dentes em minha nuca. Trotando por aquela estrada de prazeres jamais pressentidos, meus poros mijavam com docilidade e inundavam meu velho lençol de solteiro arrependido. Eu inteiro prestei um irresistível tributo ao Mal, quando senti suas lavas me dilacerando. E fui avisado pelos urros, pelo calor. Nessa hora, chamei por meu vulcão e pedi misericórdia: fazei desabar sobre mim todo esse Mal. E chover em Sodoma. Chovem, em câmera inesperada e lenta, pingos elásticos, longos. Talvez cusparadas pegajosas ou sementes do céu. Sobre minha cabeça, bendito seja o Mal. Explosões, destruição, ferocidade, pedras que voam dentro de mim, coices. Eu atravesso o espaço, como um destroço de mim mesmo, e acabo por desabar longe, em minha cama, deixando marcas de sangue na parede caiada, unhas que se cravam já no final do sabá.

Logo depois, sinto, apaziguado também, o buraco da invasão. Não que eu reclame. Mas repasso os gestos loucos, os sons devassos de longínquos minutos atrás. Arfamos ambos, como crianças que, engatadas de tanto anseio em ser um, se descobrem duas, mas não sabem o que é de quem. Vai cessando a tormenta. As pedras se ajeitam outra vez, a lava já não arde. Tomo consciência do fim da tempestade porque sinto que nosso suor esfria. Estendo-me querendo a cama de volta, talvez suspenso ainda entre o chão e o teto. Sou máquina a resfolegar mais lenta, marcando o andamento daquela paz que chega soprada como um último bafo do desejo: sem ser solicitada. Os lençóis se aquietam. Velas em calmaria. Mar empapado que foi.

Estou assim, em busca da completa dimensão da cama, achando que os demônios se amansaram. E de repente, num solavanco, me encolho, me enrodilho, outra vez obscureço. Percebo-me irremediavelmente um. Às minhas costas, pressinto o braço enfaixado de um outro, dedos obscenamente exibidos para fora da gaze. Pepo recobra seus olhos azuis. Não posso falar. Em pensamento, peço que Pepo se debruce sobre mim, lá dentro. Mas no meu interior, onde estou se me escondo? Pois bem, passado longo tempo, balbucio:

— Tenho medo.

— Medo de sífilis?

— Não.

— De mim?

— Não.

— Do quê então?

— De tudo.

Comecei lentamente a sentir o aconchego. Pinto mole é doce, pensei ao sentir falos adormecidos se aconchegando. Procurei refúgio e encontrei para além do amante; útero. Um cacete flácido não seria mais surpreendente que uma vara esticada? Lábios silenciosos não seriam mais eloquentes? Nudez sem frêmitos mais nudez do que aquela movida a desejos?

Acho que acontece então a recriação do mundo, como de fato aconteceu. Nesse momento não especialmente inusitado mas para mim particularmente singular, ocorrem outros sete dias onde as coisas são reinventadas e rebatizadas. Senti a irrupção avolumando-se como vômito agora do espírito, começando quem sabe em que parte de mim, reunindo forças, juntando sangue, preparando a massa com os mais secretos ingredientes de mim. Abro os olhos: sou Deus.

— Eu te amo.

Fecho os olhos. Nalguma parte, outra lava em efervescência.

— Ai, estou perdido.

Há um berro que só eu escuto, o grande início do ser, meu *big bang* pessoal. Faça-se o mundo:

— Quem é você?

Faça-se a luz.

— Quem são teus olhos?

Fez-se um homem.

— O que vai ser de mim...

Medo diante da Criação: estou parindo algo maior do que eu.

— Estou tremendo.

Tremor de terra, como tremores do espírito. Pânico ao mergulhar no Criado, ao contemplar meu Frankenstein, quem sabe. O que será de mim? O que será desta onipotência já de si tão maior do que posso? Solto outras águas e balanço o leito com tremores do espírito. Verto litros de lava agora salgada, e inconsolável.

— Pepo, como sou feliz!

Pepo, fui invadido de repente por milésimas partículas de átomos eufóricos, pipocando como se me quisessem dobrar de satisfação primal, e me sacudo de tanta faísca que chuvisca, ocupando meus espaços vagos. Não compreendo como foi possível operar-se o milagre: de repente, tanta dor me ilumina e transfigura.

— Sou feliz. Meu Deus, nunca fui tão feliz.

— Sou sua sífilis, responde simplesmente Pepo.

Ah, entrego-me portanto à sífilis, que revelou. Lentamente cessam em mim os tremores e turbulências. Vou estendendo meu corpo e cobrindo, com tal revelação, toda a área dos lençóis, do quarto e da cidade. Estou manchado de treponemas de amor, infestado de alto a baixo, todo o espaço das veias preenchido, terceiro e último estágio letal, neurossífilis me afetando a espinha e a inteira comunidade neurônica do cérebro. Nessa hora em que recrio Pepo, paralítico e demente me confesso. Junto de meu rosto noto os pelinhos enrodilhados de sua barriga, quase-caracóis que se enroscam e seduzem. Vou me entregando aos abraços já plácidos, afundo-me na condenação de me perder, inauguro esta doce invasão e começo a ser o outro. Então, em terreno minado, exulto de alegria. Fui revelado também: me esqueci nalgum canto dessa casca que sobrou num canto qualquer de mim. Bem-vindos treponemas invasores. Amo toda a área perversa das camas. Não mais temo pirocas, cacetas, entumescências, caralhos e membros quaisquer. É outro o mundo que se revela: o insuspeitado.

— Eis-me aqui, senhor Pepo.

Desde aquele momento, sou ungido escravo do seu amor.

SOBRE O DESEJO

A última e mais próxima causa das paixões da alma é a agitação com que os espíritos movem a pequena glândula situada no meio do cérebro. Na paixão do desejo, o cérebro começa a receber mais espíritos. Passando para os músculos, os espíritos tornam os sentidos mais agudos e as partes do corpo mais móveis. O próprio coração se agita mais do que em qualquer outra paixão. Daí porque o desejo é a mais forte e mais ardente de todas as paixões da alma.

(Anotado da obra anacrônica de um certo Renato Dosbaralhos.)

NOTAS ESPARSAS DO ESCRITOR

Seguramente, termina aqui mais um capítulo de minha vida. Contei tudo a Valéria, até o ponto de lhe sugerir que fizesse exame de sangue. Desconfio que nada ficou em pé. Ela foi embora chorando e com certeza vai me odiar por toda eternidade. Eu temia esse meu encontro com o eterno. Estou para sempre revelado.

*

Sem segundas intenções, deixei um ramalhete na porta de Valéria. Escolhi rosas amarelas. Ela sempre gostou das amarelas. Agora penso que fui um pouco lúgubre, quando tinha intenção de ser afetuoso e particularmente grato. As rosas devem ter secado como sobre um túmulo.

*

Enquanto eu cagava, meu pau ficou duro de amor e voltei a ter inspiração:

Poeminha à sífilis

> Te vejo do alto,
> ó contundente mortal,
> entreabrindo os lábios como
> quem pede compaixão.
> Foste afoito.
> Agora, choras
> e purgas
> pelo excesso de amor.

(Dedicado aos pálidos treponemas de Pepo, motores da história.)

APONTAMENTOS PARA UMA
ANTIQUADA HISTÓRIA
DA SÍFILIS

Conta-se:

Em 1493, Cristóvão Colombo e seus quarenta e quatro homens pararam no Haiti, pouco antes de voltar à Espanha. Não resistindo aos encantos da mulher haitiana, engravidaram-se de sífilis e lotaram suas naus de treponemas clandestinos. Em 1495, o rei Carlos III da França assediou Nápoles. Como em ambos os exércitos havia mercenários espanhóis, os soldados engravidaram-se uns aos outros de uma nova enfermidade que os franceses denominaram "doença de Nápoles" e os napolitanos, "doença francesa". Finda a guerra, a sífilis de incerta nacionalidade continuou engravidando as pessoas até se espalhar pela Europa toda, apenas doze anos após ter sido introduzida na Espanha. Em 1505, a própria China já conhecia o veneno da mulher haitiana.

*

Dizem que a descoberta da América marcou o fim da diáspora do gênero humano. No treponema, o planeta descobria a almejada fraternidade. Uma autêntica *Pax Veneria*.

*

Cristóvão Colombo, quanta penicilina nos vem custando tua trepadinha haitiana.

*

Os homens de Colombo, tão exímios na navegação quanto no amor, andaram espargindo porra contaminada, pelos quatro ventos. Seu falo, seu hissope.

*

Ao plantarem sementinhas em buracos dadivosos, os marinheiros de Colombo encheram a Europa de flores pútridas.

*

Descobridores da América. Arautos da Sífilis.

*

Moral: o treponema foi nosso maior contributo à Cifilização.

São Paulo, 2 de abril de 1981.

Eis a paixão segundo Spinoza: o desejo (esforço em perseverar no ser) não se define como uma paixão a mais e sim como condição de todas as paixões. Simplesmente porque é o próprio desejo que as elabora na imaginação. Daí, a alma não sofre paixão. Para Spinoza, a alma é inteiramente paixão.

NOTAS ESPARSAS DO ESCRITOR

Ainda que emagrecidos pelo entusiasmo, quase não saímos da horizontal, eu e Pepo. Nunca pensei que o amor tivesse olhos tão azuis e uns cabelos assim negros, anelados.

*

Às vezes me parece que estamos nos afastando do mundo comum com suas leis, que se tornaram irreais. Ao invés, nosso mundo tem-se definido pelo cheiro de esperma, suor e merda com o qual encharcamos nossa cama. Simplesmente porque há um canteiro de irresistíveis flores de paixão, entregamo-nos selvagemente aos perfumes que o amor exala.

*

Para diversificar ainda mais nossa coleção de cremes eróticos, Pepo apareceu com um tubo de KY, cujas virtudes nada nacionais encontram-se estampadas em azul e branco: excelente para inserção, estéril, solúvel em água. Imediatamente imaginei uma cena de núpcias pagãs: todos os músculos de Pepo untados com essa geleia de sabor natural, perfeitamente transparente, que torna os atributos do amante ainda mais belos, impetuosos e certeiros. Eu, coroado de rosas alvíssimas, sinto respeito e cumplicidade diante desse tubo de amor sensualmente disposto ao lado da cama, seu lugar natural. Ele carrega o segredo de alegrias inenarráveis e se abre como bandeira a testemunhar meu triunfo sobre a razão. Com ele, os ais de amor são mais ais. Deixemos portanto que seu cordão encantado se revele indefinidamente. E busquemos todas as posições, para saudar em rubro desejo esse objeto fiel, orgulhoso e indestrutível, condição mesma de nossa felicidade.

*

Debaixo do fogão, encontro o tênis de Pepo. Sua presença é gastronômica, visceral.

*

Quando Pepo me olha com seu olhar lânguido, é como se eu me banhasse numa lagoa funda. Sempre lhe peço que, antes de me afogar, procure não se esquecer de me despir. Pelado, é ainda mais doce morrer de Pepo.

*

Há algumas manhãs em que o cheiro de sua roupa me inebria. Sinto-me transportado para um mundo farto em desmaios. Seu cheiro me dá confiança. Passo a viver a vida meio-tom acima.

*

Às vezes ainda encontro fôlego para pensar noutra coisa. Voltei brevemente ao romance.

Melinha tornou-se uma velha senhora, sem perder um mínimo do seu charme e independência. Talvez para mitigar a solidão incessante, passa a fazer longas viagens. Em Montevidéu, frequenta um cassino. Certa noite, durante o jogo, é atraída pelas mãos muito expressivas de um gracioso jogador quase adolescente que, depois de perder todo o dinheiro, retira-se dramaticamente do salão. Melinha segue-o temerosa de alguma tragédia e vai encontrá-lo aos prantos, num parque vizinho. A princípio o rapaz rejeita-a, mas a ternura de Melinha vence o desespero dele. Acabam indo para o hotel. Depois de fazerem o amor, Melinha acalenta-o como um filho. Adormecem. De madrugada, ela acorda com um estranho movimento no leito: o rapaz usa suas belas mãos para masturbar-se compulsivamente, durante o sono. Esse ato é sentido por Melinha como sintoma de um grande desamparo. De manhã, ela obtém do rapaz a promessa de que não voltará a jogar. Dá-lhe dinheiro necessário para voltar à sua casa e marca encontro com ele na estação, onde mais tarde irão se despedir. Quando se vê só, Melinha descobre que está irremediavelmente apaixonada pelo rapaz e decide propor-lhe que, ao invés, partam juntos para o Brasil. Por circunstâncias não muito claras, ela infelizmente chega atrasada à estação e não encontra mais seu amado. Inconsolável, vai até o parque e, num impulso de nostalgia, volta ao cassino. Para seu espanto, o rapaz está lá na mesma mesa a jogar como se nada tivesse acontecido. Discutem asperamente. Furioso, ele atira o dinheiro no rosto de Melinha, que foge dali desesperada e ainda naquela noite regressa ao Brasil. Depois disso, nunca mais bota os pés em Montevidéu.

Li história parecida em Freud. Freud leu em Stefan Zweig. Com algumas modificações introduzidas, achei que ficaria perfeita na vida de Melinha Marchiotti. Eu chamaria esse capítulo de: "Vinte e quatro horas na vida de Melinha". Perfeitamente original.

*

Pepo confessa que sente especial atração por velhos. Gosta dos homens quando ficam flácidos, decadentes. Pergunto-lhe por que se apaixonou por mim. Porque este é um amor sem lógica, responde ele. Mais tarde, descobre um fio branco quando chupa meus pentelhos. Fica feliz: "Tou só aqui esperando que você fique todo grisalho. Aí vai ser um amor lógico até o último fio." Enquanto isso, ama, tão somente.

*

Quando Pepo me abraça, experimento uma sensação de modéstia. Só assim posso suportar sem medo a aventura extraordinária do nosso amor.

*

Amei loucamente minha mãe. Pepo adora seu pai. Tenho vários irmãos varões. Em casa de Pepo, ele é o único homem dentre os quatro filhos. Na infância, eu sonhava que um tio vinha me buscar com asas voadoras e me carregava pra São Paulo, onde morávamos para sempre juntos. Pepo desejava aconchegar-se ao pai, seduzi-lo e comer seu cu. Ambos lamentávamos a inocência dos adultos. Nossas fantasias eram bem mais radicais, no tempo da infância.

*

Se você me desse um só dos seus (olhos) azuis.

A PAIXÃO COMO
ESPLENDOR DO CREPÚSCULO

Querido Fulano,

Estou certamente vivendo minha Idade de Ouro. Basta lhe dizer que a Felicidade reina dentro de mim como obra-prima absoluta, onde nada sobra nem falta. No plano físico e espiritual, tudo me parece mais aprazível. Minha vida lembra aquelas horas do crepúsculo em que a realidade fica dourada, plena de doce volúpia. Sei bem que esta paixão corre o risco de ser demasiado inocente, quando pretende abranger tudo, tudo compreender. Mas é exatamente tal inocência que lhe adiciona paz e sugere permanente aconchego. Dois humanos se fundem nessa altíssima temperatura do amor e é como se a Utopia enfim se realizasse: vencido o limite entre o indivíduo e o mundo, já não há mais solidão. Também porque a vida se tornou sensata nesse pôr do sol ardente, o dinheiro já não me faz falta nem o futuro importa. Deixei de consultar a astrologia. Agora, os céus valem apenas pelo brilho admirável com que as estrelas perfuram essa escuridão medida em bilhões de ausência. Ao entardecer, venho notando com encantamento que há revoadas de pombos no azul encardido de São Paulo. Esta paisagem é agora espelho, onde posso, por exemplo, encontrar efebos banhando-se em fontes muito puras, no Vale do Anhangabaú. Além do mais ando relendo meus poetas. Borges, João Cabral, Cavafy e Freud nunca me pareceram tão comoventes. Talvez porque agora, Fulano, eu viva no próprio universo da poesia, onde toda beleza é capaz de brotar instantaneamente, num quase imperceptível cintilar de olhos azuis, por exemplo.

São Paulo, 21 de agosto de 1980.

Enquanto tomava um cafezinho no bar, fiquei me perguntando por que Pepo tem olhos azuis, já que olhos dessa cor me parecem belos mas não necessariamente atraentes. Talvez fosse por causa dos olhos azuis de Jack, esses sim reais, em Berkeley, 1975. Em todo caso, Jack nunca foi moreno, nem tinha cabelos encaracolados.

São Paulo, 26 de outubro de 1980.

Lembranças brumosas de Jack. Como tantos outros, ele talvez sonhasse em colocar flores nos cabelos, antes de cruzar a Oakland Bridge. Era um encantamento penetrar em San Francisco, que sabíamos efêmera por estar construída sobre a falha geológica de San Andreas e poder ser engolida pela terra a qualquer momento. A nova Sodoma afunda. Será esse, com certeza, o ápice de todos os mitos sobre San Francisco, vulnerável terra dos beatniks, dos hippies e dos viados.

RETRATO DO AMADO
ENQUANTO AVESSO

Seria definitiva a beleza de Pepo?

Não. Pepo é a beleza relativa que se vai descortinando por etapas. Talvez isso mesmo o leve a ser cada um de todos os amantes possíveis — forma muito particular de se tornar imortal dentro de mim.

De tipo grego?

Não, Pepo não tem uma beleza grega. Desconfio que nem seja propriamente bonito, dentro de padrões clássicos. São fascinantes, sem dúvida, seus olhos azuis, seu olhar lânguido. Mas mesmo seus cabelos negros e encaracolados, que me agradam tanto, podem ser considerados corriqueiros. Suspeito que a beleza de Pepo precise de mim, para brilhar. Ela só faz sentido enquanto minha. Digamos que eu a criei para me apossar dela com exclusividade.

Seriam seus olhos ligeiramente oblíquos?

Não creio que tenha influência asiática ou índia. Mas sei perfeitamente que seu olhar azul é emoldurado, no lado direito, por uma cicatriz que lhe corta a sobrancelha. Coisa sensual que Pepo provocou no último acidente.

Teria ele pernas pesadas como as de um potro?

Certamente que não. Pepo é homem de linhas delicadas como as que se veem na costa brasileira, do alto de um avião. Mesmo nas coxas rijas, é doce o vaivém de seus músculos torneados que sobem e descem, responsivos ao meu toque.

Seria ele um menino em transformação, tal como uma planta que se modifica incessantemente?

Nada nele sugere tons vegetarianos. Como os de sua espécie, Pepo adora mamar.

Teria maçãs salientes como as de um príncipe turco?

Talvez um pouco, já que é meu príncipe. Sinto suas maçãs com minha língua.

Saindo da rija cintura, seu tórax se abriria em curvas suaves como as de um bacante e se cobriria com sombras de uma vegetação sensual, entre os peitos?

De bacante, Pepo tem a campainha, vulgarmente conhecida como chapeleta, que nele é ampla, cheia de humor e projetada para os lados com o mesmo atrevimento de uma rosa bem rosada. A rala vegetação, ao invés, desceu-lhe para a barriga e arrepia-se toda ante presenças conturbadoras.

Teria ele um trejeito amuado nos lábios, mal escondendo certa ansiosa amargura?

Acostumado por força do hábito a ter encontros na penumbra dos lugares proibidos, confesso que sei apenas do seu bigode, fonte dos meus calafrios. No escuro, sinto melhor seus cheiros, que variam enormemente: doce nos pés e na boca, ácido nos sovacos e entrecoxas, misterioso no cu, cujos pelinhos são tímidos e úmidos.

Fale das veiazinhas que circundam os olhos de Pepo.

Pepo tem essas veiazinhas azuis e leves que parecem alimentar o azul de suas pupilas. Às vezes examino atentamente se não saltam. Não saltam — dizem que por ser ele ainda jovem. E lambo suas veias, como de resto.

E curvas, ele as tem?

Há uma linda curvazinha fechada em cada uma de suas nádegas, bem ali na fronteira com as coxas. Essa é também sua região mais suave, sedenta pele onde começam os gemidos.

Conhece seu estômago?

Um estômago que se rejubila ao me ver. Meu amado tem grande apetite por mim.

São sadios os seus pulmões?

Olhados em raio X, pulsam quase angustiados de paixão. Rejubilam-se ao me ver, já que sou seu ar puro, sua floresta fresca, úmida. Trago alívio imediato a essa paixão que, de tão possessiva, provoca-lhe ataques de asma.

O pomo de adão é delicado como o de um bezerrinho?

É querido como o de um galo-de-briga. Me desperta fantasias de guerra. Volto a Esparta.

E aquela veia bem ao lado do pescoço, parece ter vida própria?

Aquela veia, um dos canais por onde escorre Pepo, é minha predileta. Sem menosprezar as demais. Toco ali seu amor que palpita sem cessar. E tenho ganas de sugar.

E aquele órgão propulsor, energético, imprevisível, queima?

Seu termômetro de amor, seu mais prestativo instrumento medidor. E, no entanto, consome-se de febre o próprio doutor. Ali, é altíssima a temperatura, já que há desejos de fusão.

E os pés?

As solas mais delicadas que conheci. Delírio para as línguas.

Mais algum detalhe sobre o amante sensual?

Pepo peida. Seu peido naturalmente fede. Seu peido é o cheiro mais secreto de Pepo. Será preciso aprender a degustá-lo como um prato raro e desconhecido que se reservou só a paladares eleitos. Os peidos de Pepo me fazem lembrar que estou em território bárbaro, a ser conquistado palmo a palmo. Porque dele nada quero perder. Recebendo, por exemplo, seus gases, serei mais do que cloaca. Serei balão inflado e os peidos de Pepo me levarão para o infinito, onde desapareço no mais puro azul ou olhar. Não o deturpo: quero seu avesso, seu mais torto. Pepo satisfaz minha nostalgia de um amor bem palpável, misturado com a terra. Desses que, apodrecendo, produzem gás natural. Atesto que fede intensamente nossa selvagem, medonha, rasgada paixão.

INVOCAÇÃO A ROMEU

Num repente sórdido, dei-lhe minha foto como quem entrega um pedaço da alma ali prisioneiro. Para provar minha servidão eterna, também lhe devolvi minhas perigosas flechas. Cupidonhambiquara não ataca mais. Prefere ser picado, domesticado, deglutido.

*

Romeu, ô Romeu
amante morto, ou amantíssimo réu.

*

Amor: abismo ou pináculo? A só certeza possível: amar é que nem viajar de montanha-russa.

*

Romeu, ô Romeu
melro cantor, ou Orfeu.

*

Descobri um fio de seu bigode na pia. Apanhei como quem colhe impressões digitais com a mais acurada ponta dos dedos, respeitosíssima pinça. Contemplando a relíquia, inadvertidamente detive o tempo e violei o espaço. Eu resplandecia às três da manhã, sentado a meio metro acima da latrina.

*

Romeu, ô Romeu
tua Julieta sou eu.

*

Estou pensando em Teobaldo que, nos bastidores do drama, não aguenta mais. E beija Romeu na boca.

*

Serei de novo batizado. Daqui por diante, chamem-me Romeu-e-Julieta.

São Paulo, 25 de agosto de 1980.

Uma péssima manhã de trabalho. Acordo sufocado, respirando com dificuldade. Interiormente, sinto-me uma geleia. Flácido e informe. O romance não me apresenta qualquer atrativo. Aliás, hoje nada tem sentido. Folheio os papéis já escritos. Há coisas que acho detestáveis e mal resolvidas; em geral, minha sensação física é a de enjoo quase vômico em relação ao meu projeto, que parece frágil, descolorido, frouxo. Não há personagens com vida, não há fatos nem conflitos. E temo que, por isso, não haverá interesse na leitura. Aliás, recuso pedir que as pessoas me leiam como se entrassem num matadouro. Folheio alguns livros. O que explica que certas obras menores tenham obtido tanto reconhecimento, enquanto outras foram injustamente esquecidas? Só posso atribuir isso a circunstâncias fortuitas mas também inevitáveis, que têm a ver mais com o acaso do que propriamente com a criação. Já que não sou exatamente um sujeito de sorte, esse fator escapa do meu alcance. Então, como permanecer imperturbável ante o risco de, não sendo escolhido pela sorte, merecer o descaso do meu tempo?

. . .

Este é um choro curto porque sei que, no caso, chorar é um testemunho de impotência. Tenho medo de não conseguir escrever.

. . .

Tudo aconteceu depois que fui rever Pai patrão *e fiquei mais uma vez cativado pela maneira com que o filme recria os dramas humanos, por sua capacidade de iludir. Num simples faiscar, um ódio ou solidão ou amizade ali se revestem de poesia. Descubro-me incorrigivelmente fascinado pelas paixões humanas, cuja imprevisibilidade me deixa em êxtase. No filme, as paixões são encaradas com reverência. Aliás, tudo nele é reverente — inclusive sua tentativa ingênua de inovar-se em nível de linguagem. Ingênua é a própria mistura de autobiografia com ficção: no início, por exemplo, o verdadeiro Gavino Ledda entrega um cajado ao ator que faz o papel de seu pai, e lhe explica como atuar. (Em meu romance, procuro com determinação ainda maior esse mesmo tom de ambiguidade: tornar difíceis os limites entre ficção e vida.) Há também a intenção, por parte dos autores, de criar uma sinfonia,*

73

quando utilizam (de maneira nem sempre bem-sucedida) ruídos, gemidos, música, palavras e sentimentos em vários tons que se combinam. Talvez eu dissesse melhor se chamasse Pai patrão de filme-cantata, para imagens, vozes e instrumentos. É curiosa a maneira como o som atinge o nível de protagonista: o som do sino, introduzido como agente dramático em si; o diálogo entre flauta, sanfona e o pranto do garotinho gelado; os gemidos de gozo sobre a cidade; a disputa entre a canção alemã e o cantochão sardenho; os vários diálogos em off combinando a técnica radiofônica com a imagem cinematográfica; o desfiar (em rima fonêmica) das recém-descobertas palavras em italiano, ou as frases em latim; as intromissões musicais, como a canção urbana inserida durante a colheita de olivas, ou o concerto de estilo barroco (vindo do rádio) enquanto, longe dali, o pai planeja dobrar o filho.

Fui rever o filme porque precisava explodir. Ao invés, implodi. Pai patrão me emociona e me fere. Por um lado, há muito de minha vida na história de Ledda: a mesma relação crucial com o pai, a identificação com minha mãe; sobretudo a mistura de ódio, terror e paixão por meu pai. Mas a verdade é que acabei por me sentir esmagado diante da beleza de seus cortes surpreendentes. Jamais serei capaz de penetrar tanta beleza, pensei. Talvez porque eu não tenha essa mesma disposição (ou atrevimento) para iludir.

. . .

Sinto-me incapaz de achar meu caminho. Por que não me entregar simplesmente às minhas emoções, deixar de temê-las e abrir-me para uma invenção apaixonada, como gosto? Eu deveria desobedecer sem medo aos princípios da razão (inclusive aqueles que comandam as modas) e transgredir os limites do razoável, detrás do qual estou eu, descabelado como Édipo sem olhos. Mas onde acabam os outros, onde começo eu? Não é demasiadamente escorregadio o terreno do subjetivo? Desconfio que o mais severo juiz de mim mesmo está dentro de mim.

(Há, sim, um consolo possível: sinto respeito por aqueles que choram.)

AY DE MI, LORENA

Como não poderia deixar de ser, o mensageiro da morte chegou de madrugada. Ainda assim, jamais suspeitei que aquela porta, acostumada a dar passagem às delícias do amor, revelasse potencialidades desconhecidas, tal como escancarar-se à tragédia. O mensageiro do absoluto me acordou com pancadas e insistentes toques de campainha. Quando abri a porta, o anjo da morte decretou o início de uma nova era, ao me entregar um telegrama. Notícia curta: Pepo estava morto Pt Acidente de moto na Dutra Pt O corpo encontrava-se à disposição num hospital de Lorena Pt

Ai de mim.

Ai de mim, Lorena.

Ai de mim, ai de tudo.

Como um sacrilégio, ocorreu-me que eu tinha sido enganado, ao amar. Arrastei-me no vácuo da perplexidade, com uma ideia obsessiva na cabeça: que insuspeitados meios me ajudariam a desfazer esse equívoco? Só muito mais tarde tomei consciência de que, após fechar a porta, minha primeira decisão fora empurrar-me para o banheiro, lá queimar o telegrama, jogar suas cinzas na bacia e dar a descarga. Essa, a grande estratégia do esquecimento: eu nada recebera, nada soubera. Encolhido num canto escuro, ao lado da janela, fiquei espiando as luzes remanescentes de São Paulo. Teria a cidade realmente caído em mãos do inimigo? Aquilo era parte de um sonho em que meu amor soçobrava. Pretendi acordar do pesadelo, desejando alguma forma possível de fantasia. Vesti as calças flácidas e saí para recuperar a cidade. Caminhei até o Jeca, onde bichas e michês se cruzavam, regateavam como sempre. Àquela hora, rostos amarrotados de tanto esperar. No cine Ipiranga, escuro como uma boca dentada (descanso do dragão), um *outdoor* anunciava o mais picante filme da temporada. Um certo desassossego doentio e as luzes ardidas davam a São Paulo um ar genérico de todas as metrópoles e imprimiam-lhe uma básica indeterminação. No Quadrilátero do Pecado, fui encontrar os mesmos sinais de vida exageradamente expostos. Podia-se dizer que havia orgulhosos falos encostados às paredes, inflada solidão. Constatei que os jogos continuavam: gente caçava, outras se ofereciam, no jogo de se completar. Ladrões assaltavam, na hora mais propícia. Policiais matavam o tempo matando supostos ladrões. A noite prosseguia assassina, numa cidade que amava as transgressões. Mas em tudo inexistia aquele terremoto denunciado. Portanto, eu não era protagonista do abalo, e muito menos de uma invasão de corpos estranhos. Cruzei o viaduto do Chá, pisando firme, com a secreta intenção de testar a estrutura e sondar, ainda uma vez. Eu não conhecera ninguém, não amara homem algum. Convinha matar as possibilidades de lembrança. Foi o que pensei fazer, ali no meio do viaduto do Chá, onde tantos se matam. Mais: lamentei, naquele momento sanguinário, ter deixado escapar o mensageiro, que merecia a morte por ser portador da mensagem. Fantasiei até ir ao correio e destruir todos os possíveis vestígios da notícia. Ninguém deveria saber.

Às quatro da manhã, toquei a campainha do apartamento de Valéria. Ela abriu os olhos na porta e me deu as costas, mansa como se tivesse entrevisto um altar de sacrifícios. Acompanhei-a. Valéria sentou-se no sofá da sala e olhou-me pelas frestas.

— Fala.

Não tinha havido invasão nem terremoto, Valéria.

— Nada não.

Valéria ameaçava cochilar.

— O que você quer?

Às quatro da manhã, sorri.

— Uma visita.

Valéria olhou, pensei que fosse despencar num riso.

— Desembucha.

Comecei a perder a placidez.

— De fato. Visita às quatro da manhã é meio estranho. Depois de tanto...

Valéria olhava como podia. Até balbuciar:

— Tou cansada. Volte amanhã.

Foi até a porta. Abriu-a:

— Melhor que não seja amanhã. Nem nunca.

Continuei na sala, sem me mexer. Afinal, nada acontecera.

— Não houve nada, Valéria.

Ela fechou a porta, voltou. Sentou-se no sofá. Notei que estava descabelada.

— Não houve nada?

— Não. Eu vinha passando. Resolvi subir.

— Você está bêbado?

— Imagine!

— Drogado?

— De jeito nenhum.

— Então qual é o problema?

— Nenhum.

— Enlouqueceu?

— Por quê?

— Sabe que dia é hoje? Que horas são?

— Umas quatro da manhã.

— Já faz tempo. Você morreu faz tempo.

— Quem morreu? Que ideia a sua...

Valéria levanta-se resoluta e volta para a cama. Estou de costas, na sala. Fico olhando os objetos, que praticamente não mudaram. Contemplo meu gesto de contemplar. Só noto o perigo aproximando-se quando passo a contemplar minhas mãos. Secas, envelhecidas, pálidas. Corro para a cozinha. Interpreto a ação de preparar um café. No meio da fervura, começo a contemplar novamente minhas mãos. Desisto do café. Sinto medo e lembranças. Procuro uma atitude viável, ligo o radinho portátil. Valéria surge na porta da cozinha, aos berros. Está, com toda razão, irritada porque sou intruso, cruel, manipulador. Compreendo perfeitamente seu gesto de puxar os cabelos. Mas não. Não há Valéria nenhuma na porta

77

da cozinha. Apenas eu quisera preencher os espaços vagos do drama. As rádios já estão fora do ar. Onde estaria Valéria? Penso ir até o banheiro, ou melhor, até o espelho. Espelho meu: aqui estou eu. Me diz o que devo fazer. Olho para meus olhos, contemplo os poros do meu rosto. Quero o espelho e suplico, intimamente, que eu deixe de me refletir. Ao invés, há atropelos de lembranças, sobretudo uma mancha de ressequido esperma no lençol. Não vou ao banheiro. Sofreria, com os espelhos. Caminho até o quarto. Adivinho Valéria escondida entre os cobertores. Sento no chão, ao lado da cama. Murmuro coisas para meu ouvinte, em circuito fechado:

— Te conto um segredo que ninguém sabe.

Cabeça recostada na fatalidade:

— Queimei o telegrama e matei o mensageiro.

Súbita agitação interior:

— Você poderia se alegrar com a notícia. Teu rival…

Corpo encolhido, diminuído porque escorrega no vazio:

— Mas já constatei que foi tudo mentira. Fique sossegada.

Noto então que caminho com certo espelho diante do rosto, como uma sina. E admito esse pai cruel, o destino, quando as asas da dor fazem ouvir sonoramente seu zumbido sobre mim. Ouço meus murmúrios para o cobertor, incontidos:

— Onde erramos?

— Como alguém se mata, sendo tão adorado?

— O que teria ele pensado, antes da morte?

Apalpo os lábios com os dentes e a língua. Sou órfão do amor.

— Quando Pepo diz que me ama, tenho que chorar amargamente. Seu amor, minha agonia.

Passo horas apalpando com os lábios e a língua essa evidência. As asas da dor zumbem ainda sobre mim. Murmuro como um rio, passo como um rio. E sou sempre o mesmo, a constatar o corte profundo, inegável.

— Na cabeça, no peito, onde?

Choro as primeiras lágrimas avaras, por pura descrença. Quando poderei admitir impunemente a maldição?

Saio dali murmurando sem cessar a descoberta, para me convencer. Fecho a porta do apartamento com doçura, pois Valéria merece sossego.

Dali a pouco, vagueio de volta a São Paulo. De raiva, minhas lágrimas secam antes de rolar. Sinto que vou arrastando uma prolongada, interminável ausência de sentido.

No meio do viaduto do Chá, sou acossado por lembranças agora cruéis. Tenho as pernas fracas. Sinto-me vulnerável. Lembro que uma só vez me deu medo de ter um amante. Era também de madrugada quando sentia esse pânico. Maldição! Por quais secretos e jamais confessados motivos um homem se esconde do ser amado, até o ponto de se matar? Essa minha dupla certeza e o mais insondável dos mistérios: sua morte, suicídio, meu ressentimento. Imagino Lorena velando singelamente os restos do meu amor, à beira da estrada: uma única vela na escuridão.

— Ai de mim. Sem Pepo não há mais começo. Nem nada.

Caminhando, lembrei à toa que tivera um cachorrinho na infância e gostava de dormir com ele. Então, o viaduto do Chá desabou e a cidade foi definitivamente tomada pela notícia de que Pepo morrera.

TANTOS OLHOS AZUIS

Se o fascínio das palavras pode exorcizar a dor, então elejo-me Deus. Comandarei ventos com o desejo, construirei edifícios num sopro, farei voar inverossímeis insetos em torno de meus personagens. Eu, o Onipotente Ser que Escreve, busco refúgio junto de Melinha. Como me resignar? Prefiro postar-me no ponto mais alto da ficção (pináculo do universo real) para olhar com neutralidade o meu mundo e dispensar o Mal, assim com um gesto de descaso. Frio Deus, penso no meu mistério nada ficcional, como se pudesse me afastar dele, de mim. Desfila ante meus olhos a agônica procissão da beleza dos humanos. Inevitavelmente, desfila também o espetáculo da vulnerabilidade que a pervade e me invade. A beleza faz emergir o drama da minha solidão e revela os contornos da desgraça que me assaltou, noturníssima. Volto assustado para o cálido espaço da ficção. Mas como nem aí existe onipotência provável, deparo-me com o terreno cultivado da memória, a mais temível sementeira da dor. O vórtice me engole. Mergulho num tempo matizado de lembranças que nasceram espinhos e se transformaram em falaciosas rosas de gelo. Tentando ainda ser Deus, emerjo para cima delas e sorrio ante a ingenuidade das lembranças alheias. As de Melinha Marchiotti, por exemplo. Submerjo com garbo no azul de tantos olhos que ela teria conhecido. Mas são espelhos, os olhos da ficção. Diante da imagem espelhada, aferroa-me a pergunta de condenação: por que não fomos todos belos um dia? O belo permuta fascínios: encantam-me olhos azuis que se encantam por meus cabelos, digamos, impecavelmente negros. Simples sonho inviável: seríamos todos felizes, já que nossa beleza nos capacitaria a refletir outras

80

belezas e não haveria injustiças, pois o amor nos atingiria sem discriminação, brotaria mútuo. Mas não. Falta-nos uma beleza unânime, talvez por escassez na dosagem da cor, talvez por um que outro traço excessivo. E mesmo que eu fosse belo para todos, seria por um tempo monstruosamente efêmero, o que torna meu ser-belo menos belo. Afastada a possibilidade de uma beleza irrestrita, apagam-se melancolicamente os olhos azuis da ficção. Com um suspiro de velhice, este pretenso Padre Eterno resigna-se a colher migalhas memoriais. Mas então, o simples som de um nome antigo destrói Deus. Temo que seja ainda mais medonho o abismo da dor onde prosseguirei rolando. Do alto da minha ficção, despencarei como a Potência destronada. Repetidamente chamarei Pepo, como quem puxa raízes profundas. Pedirei lobotomia para extirpar seus olhos azuis do meu caminho e suplicarei um milagroso olvido para apagar aqueles que foram os mais belos dias de uma existência. A avalanche de reminiscências me transpassa como uma tempestade onde pingam lágrimas. Tento consolar-me com esta faculdade de me sentir palpitante, em carne viva. Sofro, logo existo. A vulnerabilidade do Onipotente Ser que Escreve se revela na crueldade maior: jamais meus olhos contemplarão um amor tão adorável. Nem jamais ultrapassarei a data maldita daquele encontro com a beleza que botou ovos no meu olhar e fecundou. Nestes olhos que jamais descansarão outra vez, guardo todos os olhos azuis que conheci e porventura conhecerei: lembranças dos olhos azuis do amor. Tornado inconsútil e eterno, Pepo possuirá meu espírito até o fim. Até o fim dos meus dias, a sombra do passado se abrirá denunciando um tempo em que fui tomado pela totalidade. Descubro-me depósito do amor, baú de mistérios recentes, caverna a ecoar os sons de um único nome. É isso o que compreendo, ao olhar a ruína da minha força infinita de criador: sou a morte do amor, colho seus restos, recolho o cadáver, devoro sua podridão. Torno-me terra amiga de vermes. E neste píncaro, que descubro estar pintado em mero telão, contemplo minha moléstia: ter um dia contraído essa forma incurável de amor e morrer dele, todos os dias, como prova de amor. Diante dos mortos, inicia-se a partir de agora o tempo da misericórdia, que tem forma de vênia e cheiro de incensos. Mais uma vez invoco Melinha. Aquele outrora Onipotente Ser que Escreve tentará aceitar a existência do abismo e fazer de conta que nunca deixou de ser Deus: criará. Então, minhas incontáveis Melinhas e muitos dos seus filhos nascerão da dor e testemunharão a impotência do amor. Dentro de mim, esconderei de todos os espelhos esta propensão em me atirar aos pés nada ficcionais de Pepo. Frearei o desejo de me proteger à sombra de suas asas nascidas alvíssimas num dorso de anjo sensual. Porque, a partir de agora, tenha guardado na escassa eternidade da memória um Anjo de olhos azuis. Com essa reconfortante certeza me deito, perguntando se um tal desvario poderia ter simplesmente o nome do amor. Ou seria maldição o teu nome, ó amor?

THE GENTLE ART
OF MAKING DEADS

Imagino a agonia de Pepo:
Não, não consigo imaginar a agonia de Pepo.

*

Tento imaginar a agonia de Pepo:
O caminhão freia em vão, no meio da neblina. Há um choque final. A moto voa, o mundo rola no penhasco. Seu olho pestaneja pela última vez. Não sente o sangue nem imagina a catástrofe. Um segundo depois, já não há universo.

*

Tento ainda imaginar a agonia de Pepo:
Jamais criarei algo tão belo.
(É temeridade imitar o real.)

*

Tento pela última vez imaginar a agonia de Pepo:
Não restará uma única estrela.

VISÕES (I)

Eu voo, num país noturno. Forço os braços continuamente para baixo, empurrando o ar, até que meus pés vão se distanciando do chão, sem que eu nunca deixe de mover os braços. É verdade que esse voar me obriga a um esforço físico suplementar. E significa que sou uma exceção — mas nem por isso melhor ou pior. Voar me torna um milagre, talvez do amor. Um milagre doentio, na medida em que resulta de (e confirma) um estado de falência: a impossibilidade de estar com os demais. Ao voar, testemunho essa falência mas, paradoxalmente, também aquele amor. Porque amar é procurar o esquecimento; esquecer, momentaneamente, as gravíssimas diferenças. Um gesto de parêntese, como voar. Os humanos que olham para cima adivinham que voo por causa do amor com que amo Pepo: Pepo me faz voar, com seus poderes de santo. Mas também sou quase condenado ao gesto de exceção: um homem com algo dos pássaros, um raro. Voar me torna definitivamente solitário. Voo sobre as noites claras, com um olhar de compaixão dirigido ao casario que esconde as pessoas. Voo baixo, o suficiente para vislumbrar nesgas de gestos humanos, que me provocam nostalgia de iguais e me confirmam melancolicamente que estou só. Voo com esforço cada vez maior, como quem realiza a última e baldada tentativa para crer — mas já sem acreditar sequer nisso.

Há um momento em que noto uma alegria incomum na cidade: as férias chegaram e todos estão partindo. Sei que vou ficar ainda mais solitário, sobrevoando uma cidade agora desabitada. A sensação de não poder ir embora me aflige. Então sinto clara a maldição. Pior: existe a certeza de que irei perder minha capacidade de voar, pois tenho me cansado com facilidade. Então, serei um solitário ex-voador. Nem sequer poderei realizar aquilo que me distingue dos outros e que os outros, de algum modo, esperam de mim: que eu seja a exceção voadora. Temo, antecipadamente, a escuridão das noites de casas vazias, banhadas nesse tom azulado com que a lua as torna lúgubres.

Também Pepo é parte da nostalgia. Tornou-se, a seu modo, uma inviabilidade. Então, no meio do azul noturno, parecerei um morcego abandonado, imitação de vampiro, signo falido.

VISÕES (II)

Possível diálogo entre mim e minha dor:

A paixão é uma tentativa de eternidade, diz Caruso. Uma tentativa naturalmente falida, já que na eternidade supõe-se que não existam conflitos.

É verdade, respondo sem me consolar. Trata-se mais de um anseio, um estado provisório de ruptura da normalidade e transgressão das regras. Por isso, também, um estado efêmero. Deveríamos consultar Otto?

Otto nos remeteria à loucura enquanto tempestade de vida, selvageria primordial do ser. Otto nos falaria da música e da dança. E eu (ainda é Caruso quem fala) me refiro mais àquelas explosões de paixão que ocorrem quando o homem vislumbra a catástrofe. Simplesmente porque a paixão recusa a história. É um fim em si. Pequeno instante visionário, penso eu.

DA ORIGEM
DAS LÁGRIMAS E DO PRANTO

Assim como o riso jamais é causado pelas maiores alegrias, também as lágrimas nunca provêm de extrema tristeza. Para compreender bem a sua origem, cumpre observar que, embora existam vapores saindo continuamente de todas as partes de nosso corpo, de nenhuma saem tantos como dos olhos, por causa da grandeza dos nervos ópticos e da multidão de pequenas artérias que conduzem os vapores. Assim como o suor se compõe apenas de vapores que, saindo das outras partes, se convertem em água em suas superfícies, assim também as lágrimas se constituem de vapores que, ao saírem pelos olhos, transmudam-se em água. Nada aumenta mais a quantidade de vapores do que o sangue enviado ao coração, na paixão do amor. Por isso vemos que quem está triste não derrama lágrimas continuamente mas apenas por intervalos, sempre que faz alguma nova reflexão sobre o objeto de sua afeição. Então os pulmões também se enchem pela abundância do sangue que aí entra expulsando o ar, o qual, ao sair pelo gasnete, engendra os gemidos e os gritos que costumam acompanhar as lágrimas. Embora produzidos quase da mesma maneira, esses gritos são comumente mais agudos do que os que acompanham o riso.

(Do *Conhecimento Claro e Seguro de R. Dosbaralhos a Respeito das Paixões.*)

São Paulo, 25 de novembro de 1980.

Sensível que sou às sinuosidades do melodrama, fico me perguntando como teria sido, na realidade, a paixão de certos amantes desafortunados. Bom Crioulo e Aleixo, por exemplo. Rimbaud e Verlaine. Ou Friedrich Nietzsche e seu amigo Paul, que se dilaceraram até à morte e à loucura, atormentados pelo mútuo desejo não cumprido. As possibilidades de realização (mesmo tardia) do seu amor talvez me satisfaçam mais do que imagino.

(mais tarde) Devo admitir que eram outros os tempos de Aristóteles, quando os rapazes iam fazer juras de amor recíproco no túmulo de Iolau — aquele que amou Hércules e combateu fielmente ao seu lado, até à morte. Para além do melodrama, fico encantado com a dignidade trágica dos amores antigos.

APELO FÚNEBRE
AO VENERÁVEL POETA GREGO

Ouve meus vagidos, Konstantinos Kavafis. E tudo o que compreendi. É de maneira sempre renovada que a morte passa por nós, ainda mais espantosa do que temíamos. Os túmulos são derradeiras lembranças, onde as formas visíveis do aniquilamento florescem enquanto estátuas prometendo eternidade. E, no entanto, da memória esculpida só restarão cacos, mais cedo ou mais tarde. Talvez um braço de pedra ancorado numa praia sem nome, anônimo braço. Talvez, num muro indeterminado, uma inscrição hieroglífica do ser que foi. Talvez, só os restos de um poema inspirado em Alexandria, 340 d.C.: eis tudo o que sobrou, até o dia em que morre também o poeta guardião da delicada saudade. Então, do ser que um dia foi, rompe-se o último elo de veracidade e já ninguém poderá compreendê-lo, porque ele é agora puro nada — nem mesmo poeira ao léu.

Meu amado morreu. Sofro a passagem da morte como se atravessasse um campo minado de segredos que agora se eternizam. Uma vez sepultadas, as confidências de alcova se perderão nesse imenso ossário de amores chamado, talvez, história. Nem se alimentem esperanças, já que não existe aqui a possibilidade de arqueólogos que decifrem sinais do espírito. Serão apenas ossadas incógnitas esses enlevos certa vez únicos, trágicos, jamais suspeitados. Gestos nunca desvendados.

Era madrugada quando recebi a notícia: Mires morreu. Quem se dizia eternamente meu, fugiu na mais obscura solidão. Como consolo, abandonou em meu quarto um par de sandálias sobre as quais eu pudesse chorar. Seus parentes sequestraram a pobre casca. E nunca mais revi Pepo, porque entre esses cristãos nada sou. Encontro-me agora em sua casa, para vasculhar os restos do amado e mendigar migalhas daquilo que fui — eu, outrora arauto do amor. De início não me aventurei a entrar. Os motivos de minhas lágrimas agrediriam esses entes simplórios. Também é verdade que ali Pepo se encontrava demasiadamente exposto, entre flores letais. E eu já não veria seus olhos azuis, tornados apenas geleia ausente, cruel. Só mais tarde é que entrei.

Diante desse cadáver, me dou conta de que usei em vão palavras como *agonia*, *luto*, *separação*, sem ter jamais penetrado seu verdadeiro sentido. Penso também como não deverá ser severo o luto, para compensar minimamente a agonia física deste amor. Aqui, no entanto, meus ais se perdem na multidão de adeuses. Não me distingo para além do brilho inorgânico dos ricos tapetes ou dos vasos de prata. Sei que eu sou eu mesmo apenas porque carrego olhos imensos, farejando o amor como um viciado. Mas tento me consolar: mesmo imitado por multidões, é unicamente meu este sentimento de viver uma perda irreparável, não obstante certo desejo de adoração.

Ao meu lado, ouço mulheres murmurando, entre soluços, como era virtuoso e belo o meu rapaz. Que sabem de seus arqueados músculos, quando preparava a flecha, perfeito no gesto de amor? Que poderiam saber do amor que tão intenso se abateu sobre nós? Esses crentes, que saberiam de nossas indecentes delícias, quando em várias vozes cantávamos a carne de todos os gostos? Naqueles tempos que nos pertenciam totalmente, havia incensos no amor e não elogios póstumos, quase anátemas.

Enquanto se cantam louvores à sua alma, sofro a presença do cadáver das lembranças, busco consolo e penso se não deveria exultar: sou aqui o portador exclusivo do seu desejo, habitante dos seus mais secretos espaços interiores. E trago na minha carne inusitadas marcas da carne de Antínoo. Se nada significo entre estes cristãos, e bizarras lágrimas verto, importa guardar-me como cofre sagrado, onde descansarão, até o final dos meus dias, alguns recônditos restos do amor. Serei todo doce memória: porque sou seus afagos, beijos e ais, que ninguém mais contém.

Mas é demasiado efêmero o consolo. Sei que uma verdade maior me aguarda e é dela que fujo, rastejando de horror: houve um ser desconhecido, dentro daquele que amei, e partes suas que jamais saberei. Debaixo de um ceticismo demasiado jovem, palpitava sua fé intocada, ainda que ele fosse o mais entusiasmado no amor, o mais insaciável, quase sempre o instrutor. De mim, Pepo escondia suas crenças deístas, assim como escondia dos cristãos o nosso amor pagão. Eu e eles: unidos na mesma sensação de que nunca o tivemos por inteiro. Mas com certeza também fui forasteiro na vida desse Mires. Meti-lhe medo, com meu desencanto por Deus. E o afastei, porque a paixão me cegou, Konstantinos. É insuportável essa evidência que agora me toma: se estou só, cresce mais a solidão pelo que não conheci dele e pelo que não lhe mostrei, para sempre.

Ao contrário, são bem mais felizes estes que o rodeiam, com seu cantochão. Atingiram a raiz essencial do meu amado, aquela plantada desde o começo, no cordão umbilical. Pepo tem o cheiro deles e muito mais, porque sua história interior respirava a mesma esperança dos cristãos. Se sou eu quem guarda seu capítulo mais secreto, são, sem dúvida, eles que imprimirão o fecho à sua vida, assim como lhe deram início: entregando--o candidamente, impregnado de mirra e incenso, ao seio de um Deus.

Eu, ateu relutante, pergunto: que sabe Deus desses afetos que foram sementes generosas de ser? Rival desigual, que conhece ele de nossas flores germinadas no subterrâneo e com tanto esforço chegadas à luz? Deverei simplesmente enterrá-las no ossário, contê-las na profundeza outra vez? Pois declaro que o maior dos deuses é impotente frente à mais minúscula dor, e nem consegue penetrar o primeiro centímetro desta solidão. Na verdade, dulcíssimo Mires, Deus não desvenda um só dos teus caracóis nem abrange sequer a doçura do teu nome que agora chamo tanto, para te recriar.

Revoltado, precipito-me para fora dessa casa cristã. Suplico que o Onipotente Acaso afaste de mim o cheiro dos cadáveres amorosos, lacrimosas flores de perfume letal. Que se afaste de mim, sobretudo, a Anônima Transcendência, violadora de amores. Antes, quero que a memória sofra em carne viva o testemunho da vida e que se guardem os adorados ecos de Antínoo nos abismos da minha dor. Que ele seja, pelo menos enquanto eu for. Emito então meu mais lancinante vagido de luto, porque não é fácil ser túmulo. Em minhas tripas palpitantes, onde se pode vislumbrar a carcaça mais querida, sinto que se está gerando apenas a carniça de amores. Depois de tudo, parirei o nada.

Não é verdade, Konstantinos, que o universo desconhecia tamanha solidão?

DOS AFLITOS

A tristeza, uma das paixões primitivas, manifesta-se através de um langor desagradável que o Mal provoca na alma, gerando assim a palidez. Na verdade, ao estreitar os orifícios do coração, a tristeza faz com que o sangue corra mais lentamente nas veias e se torne mais frio, acabando por ocupar menos espaço. Ao se retirar das veias mais largas, o sangue abandona também as mais afastadas. Ora, as distantes veias do rosto são também muito visíveis, de modo que a palidez aí se manifesta com clareza, sobretudo num caso de grande e inesperada tristeza, quando a surpresa intensifica a ação de apertar o coração. Esse fenômeno significa que as mudanças de cor não dependem dos nervos ou músculos e sim do coração, que pode sem receio ser chamado de fonte das paixões, pois é ele quem prepara o sangue e os espíritos para sua produção. Fica assim explicado por que, quando aflitos, os amantes tornam-se tão pálidos.

(De um *Tratado das Paixões* vindo à luz por volta do Ano da Graça de 1649.)

VISÕES (III)

Uma estranha viagem de núpcias.

Sou um adolescente que arde: o desejo palpita nas veias inchadas do meu sexo. Vou numa viagem que pressinto ser mágica e sensual. Caminho confiante, para me encontrar com o noivo que me foi prometido.

Preciso atravessar um rio, para chegar ao meu objetivo. Mas de repente parece que o provisório estar cruzando o rio é definitivo, como se toda minha vida tivesse desaguado naquele sentido, que agora se revela absoluto.

Entro, portanto, numa cabana sem teto, às margens do rio. Há mais que sensualidade no ar: há um cheiro quase explícito de esperma, que eu farejo com os sentidos afiados. Compreendo que algo agradável me espera, no perfume espermático. E me entrego, antecipando-me. Longe da cabana, inicia-se um ritual de candomblé, que eu pressinto, certo de ser seu protagonista, mesmo à distância. De repente, é como se forças estranhas me fizessem adormecer, ali no chão. Quando acordo, sei que meu amado foi escolhido ritualmente e estou a ele consagrado. Essa manipulação me alegra. Sou mais do que seu prometido: identifico-me com o amado, torno-me ele. Mas não sei quem é quem. Por força do rito, devemos ser rigorosamente um só, ao nos misturarmos em carne e espírito. Abro os olhos. Com alegria, vejo-o diante de mim, aquele que é meu duplo: um adolescente mulato, malvestido, de cabelos encaracolados, olhar tristonho ou doce. Seu belo rosto me é familiar. Mas quando dou os primeiros passos em sua direção, recebo como que uma advertência telepática. Ele desaparece. Por intuição mágica, fico sabendo que aquele rapaz me foi designado por engano. Sinto que gostei dele em vão, e em vão me entreguei. Sem maiores perguntas, devo apagar sua lembrança e refazer meu amor do zero. Deito-me outra vez no chão. Agora parece que durmo menos. Rolo pelo chão da choupana, até ser invadido por uma grande alegria. Diante dos olhos de minha mente vai surgindo, desta vez, meu verdadeiro prometido. Mesmo sem conhecê-lo, quero entregar-me a ele sedento, disposto à felicidade e fidelidade totais: porque não mais tenciono ser um só. Como ele é doce e terno, desejo conseguir a plenitude do meu ser confundindo-me em sua existência. De modo que estarei superando a morte: sendo eterno nele e no seu amor. É a vida tornada paixão, fora da qual sei que nada existe. Mais: a paixão tem a forma desse noivo, que me foi designado por uma ordem superior, protetora.

Abro os olhos. Tenho diante de mim um ser que adivinho o mais belo, iluminado por um sol de crepúsculo ou aurora, quem sabe. Amo-o sem pedir detalhes. Sei que sou feliz nele e amo o duelo de amor que vamos ter. Meu amado é pobre, naquela choupana, e me infunde juventude, entusiasmo. Tem um louro escuro nos cabelos. Mas não sei seu rosto. Pressinto apenas seu perfil, graças ao sol que o modela. Sinto como se ele me atraísse qual armadilha visguenta, onde grudo. Atendendo ao seu cheiro de esperma, vou de bom grado ao seu encontro. Para sempre ou não, não me pergunto. Sou a pura tranquilidade. Sei apenas sorrir, e é assim que caminho, intuindo seu sexo. Uma flor perfumada, de onde tudo se irradia.

Devoramo-nos mutuamente, já que um não se justifica sem o outro. E das visões emerge o Ser Ambíguo sussurrando palavras sábias mas ameaçadoras: amar para transformar é modo de traição. Amor-Utopia: que haja felizes digestões. Ou moto-perpétuo: vampiros trocando carótidas entre si. Há essa ligeira turbulência no ar. Mas já não importa. Sou um ser doce para todos os mundos e todas as possibilidades. Nunca recebi tanto amor.

Fim da visão. Impossível consolo.

São Paulo, 6 de novembro de 1978.

Falando sobre a necessidade de uma criação desvairada, Hélio Oiticica lembra Klee e Mozart — para os quais "não há nada que não seja invenção, o tempo todo". Pelos jornais ainda, Gilberto Freyre chama Luís Carlos Prestes de politicamente simplista: "Foi vítima não do misticismo mas da matemática", porque sendo matemático tendia a ver as coisas com demasiado rigor e ordenação. Freyre chama-se a si mesmo de paradoxal e afirma, nada modestamente: todas as verdades residem em paradoxos, que "chocam os bem-pensantes e os matemáticos".

UM BURACO CHAMADO DESEJO

Se um simples buraco começa a significar privação, é o bastante para que oscile o majestoso edifício do amor. Meu desejo agora incha, filho da contundência. Ganas de preencher.

*

Pepo sente pânico de ser penetrado. Seu cu é sua parte mais rigorosamente proibida. Alguns anos atrás, forçou-se a dar. Mas, de tão tenso, praticamente abortou as tripas, que saíram grudadas no pau do parceiro. Pepo conta que chorou de medo, ante aquela flor maligna e intrusa a pender dentre suas pernas. Com dedos incertos, empurrou-a para dentro e devolveu assim, às profundezas, seu maior estigma, seu mais intestino segredo. Entranhou-se também seu horror.

*

Essa impossibilidade não me incomoda até o momento em que seu buraco interditado ao amor começa a ser assediado pelo meu desejo cafajeste que já anda babando e bêbado. Nessas horas, Pepo é benevolente: dispõe-se às tentativas possíveis, com auxílio de nosso diversificado arsenal de cremes e de inusitadas carícias. E no entanto, nada.

*

Meu desejo galopa desenfreado, mas impossível. Consolo-me mordendo os lábios. Há defasagens, remordimentos. Arranco sangue.

*

Será essa talvez a face canibalesca do amor. Eu e Pepo duelamos. Eu o agarro, ele foge. Quero desvendar seu labirinto. Mas ele mantém o segredo num cofre sem fechadura. Ou será minha chave inadequada?

*

Já não sei onde termina o suplício que padeço e onde começam as torturas que lhe aplico. Pouco importa tanta sutileza.

*

Além do dedo e língua, tentamos objetos — um pepino inglês, por exemplo, de diâmetro bem modesto. Nada entra. Pepo chora dizendo que, apesar de hermético, seu amor é imenso. Mas parece que nem toda paixão do mundo faria o mais desejado cu se abrir. Ele resiste como uma muralha.

*

Interrompemos a trepada outra vez. Cada um de nós vai chorar num canto. Eu, de tesão enrustido. Ele, de culpa acumulada. Prometo redobrar as tentativas. Eu, Dom Quixote, e minha lança afogueada.

CARTA ABERTA DO DOUTOR K.M. KERTBENY AO SENHOR MINISTRO DA JUSTIÇA DA CONFEDERAÇÃO DOS ESTADOS ALEMÃES
(EXCERTOS)

Excelentíssimo Senhor Ministro, o pobre corpo humano também tem seu bode expiatório. Trata-se daquele bravo órgãozinho que estigmatizamos, já ao lhe atribuir uma péssima reputação, e que escondemos pudicamente sob o asséptico nome de "ânus". Durante uma recente conferência, por exemplo, ouvi certo renomado professor desferir o seguinte comentário, a propósito do conferencista: "Ele é feio como um cu." Senti-me francamente revoltado. Uma tão injusta afirmação não merecia, por caluniosa e inverídica, estar na boca de um egrégio filósofo como esse. (...) Na verdade, Senhor Ministro, o cu é uma flor misteriosa, de cores múltiplas, formas diversas e tamanhos imprevisíveis. Sua fama de fedorento se deve justamente ao fato de o mantermos na obscuridade. O olhinho fede por abandono. Nada impede que faça bom proveito dos nossos banhos. Se cuidado, o cu floreja e chega a emitir um perfume peculiar. Por ser generoso, sábio e terno, ele distende suas numerosas pregas, qual carnívoro girassol, e se abre para profundezas tépidas, acolhedoras. Às vezes, pode parecer voraz. Mas isso se deve a um potencial que ficou esquecido, desperdiçado. Por excesso de amor recolhido, nosso cu seca. E somos nós mesmos os prejudicados.

A preciosidade desse lindo botãozinho está diretamente relacionada com a satisfação incomensurável que dele podemos tirar. Por um lado, essa leal comporta chamada esfíncter anal adora carícias, já que contém tantos terminais nervosos quanto a parte mais sensível da vagina. Por outro lado, a penetração anal no macho também propicia massagem na próstata, que é um dos canais por onde escorre a libido. Assim, não se pode deixar de admitir que o cu tem condições de multiplicar em muito o prazer sexual. Um grande número de homens frequenta prostitutas para atingir o orgasmo com um dedo da mulher em seu cu — tarefa para a qual as esposas infelizmente são consideradas inaptas. Sabe-se também que o grande fascínio exercido pelos travestis deve-se a que esses andróginos são capazes de penetrar seus fregueses — na surdina, evidentemente. Quanto mais potentes e bem-dotados forem, mais sucesso costumam obter na profissão. (...) Parece-me que o tabu em relação ao cu é proporcional ao desejo secreto que os homens têm de serem penetrados. Nesse sentido, o estigma que o cu carrega significaria, fundamentalmente, uma espécie de defesa contra esse desejo, quase incontrolável, de se fazer de fêmea para um outro macho. Daí também o sentido negativo atribuído ao buraquinho, na linguagem cotidiana. Diz-se "vai tomar no cu" e "vai se foder", como formas de agressão. "Fodido" é alguém que anda mal de vida. "Me fodi naquela compra" significa que alguém fez mau negócio. "Tive que abrir as pernas pro patrão" quer dizer que o patrão explorou alguém. E mais: "fulano queria me enrabar", no sentido de prejudicar, enganar. Em contrapartida, diz-se "esse filme é do caralho", para significar que se trata de um bom filme. Ou: "festa do cacete" para dizer que uma festa foi divertida. Por que essa dicotomia em que o pinto tem o privilégio das coisas boas, Senhor Ministro? Talvez por causa de certa ideia de propriedade implícita nos coitos. Ao se associar a penetração com a tomada de posse, o penetrante torna-se o dominador e o penetrado passa por vencido. O verbo "comer" é, aliás, bem significativo dessa ideia de invasão e domínio. (...)

Muito do rigor e rejeição à penetração resulta ainda do horror às fezes. Ora, se a *merde* fede, isso não é privilégio nem culpa dela. O ser vivo inteiro cheira mal, por causa dos seus detritos inevitáveis, e até faz bom uso de tal fato. Sabe-se que, em priscas eras, o homem afastava os animais selvagens graças ao seu cheiro, considerado insuportável pelos inimigos. As secreções do corpo (preconceituosamente apelidadas de "sujeiras") são subprodutos da vida e constituem uma parte significativa do ser em processo: cada um de nós é um amontoado de buracos que segregam sucos muito específicos. A boca (concavidade complexa) segrega a saliva. Os olhos (covas dissimuladas) destilam lágrimas. Os ouvidos fabricam cera. O ânus (filho da profundidade) expele a merda e seus gases, enquanto o pênis lança mingau-de-homem por seu espermoducto. Existem ainda o escarro, a meleca (dos olhos e nariz), o sangue menstrual, o sebo do pênis, a urina, os líquidos irrigatórios da vagina e da uretra. Aliás, o corpo todo é feito de inumeráveis furinhos, os poros, e solta água sudorenta, através desses canais que buscam comunicação. Porque nossos milhares de furos são pontes, Senhor Ministro. De modo que é preciso reconhecer no ato de ser possuído/a a beleza de quem sai de si e se comunica com o vasto mundo. Nessa ânsia de superação, nós vazamos para fora, literalmente. Como inevitáveis cadelas, lançamos pedidos de complementação e entabulamos um jogo em que não há dádivas gratuitas mas trocas, pois o que sobra aqui completa o que falta ali. (...) Cada qual preenche seus buracos com o que mais lhe convém. Muita gente o faz comendo comida, até compulsivamente, e então a própria boca serve de dueto para esse frenesi particular que é devorar. Trata-se de uma das maneiras de satisfazer uma necessidade espiritual pelos canais de certa ausência (ou profundeza) material. (...) Mas há outras pessoas que abrem suas portas por um admirável gesto de entrega. Se César dava o que era seu porque o tinha em excesso, deve-se admitir que também o fazia por generosidade e, inclusive, por admirável intuição estética. Porque a exuberância é beleza, como dizia William Blake.

E, no entanto, Excelência, essas modestas reflexões anatômicas nada significam frente à experiência erótica em si. Quem já penetrou ou ofereceu o cu, e teve um parceiro agradável, jamais poderá esquecer-se da gratíssima sensação. A quem nunca o fez, só posso aconselhar um teste, sem perda de tempo. Língua no cu, pau no cu, dedo e afagos no cu são delícias que vão e vêm em muitas direções. Por ser essa coisa fofa e bem-humorada, o cu pode inegavelmente levar-nos a perder o fôlego de prazer. Depravação do homem? Não, puro ludismo da natureza. Parece-me, aliás, que o ato de defecar é agradável justamente porque equivale a ser penetrado, só que ao inverso. Estou seguro que muito do receio ante a espessura inflada de um pênis seria dissipado se lembrássemos que, uma vez ou mais por dia, saem de nós compactos dejetos que frequentemente alcançam dimensões e solidez comparáveis a um membro masculino muito avantajado. (...)

Diante desse quadro, o Senhor Ministro compreenderá, estou seguro, a premente necessidade de estimular todo o povo a descobrir e admirar seu cu, inclusive por uma questão de orgulho nacional — porque afinal trata-se de resgatar uma parcela da nação em cada um de nós. Para ser suficientemente objetivo, proponho então que esse Ministério tão exemplarmente conduzido por Vossa Excelência lance em todos os estados uma Campanha Pró-Cu, visando desculpabilizar o buraquinho e, com isso, tornar nosso povo muito mais feliz. Adianto que é grande o número de cidadãos notáveis e esclarecidos que já manifestaram intenção de apoiar essa causa. Estou seguro de que, em nome dos milhares de cus que estão por vir, a Humanidade em nós representada manifestará gratidão eterna e se lembrará de Vossa Excelência como o Grande Redentor da Rodinha, Paladino dos Direitos do Rabo, Amantíssimo Protetor do Fedegoso etc.

(Em anexo, seguia-se uma longa lista de assinaturas de personalidades da época. Aliás, foi nessa mesma carta que se utilizou pela primeira vez o termo "homossexualidade". Corria o ano de 1869.)

RECOMENDAÇÕES DO NEURÓLOGO MAGNUS HIRSCHFELD SOBRE A MASSAGEM NA PRÓSTATA

Senhores, como a próstata é um órgão interno localizado entre a bexiga, os testículos e o reto, a melhor forma de massageá-la é introduzir no ânus um objeto de textura suave e comprido o suficiente para alcançá-la por dentro — seja o dedo, o pênis, um dildo ou, se preferirem, uma delicada cenoura.

Antes de mais nada, a penetração no ânus gera muito temor por causa da possível presença e cheiro de excrementos, mas adianto que, se o reto for previamente esvaziado, não há nada a recear. Pode haver também medo à sujeira associada com doença, mas sabemos que os seres vivos estão infestados de micróbios em todo o corpo. A boca humana, por exemplo, contém igual quantidade de bactérias que o reto. Portanto, a forma mais absoluta de evitar transmissões bacterianas seria evitando absolutamente qualquer contato com outros seres humanos, animais e vegetais em geral. O que levaria à reclusão total, absurda. Parece-me, ao contrário, mais sensato aprender a conviver com tantos bichos que nos cercam e que não são, necessariamente, hostis.

Dito isto, o primeiro passo para nossa massagem é conseguir suficiente abertura do esfíncter anal do paciente. E já adianto ser tal a elasticidade dessa válvula que certos iogues da Índia conseguem sugar água pelo ânus. O músculo esfincteriano tem duas partes: um anel muscular externo, que pode ser contraído/descontraído voluntariamente; e o anel muscular interno, cujos movimentos independem da vontade. Geralmente, a dor na penetração anal significa que o anel interno continua tenso, visando impedir que os excrementos saiam do reto. Essa mesma facilidade em se contrair e distender como uma jiboia faz com que, em muitos indivíduos, o esfíncter concentre a tensão presente no resto do corpo — e essa é justamente uma das causas das hemorroidas.

100

Mas, por concentrar grande quantidade de terminais nervosos, trata-se também de uma zona altamente sensível. Basta, portanto, alguns toques delicados para que ela se relaxe. Seus tecidos respondem favoravelmente quando, por exemplo, estimulados por leves mordidas, ligeiros beliscos ou carícias mais simples. Também se pode massageá-la pressionando com os dedos lubrificados com creme. Depois que o esfíncter se descontraiu, é possível introduzir todo um dedo pelo ânus adentro — lentamente e sem unhas longas ou mal aparadas, fazendo massagem interna com movimentos circulares. Evidentemente, qualquer toque simultâneo em outras zonas mais ou menos erógenas do corpo examinado ajudará indiretamente o esfíncter a se relaxar de modo generoso — sejam carícias nos mamilos, beijos nos lábios, lambidas nos sovacos ou mesmo manipulação do pênis. Alguns especialistas acreditam que os massageados devem deitar-se de lado, com as pernas dobradas, porque essa posição parece facilitar a abertura e penetração. De qualquer modo, só quando o relaxamento esfincteriano for total é que o médico deve substituir o dedo. Então, sempre paulatinamente, inserirá aí seu órgão, resultando no que popularmente se chama coito anal. Uma boa técnica para o paciente facilitar ainda mais a inserção peniana é, nesse momento, forçar o esfíncter para fora, como no ato de defecar. O movimento de expulsão provoca um alargamento dos anéis musculares. Aliás, há aqueles que, donos de grande controle sobre seu esfíncter e músculos associados, conseguem realizar praticamente sozinhos os movimentos de penetração, contração e descontração, tomando as rédeas do ato e impondo seu ritmo ao médico, que é assim obrigado a adaptar-se tecnicamente e improvisar.

Uma vez ultrapassados os anéis musculares, o pênis desliza livremente para dentro do reto, que é largo e quente. Nesse ponto, aconselha-se uma pausa para propiciar o relaxamento total do paciente e permitir que ele sinta o delicado esfíncter pressionado e pressionando em toda sua circunferência. É aí que começa a segunda e mais importante etapa desta nossa operação de massagem. Afundando no reto, o pênis começa a roçar a próstata, separados que estão apenas pela parede intestinal. A melhor maneira de efetivar a massagem é movimentando o pênis para dentro e para fora, procurando fazer com que, ao entrar, ele friccione o quanto possível a parede inferior do reto, adivinhando a próstata.

Neste ponto, peço a atenção dos senhores para um detalhe importante: é provável que o paciente tenha uma ereção peniana e, consequentemente, sinta prazer. Isso acontece em noventa por cento dos casos. Nada a estranhar ou reprimir. É preciso deixá-lo à vontade diante de coisa tão natural. Na verdade, é a próstata que praticamente decreta o início do transe orgástico, já que, segundos antes da ejaculação, ela irá segregar o líquido que conduz o sêmen. Daí, esses toques velados na próstata podem multiplicar em muito o prazer libidinal. Constatamos, em experiências realizadas em nosso Instituto, que o paciente chega a um gozo altamente requintado e quase incomum, justamente porque, ao se tocar sua próstata, todo o sistema nervoso parece receber mensagens e responde com inúmeras descargas elétricas. Houve até o caso de um pai de cinco filhos que acendia lâmpadas, durante seu orgasmo anal. Em outros casos, os pacientes chegaram ao incontrolável clímax só com serem penetrados, não necessitando sequer tocar o próprio pênis. Aliás, eles pareciam encontrar-se em tal estado de relaxamento que nem chegaram a perceber o início da ejaculação. Comportaram-se mais ou menos como se vazassem esperma.

Há indiscutivelmente aspectos insólitos nesse tratamento, mas é preciso não se espantar. Em favor da excelência de nossa massagem, devo lembrar que já os árabes recomendavam o coito anal como saudável para a próstata. Além de que, em diversas culturas antigas, era corrente a crença de que um homem recebia as virtudes do outro ao ser por ele penetrado. Na Grécia Antiga, onde se acreditava que o mestre transmitia a educação ao discípulo através da relação carnal entre ambos, a penetração funcionava como ápice do conhecimento e passagem para novos graus de espiritualidade. Na Pérsia, o coito anal também estava relacionado com as mais altas virtudes, sendo cantado por poetas, filósofos e santos.

Em resumo, eu não estaria exagerando se afirmasse que a enorme popularidade que a penetração anal gozou e goza, contra todas as proibições sociais, deve-se ao prazer indescritível proporcionado pela miraculosa massagem na próstata. Na verdade, senhores, a satisfação é tamanha que se pode falar em êxtase durante o orgasmo que porventura ocorrer em vários momentos do tratamento. Mais do que uma simples técnica de cura, devo admitir que esse tratamento é um modo de revigorar a felicidade em nossos pacientes. E a felicidade — os senhores sabem melhor que eu — deve ser o objetivo último da Nova Medicina.

(Estas breves notas foram lidas antes da projeção do filme *Anders als die Andern* para um grupo de médicos da União Soviética que visitava a velha Berlim, em janeiro de 1923.)

PANFLETO DO TERRORISTA STRIGA BRIDBEY SOBRE AS VIRTUDES REVOLUCIONÁRIAS DO RELAXAMENTO DO ESFÍNCTER

Camaradas de todo o mundo, nosso cu só será nosso triunfo quando nossos dejetos forem dourados. É verdade que o cu está marcado exatamente pelo estigma da sujeira. Numa sociedade em que a limpeza tornou-se produto de consumo, foge-se da merda como o diabo da cruz. Transforma-se o dejeto físico em opróbrio moral, e com isso amaldiçoa-se o cu de maneira perene e indelével. Fora do ato de cagar, faz-se do rabo a parte mais proibida do corpo, tornando o cu uma zona vergonhosa e privada por excelência. Daí, é comum que nosso furinho seja uma região refratária ao universo da política, já que aparece como um buraco de competência exclusiva do seu dono ou senhora.

Contra todas as expectativas, camaradas, proclamo que tomar no cu é estar-no-mundo. E torná-lo público é simplesmente torná-lo revolucionário. Para estourar fronteiras, subverter papéis tradicionais e afirmar a autonomia de cada indivíduo é preciso dar o cu. A sublevação dos povos só será irrefreável quando a totalidade dos renegados sair às ruas para queimar a rodinha em todas as posições e com os métodos mais bárbaros. Se oferecermos com absoluta generosidade o substantivo, digo que faremos ruir inapelavelmente o discurso burguês. E a felicidade resultante do prazer anal fará explodir as estruturas carcomidas da civilização cristã ocidental e sua obcecada assepsia.

Portanto, camaradas de Sodoma, arranquemos muita bosta uns dos outros. Caguemos de amor, em todos os cheiros. Trancada detrás de nossas portas mais secretas como o interditado em seu santuário, essa pasta fede a nós, enquanto fiel testemunha e prova indiscutível de nós: gloriosamente, nossa *Golden Shit*. Liberemos então a bosta e ofereçamos ao mundo o espetáculo de nossa sacralidade cremosa, bandeira do nosso mais legítimo anseio de verdade. Relaxemos o pobre esfíncter sobre quem pesa a tarefa de impedir, e escancaremos tudo, sem mediação. Caguemos por todos os buracos, sejam poros ou boca, em todas as horas e lugares, quebrando galhardamente todas as leis. Vamos consagrar a bosta pela bosta e devotar-lhe a mais ardente paixão. Para tanto, tomemos de assalto os mercados e transformemos a comida burguesa em delicioso purê merdoso. Ataquemos igualmente as butiques para vestir nossa libido com as roupas mais sofisticadas e cagar nos frascos de delicados perfumes. Por onde passarmos, deixemos montículos de origem humana tais quais selos de nossa revolta. Então digo que tudo será uma só e imensa cagada. Porque neste momento já não se trata de joguinhos ingênuos dos revolucionários de antanho. Trata-se agora de uma prolongada noite de sangue e dourada bosta. Na verdade, camaradas sodômicos, a Revolução do Cu significará um levante definitivo. Pelo rabo, destruiremos. Tal como metralhadora justiceira, nosso esfíncter abrirá sua fortaleza para espirrar mortíferas pelotas. Cada peido, um desejo escancarado. Cada tronço, uma bomba de delírio liberado. Portanto, venho exortar cada camarada a que:

1. Faça sua revolução: DÊ O CU.
2. Promova a explosão do aparelho sanitário/estatal: DÊ COM MUITA MERDA.

3. Crie uma revolução permanente e alcance o triunfo definitivo: DÊ
O CU INCANSAVELMENTE, CAGADAMENTE.
Viva o olho-de-goiaba!
Viva a Federação Negra dos Enrabados que Enrabam!
Viva os contumazes cagões!

(O panfleto acima foi publicado no jornal *Chórnyi Voron* [O Corvo Ne-
gro], de Vladivostok, em maio de 1905. Seu autor, um adolescente russo
exilado em Londres, escorregou na bosta, quando carregava uma bomba
escondida, e explodiu. Dele não mais se teve notícias.)

São Paulo, 2 de setembro de 1980.

Meu Querido Cláudio,

Fiquei preocupado quanto à tua possível reação ao meu livro de "contos"; que você se atormente ao me imaginar atormentado. Sim, minha preocupação com a morte, aí expressa, é real. E quem não se preocupa com ela? Pode ser que muita gente não se lembre da morte, é verdade. Mas é muito comum as pessoas fazerem coisas compulsivamente para se esquecerem desse aniquilamento absoluto e inevitável que nos aguarda. Ao contrário, aqueles que se matam podem se revelar os mais radicais amantes da vida: odeiam tanto o lento aniquilamento do cotidiano que preferem dar um fim nisso que sentem como uma tortura ou comédia. Portanto, os que odeiam a morte não são necessariamente adoradores da vida. Assim como os necrófilos não são inimigos da vida. Por que o Marquês de Sade é tão aprazível, senão por motivo semelhante? Talvez também porque os paradoxos sempre indicam o caminho: de um lado, a crueldade de Sade tem um nível de florescimento da fantasia e, de outro, proclama a rebeldia do indivíduo frente às leis que pretendem enquadrá-lo em categorias. No ato de transgredir existe sem dúvida um componente liberador. Bom, se te dei os originais pra ler, isso tem um certo sentido de homenagem, te garanto. Não é prestação de contas nem necessidade de espelho. Aliás, é sim um pouco de necessidade de espelho: aquele desejo de ouvir impressões e, portanto, de me ver um pouco refletido para fora de mim e poder ter uma ideia mais distanciada do que escrevi. Porque às vezes sinto necessidade de ter um leitor tão crítico quanto eu, mas com a neutralidade que não tenho perante mim mesmo. Entrando no universo autor-leitor, minha relação com você precisaria talvez superar os envolvimentos afetivos para deixar espaço à relação no terreno da criação e propiciar uma leitura de entrelinhas, quer dizer, mais labiríntica. Se você não conseguir entrar no meu barato, vai ser muito doloroso (ou até escandaloso) ler, por exemplo, o que estou escrevendo para o romance. Isso tudo porque venho tentando fugir cada vez mais do nível de complacência do leitor para com o escritor, e vice-versa. Atualmente, prefiro dar a impressão de que o leitor está sendo, de algum modo, ludibriado.

Mas se ando escrevendo droga, é importante que você, olhando de fora, me ajude a ver isso. Não tenha medo de rejeições. Seja meu amigo sem receio de ser meu crítico. Assim, acho que a confiança mútua só vai crescer e fará bem a nós dois. Te digo essas coisas com alegria. Porque, no meio dessa trajetória de dúvidas, tenho uma grande certeza: é infinitamente gratificante sentir-se inseguro até o ponto de escrever um livro.

PRELEÇÕES DE PEPO

I) BELEZA: DIREITO DA ESPÉCIE

Um dia de manhã, Pepo acorda muito pensativo. Sem deixar a cama, olha fixamente para um ponto no espaço e se põe a falar como um profeta. Diz admirar muito a beleza que se faz generosa e se entrega indiscriminadamente, como um presente sem preço. Conta que certa vez viu um rapazinho lindo brincando com vários homens ao mesmo tempo, num mictório de cinema. O rapazinho sorria. O olhar dos homens vertia amor.

No dia seguinte, Pepo acorda e se põe a falar ainda mais acaloradamente. Acha a beleza uma coisa fechada, além de constituir motivo de graves discórdias entre as pessoas. Em geral, não só a generosidade mas também a concórdia são antípodas da beleza. Um ser belo acirra os sentidos e os ânimos, porque a beleza cega quem a contempla e promete delícias a quem se apossar dela. Pepo propõe que, para o bem de todos, não haja beleza privativa. Ao invés, sugere que as pessoas belas sejam compulsoriamente socializadas, passando a viver, por exemplo, em grandes prostíbulos, onde estariam disponíveis às necessidades do conjunto dos corpos. Assim, mais ou menos: gostou, faça bom uso. O equilíbrio erótico passaria a residir no entrecruzamento das premências individuais e não em regras sociais tão abstratas quanto arbitrárias. Crueldade? Não além dos limites naturais. Pepo lembra que os menos favorecidos pela natureza recebem facilmente a compaixão dos demais, porque geram autocomiseração e inspiram quase terror à espécie que os produziu. Os belos, que ao contrário inspiram orgulho e merecem nossa admiração, deveriam ser indiscriminadamente devorados num saudável gesto de autossuficiência e compensação ao gênero humano. Com um olhar de filosófica neutralidade, Pepo concluiu: A espécie que produziu o melhor de si tem direito ao seu usufruto.

Assim falou Pepo.

II) DO AMOR

Pepo me diz que o amor é ainda mais misterioso e terrível entre os animais, um impulso que leva cegamente para a união dos sexos e o mais violento dentre todos os instintos. É muito comum o amor associar-se à dor. Os amantes se machucam, entredevoram, se matam. Basta olhar-se ao espelho durante um orgasmo, diz ele. O rosto da gente se contorce de sofrimento. O momento supremo do amor nos imprime uma máscara de horror.

Suspeito que seja verdade. Sinto aflição.

Nu como sempre, Pepo caminha agora pelo apartamento, movimentando seus balangandãs entrecoxas. Para, como se descobrisse: Quem é o agente maior da violência? O macho, responde ele, categórico e catedrático. São, por exemplo, os cachorros que perseguem a fêmea e, disputando-se entre si, violentam-na com crueldade. Não seria exagero concluir que, nesse embate competitivo, o macho se enfraquece enquanto gênero e corre o risco de se extinguir, a longo prazo. Já existem muitas espécies só constituídas de fêmeas, cujos ovos não precisam ser fecundados para gerar novos indivíduos. Trata-se de colônias femininas onde não aparece um único macho durante muitas gerações. Isso acontece com vários tipos de delicadas borboletas, por exemplo.

Pepo me olha amorosamente: Não sofra. Nós somos seres em mutação. Machos cruzando os gêneros.

III) PEPOLÍTICAS

Naquela semana, Pepo se supera. Nada escapa à sua análise perspicaz. Descubro sabedoria em seu possível ceticismo. Pepo passa um dia inteiro falando sobre a impossibilidade de revoluções totais. A revolução em geral implica uma violência às coisas tais como se apresentam, diz ele. Para sair abruptamente de um estado X e ingressar num Y (provocando a chamada "transformação"), é frequente usar-se a força — seja ela de um indivíduo contra outro, de uma classe ou grupo contra os demais. Frequentemente uma revolução acaba imprimindo a marca de certas individualidades sobre o conjunto restante. Então ela se torna tão repressiva e prepotente quanto a imobilidade renitente. Portanto, a ideia de revolução não pode ser imposta como um valor absoluto. O gesto que se diz revolucionário não leva necessariamente a uma evolução. Nem as autoproclamadas esquerdas são automaticamente liberadoras. Aliás, os novos tiranos costumam estar escondidos dentro daquela vanguarda que deflagra as revoluções. Para mudar, há que se levar em conta, de um lado, o caráter trágico das revoluções e, de outro, suas possibilidades multidirecionais e polivalentes. Um dos maiores equívocos perpetrados em nome da mudança radical é a imposição de um igualitarismo simplista. Então, em nome da igualdade, as pessoas tornam-se rebanhos de desejos uniformizados. A revolução por decreto é perigosa porque gera o conformismo.

Pepo desconfia que as lideranças revolucionárias querem mudar o mundo justamente para não mudar a si mesmas — o que é, aliás, uma tendência generalizada entre nós os humanos, uma espécie de instinto de conservação espiritual ou até um esforço de dominação do espírito (que tende à permanência) sobre a matéria em perpétua agitação.

Pepo tem um olhar de visionário quando diz que o objetivo talvez não seja a revolução, mas a revolta. Não a coletivização compulsória, mas as individualidades livremente integradas. E sentencia: Ainda temos muito a aprender com esse bicho tão caluniado pelas esquerdas, o indivíduo — bomba-relógio da rebelião. Porque no menor concentra-se o máximo. E, no absolutamente individual, a mais completa e sadia relativização: o indivíduo enquanto reino do relativo.

Durante o almoço, Pepo mal respira, ocupado entre mastigar e falar: Para viver plenamente como indivíduo, será preciso manter-se clandestino, já que a paixão pela totalidade acaba fatalmente se tornando totalitária.

Passo horas olhando boquiaberto para as palavras que Pepo articula incansavelmente. Concluo: Pepo andou lendo intelectuais dissidentes do Leste e do Oeste. Confesso: eis uma maneira bonita de se desencantar.

IV) SOBRE AS TUMBAS DOS HERÓIS

Pepo passa o dia deitado. De vez em quando toca seu próprio corpo com certa lascívia despropositada. Quando pergunto se está bem, não responde. Fico inquieto. À noite, já pronto para dormir, Pepo põe-se a falar no escuro. Confessa-se cansado de heróis, líderes, gênios, estrelas. Que fazem as mesmas grandes promessas e acabam igualmente tiranos. Pepo manifesta sua extrema preocupação ante a necessidade que as pessoas têm desses condutores messiânicos que provocam a fé que acarreta dogmas. Por isso, acha urgente fazer a crítica dos talentos — vistos geralmente como um presente dos deuses e automaticamente transformados em características de seres eleitos, superiores.

Ouço um bocejo e a voz de Pepo, no escuro: Sou um talento para a preguiça. A seguir, sua voz se enche de dengos: Ai, me faz carinho daqueles bem gostosos, faz.

Acho irresistíveis as palavras de Pepo. E faço.

V) UMA AULA DE COMUNICAÇÃO

Considerando que estamos na era da informática, Pepo falou assim:

Hoje, em SP, a gente consome LSD comprado pela CBD, e nem sabe que nos EUA foi divulgado pela UPI um plano da CIA para manter viva a disputa dentro da OTAN, obrigando a CEE a iniciar uma CPI e com isso evitar que a KGB utilizasse os equipamentos da RAI, já que nem a URSS suportaria os fatos revelados em FM. Melhor seria que a ONU incentivasse, através da FAO, atividades na FUNARTE, o que soaria como toneladas de TNT explodindo em pleno coração da AL, que só sobreviveria se internada numa UTI. Mas o pior é que, se considerarmos uma cidade como LA, o total de IR aí recolhido (incomparavelmente menor que o de NY) suplantaria de longe a soma dos ICMs recolhidos pelo BNDE, sem evidentemente computar o FGTS na região do ABCD. Cientes disso, a UNE e a ADUSP programaram uma grande manifestação no vão do MASP, para exigir mudanças na CLT e reivindicar aumento do PIS, colhendo infelizmente os mesmos resultados da CEI da AL de SC. Foi aí, recordemo-nos, que o CEBRAP se recusou a depor, responsabilizando a SUDENE pelos enganos no INPC daquele ano, fato confirmado por técnicos da FGV, também especialistas do IBOPE. Quanto aos escândalos divulgados pela AM da RTC, soube-se que em MG descobriram-se fraudes no INPS (antes, portanto, da existência do INAMPS), só suplantadas pelos rombos que a RP provocou nos armários do governador de MS, o que faz lembrar aquele caso na COSIPA, onde a ALALC competiu com a CETESB em espalhar boatos poluidores, para espanto da APPN. Só depois disso é que, tendo saído do DEOPS, o carro do DSV seguiu direto para as IRFM com o VT, que foi antes examinado por gente do SNI, fato que irritou sobremaneira o diretor do DOI/CODI e provocou protestos do porteiro da OBAN, orgulhosos ambos da atuação da PM, em consonância com o GARRA e a PE, que visavam ganhar pontos junto aos meninos da CS e do PCB. Entretanto, sem o apoio do TRT, não seria possível sequer um recurso ao STF, já agora diretamente ligado às investigações do caso BNH-PR, mesmo que isso, ao sensibilizar setores da CNBB, desestruturasse a FUNAI, em favor do CIMI. Ora, se a própria UERJ tem considerado a FUVEST como rebotalho do MEC, nem a UNESCO poderia cobrir os débitos de ISS dos diretores da SBAT e nem o BANERJ abriria crédito como fez para as FMU, visando aperfeiçoar as transmissões de TV que o MIS programava com a RGE e o SESC, em pleno TBC do período pós-JK. É verdade que, naquela época, tendo considerado irrelevante a UPC, o FMI procurou o CNPQ e o IBRADES, para financiar a produção de peças FNM, certo de que o CBA-CE não apelaria à OEA para libertar o secretário do PCRB, preso nos escritórios da MGM, destino que o PRI e a DC não desejariam nem à BB, mesmo que o PCE apoiasse o gesto rebelde do MKZ e condenasse implicitamente a linha atual da DPZ. Mas a proposta, a propósito, de recorrer aos recursos da EMBRAER fez rir até

112

os piores atores do TUCA e levou os engenheiros da NBC, sócia prioritária da AP, a pedir fusão com a EMI, obrigando a RCA a latir de ódio, enquanto a IBM ficava a ver OVNIS, via EMBRATEL. Depois disso, só mesmo o satélite SMS, com permissão do SALT-2, transmitiria a reunião da SEXPOL que ocorreria nos salões da UFBA, sob patrocínio da PANAM. Mesmo assim, a TELERJ e o MOCUN protestaram contra a NUCLEN, por ter permitido ao JB um consumo jornalístico de 200 GW, em nome de um suposto aumento de PNB que o grupo SS anunciara. E nós?, gritaram insistentemente as bichas do MHA, com os dedos ainda sujos de KY. Reclamavam ao menos um VEN da VASP. Em uníssono, os representantes do MUNUCDR, assim como os sócios da APLUB e os diretores da atual FIESP, responderam sem qualquer pudor: à PQTP. Isso posto, os alegres rapazes, acusados já pelo CRM de espalharem germens de VD desde o ano 911 DC, invocaram a MM e partiram expeditos, nos veículos GM da CMTC. O padre, que há pouco os confessara na sede da FUNABEM, fechou os olhos a murmurar: AMDG. E desmaiou, antes mesmo de poder engolir um miraculoso AA.

São Paulo, maio de 1980.

Resolvi mudar o título do romance. Acabei preferindo "Vagas notícias" porque me parece soar mais poético do que "Escassas notícias". Só receio que vá lembrar demais o título do filme de Visconti. Em todo caso, Vagas estrelas da Ursa, *é um nome mais bonito que o do meu romance. Tem certamente uma conotação mais sutil.*

São Paulo, 13 de outubro de 1980.

De tudo o que escrevi, gostaria que fossem levadas a sério apenas essas inegáveis demonstrações de incerteza frente a mim mesmo e, por extensão, frente ao conjunto dos humanos. São as singelas pretensões de um aprendiz.

São Paulo, 16 de outubro de 1980.

Todo texto literário tem que ter emoção. Mesmo quando se diz que um texto impressiona por frio e racional, trata-se aí de um certo tipo de emoção negativa ou contida, num universo emocional muito diversificado. Existe emoção na sonoridade das palavras justapostas, na palavra violentada e re-criada, na poesia nada óbvia de um escrito, na imaginação desenfreada que o permeia, na secura que ideogramatiza o texto ou, ao contrário, no seu ritmo sinfônico, pujante, barroco.

Um texto que não emociona é um texto rigorosamente falido.

No ônibus para Salvador, 11 de fevereiro de 1981.

Acho que eu poderia dar os mais diversos títulos ao meu romance. Por exem-plo: Antinoé. *Melhor ainda:* Antinoé Revisitada (*quem sabe,* Reedificada).

RELATÓRIO QUASE
SENTIMENTAL

De tão intensamente que amamos, nossas consciências parecem estar difusas em nossos corpos. Nós as tocamos, sem cerimônia. Desnecessário dizer que nosso orgasmo nunca foi tão requintado. Nós gozamos com toda a razão.

*

Fiquei olhando Pepo se masturbar. Que força extraordinária e insondável tem essa alavanca relativamente pequena diante do resto, que é tudo. A cabeça do seu pau estava enorme. Ah, eu adoro a cuca de Pepo.

*

O orgasmo de Pepo é intrigante. Começa pelo prenúncio de tempestade ou sinfonia em crescendo. Melhor ainda, é avalanche que se aproxima arrastando o que encontra pela frente. Ou uma locomotiva em alta velocidade, que termina se chocando com o mundo. Do seu orgasmo, sobram ferros retorcidos. E a perplexidade do meu olhar ante seus espasmos monstruosos.

*

Hoje de manhã nos divertimos com inocência premeditada. Eu preferi picolé quente. Pepo foi mais guloso: não só quis duas bolas como chegou a limpar os cantos da minha casquinha, com sua língua muito curiosa. Nunca pensei que acarretasse tantos arrepios.

*

Ontem preferimos comer assado. Eu naturalmente fui o frango. Pepo, em compensação, colaborou com um maravilhoso espeto. Que grande banquete.

*

As estocadas de Pepo me atingem com a mesma voluptuosidade e precisão de um toureiro. No final do amor, sacolejo e tombo como um touro que lutou inutilmente até à morte. Deixo apenas um fio de sofrimento branco, ainda mais pegajoso que o sangue.

*

Há muito que o espeto deixou de ser incômodo. Depois que a gente se apaixona, ele adquire propriedades altamente eficazes no tratamento de quaisquer desejos incuráveis.

*

Portanto, dei sem creme. Meu tesão não caberia numa latinha de Nivea.

*

A semente se despeja aqui despudoradamente. Hoje me lambuzei todo na porra de Pepo. Ele gozou litros em cima de mim. Fiquei feito um tobogã de sabor mais amargo que alecrim.

*

Com intenções suspeitíssimas, Pepo me faz ler certa notícia: em julho de 1980, os jornais soviéticos informaram que, ao operar um cidadão para retirar-lhe um tumor do peito, os médicos do Hospital Estatal do Azerbaijão encontraram no local um corpo estranho, com ossos, cabelos e membrana gelatinosa a envolvê-lo. Após exames acurados, descobriram tratar-se na verdade de um feto, cuja cabeça já apresentava órbitas oculares, boca e até mesmo vestígios de um dente na mandíbula superior. O paciente, identificado apenas com N. (para evitar escândalos), tivera um dos pulmões atrofiados pelo desenvolvimento desse possível feto. Não é a primeira vez que se noticia a existência de um homem "grávido" na União Soviética. Tais fatos podem ser importantes nas descobertas sobre hermafroditismo, fenômeno relativamente comum em certas espécies, diz o jornal. Eu e Pepo nos maravilhamos: não estaríamos justamente diante de um prenúncio da dissolução das categorias macho e fêmea? O senhor (ou senhora?) N. seria então apenas o primeiro dos mutantes, seres do futuro. Diante de nós fica, porém, uma pergunta inquietante: que espécie de refinado amor o engravidou? Pepo, inspirado, arrisca uma solução. Diz que o amor se renova, cria novos canais para sua majestade. Ave, futuro.

*

Eu engravidar de Pepo?

*

Se engravidasse no peito, poderia dizer que Pepo me tirou o fôlego. Para evitar esse possível sufoco, decidimos usar preservativos muito elásticos. Experimentamos vários sabores. Acabei preferindo ao natural. Dá muito mais tesão aquele gosto de Pepo integral.

*

Uma camisinha negra é algo absolutamente fascinante quando entra rasgando e sai gemendo. Hei de virar um incurável fetichista, se Pepo quiser.

*

Ontem pedi a Pepo que mijasse em mim. Profundo é o poço do desejo. Ardentes, suas águas.

*

Estamos conjugando, em todos os tempos e pessoas, o verbo trepar e outros vêneros que oscilam entre o terno e o tenebroso. Desde arder, roçar e lamber até arranhar, arrombar e coprofagir — este inventado na última madrugada.

*

Como existe o ladrilho, a parede, a mesa e uma infinidade de pontos de apoio, a cama acaba por perder sua indispensabilidade. A xícara também. De manhã, tomamos café boca a boca.

*

Para sobremesa no almoço recomenda-se Pepo ao mel de eucalipto.

*

Esta desgraça de ter tão poucos buracos, quando quero ser de todos os recursos. Toca flauta, Seo Bartolo. E flauta-lisa e flautim-de-capa e berimbau e pistom e surdo e clarineta e gaita e cuíca. Suas extremidades extraindo de mim sons inimagináveis. Peidos, uivos, zumbidos, ganidos, urros, zurros, vagidos, arrotos, cacarejos, cicios. Variações musicais em torno de um imenso pecado original.

*

Novas experiências culinárias: Pepo tropical. Coloque-se uma banana no cu dele, em temperatura moderada, e coma-se. Madura demais, a banana se desfez antes de entrar. Então, que se raspe o fundo e se lambam os beiços.

*

Às vezes, acho que vou levantar voo.

*

Nesse dia, brincamos de revolução. Vestindo apenas uma boina de guerrilheiro, Pepo faz o que mais gosta: me enraba. Eu me rendo ao seu charme latino e ele me abre em dois, com seu machete. No momento da convulsão erótica, berro o nome do Che, o mais belo mito sexual que a revolução inventou. Sufoco mesmo alguns soluços, ao descobri-lo em minha cama, e lhe confesso meu secular tesão, em brados retumbantes. Passada a batalha, o guerrilheiro deposita o fuzil e descansa. Sierra Maestra desaparece do horizonte. Ficamos indecisos, sempre, sobre quem é Che, quem é Guevara. Se às vezes eu, se às vezes Pepo. Em nossas fantasias sexuais, Cuba ainda é um território em litígio.

*

Damos continuidade à cozinha experimental Amor Bruxo: desta vez, goiabada cascão com porra de Pepo. Supimpa! (Variação para o café da manhã: porra de Pepo com mel e pitadinha de canela. Servir no pão ou biscoito. Hum! Vivo faminto.)

*

Dou testemunho e confesso: além de portentosa, a piça de Pepo é bem endiabrada. Quer brincar o tempo todo.

*

Se à noite acordo e sinto seu pau duro, fico imediatamente ereto. Meu pinto se inspira no próximo. Ou antes, se contagia. Há um vírus que os torna cúmplices. Chama-se Emulação de Paus.

*

Nossos corpos rangem e doem. Culpa das posições.

*

Fazemos troca ora de cuecas. Ora de camisas ou calças. De preferência, sujas e suadas. Sentir com exclusividade a presença, cheiro, toque de Pepo por entre a multidão dos calçadões é um prêmio indescritível. O que não minora a saudade. Tento mitigar a ausência de Pepo usando, por falso engano, sua escova de dentes. Usaria seus dentes. Mas nada me sacia.

*

Laboratório erótico. Experimentamos pasta dental com menta. O gozo é dilacerante.

*

Aquele dia em que Pepo, nu aos meus pés, me sussurrou como quem diz uma oração: "Ainda hei de amar tua merda, meu campeão."

AMOR DE MERDA

— Te sujei, não é mesmo?

— Sujou sim, no pinto e nos pelos. E daí?

— Que merda.

— Quero que você cague sempre em mim, está me ouvindo?

— Vai à merda.

— Quero me sentir teu dono.

— Você já é.

— Mas dono da tua merda também.

— É só você me pegar. Todinho.

— Então jura. Que me dá tua merda.

— Tudo o que você quiser, juro e juro.

— Tua merda.

— Minha merda. Resíduo...

— ... que completa o ciclo ecológico do meu amor.

— Que seja isso.

— Que seja: não quero desperdiçar nada do que é teu.

— Então, um perfeito amor de merda.

— Ou sacanagem das boas.

— E aí não vai sobrar nada de mim?

— Tudo o que você for, será eu. Ou serei eu?

— Então só vai existir você, não é mesmo?

— Também eu deixo de existir.

— Não. Você será tudo o que sou. Seja.

— Vamos ser um mesmo.

— Eu sou você.

— E eu, você. Seremos só Nós-Dois.

— Que arrepio de delícia.

— Eu vou ter cabelos lisos, sabia?

— E eu, caracóis pretos, seu bobo.

— Meu pau às vezes vermelho, às vezes moreno.

— Ninguém vai descobrir qual é o meu, qual o teu.

— Os dois, um mistério só, de puro tesão.

— Meu cavalão.

— Meu potrinho. Eu só quero dormir no teu fundo.

— Sim, cospe esse fogo no meu poço.

— Ai, minha caverna.

— Ui, meu homem das cavernas.

— Assim, a gente trepa em comunhão dos santos.

— Ou na mais completa comunhão de bens.

— Nunca se sabe, meu bem. É profundo demais este amor.

PEQUENO TRIBUTO
QUE VIROU POEMA

Barro humano
Outrora pão
Massa nossa de cada dia
Salada rediviva
Supermercado às avessas.
Ave bosta.

São Paulo, 26 de fevereiro de 1981.

Impressões de releitura: às vezes a estrutura do meu romance me parece demasiado fragmentária e desconexa, quase confusa. Pergunto se não seria o caso de resolver esse problema montando os capítulos em função de um encadeamento mais sutil, acentuando contradições, desenvolvendo climas, ou criando referências de vibração sobretudo interna, nem sempre explícitas. Por exemplo: logo depois que o Escritor canta os olhos azuis de Pepo, colocar aquele trecho do meu diário em que comento minha paixão por esses olhos azuis da ficção. Ou montar um trecho particularmente melancólico do meu diário com um capítulo de tom bastante dionisíaco, na ficção do Escritor. Enfim, tecer a estrutura do romance com choques e articulações, contradições e convergências. Sempre como um arco esticado. Com tesão.

São Paulo, 17 de maio de 1981.

Há um certo período no meu dia em que pareço ficar possuído. Entre as 18 e as 20 horas mais ou menos, Melinha Marchiotti me assalta com a intransigência de um protagonista e toma todo meu espaço (não obstante eu já ter-lhe dedicado as quatro horas regulares da manhã). Então, seja dentro de casa, seja na rua, não consigo pensar em nada mais: ela está ali, perfurando seus caminhos no meu pensamento, intransigente e possessiva. Tomo nota como um louco. Sou um servo que rabisca, às ordens de meu personagem.

O AMOR ENQUANTO
PRECARIEDADE DO EU

É espantosa a fragilidade dessa obsessão a que damos o nome de amor. Por exemplo: eu e Pepo brigamos. Nesses tempos de investidas e relutâncias, ele se pôs a repetir insistentemente que precisava de um psiquiatra. Por venalidade, exaustão ou talvez desencanto frente aos métodos, acabei lhe dizendo à queima-roupa que seu problema não é psiquiatra, mas, sim, a falta de um bom pau no cu. Pepo recebeu isso como uma pedrada certeira.

*

Pepo sumiu. Agora sei que o magoei como quem mata.

*

Andei procurando Pepo. Que labirintos cavei ao meu amor, como se fossem covas?

*

Limpei, arrumei e encerei o apartamento. Troquei nossos lençóis. Organizei os livros. Lavei suas roupas. Comprei até dois cravos bem vermelhos. Volte, Pepo. Vem viver outra vez ao meu lado. Talvez eu devesse ter comprado cravos brancos. Mera questão de astral. Em todo caso, nada de Pepo.

*

Escolhi uma fita cassete e abracei-me ao gravador, para dormir. Resgatado dos limites improváveis da matéria e conduzido por fios frios até mim, o sutilíssimo Brahms entregava-se ao meu amor. Era tão grande o deleite que eu teria chamado de bem-aventurado o meu tempo, caso não temesse um curto-circuito no meio da noite. (A solidão é sempre imperfeita.)

*

De tal modo me desacostumei à solidão que não mais a imaginava possível. As lembranças de Pepo me obcecam. Desejo seu corpo como se me faltassem as pernas. É tão insuportável a ideia de ficar sem ele que às vezes desconfio ter deixado de existir por mim mesmo desde que me apaixonei por Pepo. Encontro-o em cada partícula de luz que brilha diante do meu nariz. Em cada fio da toalha de banho. No tubo abandonado de KY. E dentro do espelho, que me contempla. Por que teríamos que ser incompletos até o ponto de permitir que o amor nos mutile?

*

Sem Pepo, Melinha perdeu o brilho. A pobre foi abandonada outra vez, vítima de minha mais recente castração. Ou estaria eu sofrendo ecos do abandono materno primordial? Nas dores do amor. Freud é certamente contraindicado. Por imprestável.

*

Talvez eu devesse respirar aliviado com o fim desta compulsão para o outro. Depois que Eros, o arruaceiro, entrou em recesso, eu poderia descansar no fundo de mim mesmo. Mergulhar de novo nas águas da ausência, morna mas tranquilizadora? Ou, ao contrário, renascer para as dores paralisantes do mundo, após o breve lapso de desordenada paz amorosa? Impossível saber se extirpo um câncer ou apago uma estrela. Talvez tenha plantado mais uma ruína.

*

Quanta pretensão para significar apenas que estou morto de amor e ansioso por penitência. Onde andaria esse fundamental pedaço de mim? Ai, volta, pequenino e desmedido amor.

Pepo na linha que limita o papel e a porta

Pepo apontando   Pepo atravessando   Pepo chegou

miragem, ou puro deserto do desejo

PROCURA-SE

EU — Senhor, senhor, por quem sois, dizei-me onde está o meu querido, meu esposo ou amigo?

JOZÈ JOAQIM QORPO-SANTO — Esqueceste, ó infame, que ainda ontem o assassinaste com os horrores de tuas crueldades?

São Paulo, 9 de outubro de 1980.

Sou um tigre de papel.

Hoje de manhã fico sabendo que meu irmão Cláudio não vai nada bem de finanças, a ponto de não poder me mandar, pelo menos provisoriamente, a quantia mensal de dinheiro que tem me possibilitado dedicação total ao romance. A fragilidade de minha estrutura de vida se apresenta com eloquência superlativa. Tenho novecentos cruzeiros no banco, o que não dá pra pagar nem a conta de telefone do mês. Portanto, devo interromper o romance para procurar trabalho. A impotência cresce ante a constatação de que nada posso fazer para ajudar o Cláudio, um sujeito mais generoso do que propriamente rico. Ao lado disso, brota uma incontrolável irritação para comigo mesmo. Tento continuar um capítulo que venho escrevendo com dificuldade. As palavras se recusam a sair, são avaras mesmo, e não encontram um lugar adequado, pelo menos até o ponto de aquietar minha insegurança. Escrevo e reescrevo. Faço e refaço os projetos. Leio e releio. Não sei se estou satisfeito com o texto, que me parece um pouco frouxo ou artificial ou desinteressante ou modernoso ou meramente imitativo do real. Não consigo ir adiante, por excesso de exigência (ou censura): a estrutura narrativa não estaria redundante? Os personagens não estão resultando complacentes? O texto não estaria às vezes indiscutivelmente amorfo, às vezes composto demais? Dou três violentos murros em minha cabeça, com enorme gosto. E começo a me xingar de filho da puta, estéril e incompetente, às 9,30 da manhã. Digo-me que devo escrever a qualquer custo, que não posso me dar ao luxo de esperar que alguma "inspiração" brote. Exijo, com inflexibilidade. Depois, deito a cabeça sobre os manuscritos espalhados pela mesa, sem saber se vou chorar ou não. Penso que talvez eu não tenha o direito de exigir que minha torneira permaneça sempre aberta, jorrando invenção. A seguir, penso que tenho obrigação de me exigir exatamente isso, se quero ser um escritor competente. Porque minha profissão é inventar com palavras.

Sinto dor de cabeça, nesta manhã.

São Paulo, 10 de outubro de 1980.

Quando me dou conta, já anoiteceu e eu passei o dia inteiro trabalhando no romance. Com uma fúria desconhecida. Temo que seja o receio de voltar à realidade: hoje tirei quinhentos cruzeiros do banco, para meu fim de semana. Sobram quatrocentos, o que não dá nem pra feira semanal. No supermercado, comecei a me sentir deprimido. Tinha que me lembrar a todo momento desse fato determinante. E cortar os gastos. Volto ao apartamento e me encontro à beira da autocomiseração. Mergulho impacientemente (ou cegamente) no romance. A qualquer momento vou achar de novo que ele não passa de uma grande babaquice e de um luxo descabido, por mais delicioso que possa ser. Olho pela janela do apartamento. O rumor vulcânico da cidade parece prometer me engolir. Saio depressa da janela.

NOTAS DO ESCRITOR SOBRE A MORTE

Estou aqui, ao som da marimba

Estou aqui como se estivesse no México. Ouço ainda aquela marimba dolente de Oaxaca e quero lágrimas, já que esta neblina é a mesma de certas manhãs mexicanas, tão profundas. Eu, rolando inquieto no caixão, recebo no rosto o vento dos mortos e aguardo o meu Día de Muertos para apalpar caveiras e trincar *calaveras* com os dentes. Ou: dias longínquos, não exageradamente esfumados, em que sou peregrino pela Península de Yucatán, mochila nas costas, à procura das ruínas maias e sinais de mortos seculares. Positivamente, há um fio entre aquilo e isto, apenas sutil mas desvairado enquanto ligação: eu mesmo e a mesma Morte. Daí o programa: tornar-me pó nos ares deste onipresente país mexicano. Com um anseio: cantarolando aquela canção de Mazatlán, cheia de ais dramáticos, que invoco agora, entre mortos recentes. Nunca ouvi tantas modalidades de ais como no México.

Kropotkin dizia

Kropotkin dizia que somos irmãos na espécie, fraternidade específica. Enquanto cofia as alvas barbas de sábio, Kropotkin repete: "Não nos salvaremos sem a solidariedade, semanticamente vizinha da solidão." Kropotkin senta-se em seu trono de príncipe e, com essas barbas de Tolstói, comenta o *pathos* grego — que é ético (ordenador das paixões) mas também patético (impulsor das paixões). De certo modo relutante, Schiller replica para Kropotkin: "Ajudo meus amigos com prazer, mas trata-se infelizmente de uma inclinação natural. Por isso, temo não ser virtuoso, muitas vezes." Com ar entediado, Brahms levanta-se e comunica aos presentes, antes de se retirar: "Se não ofendi a todos, peço desculpas. Não era essa a minha intenção." Kropotkin olha para mim, desta vez com piedade, e eu lhe estendo a cabeça, para que me afague: "Pai, pai, por que me abandonaste?"

O suicídio de Maiakóvski

Vinte e cinco poetas surrealistas matam-se, em toda a Europa, para comemorar o suicida. Mata-se a morte de Maiakóvski. Antes de se enforcar, Iessiênin escreve com o próprio sangue: Viver não tem nada de novo. Relevando a delicadeza da celebração, Octavio Paz contrapõe-na às virtudes do progresso (esse que desconhece o matiz e a ironia). E enumera a dúvida, o prazer, a melancolia, o desespero, a lembrança, a saudade como virtudes da decadência — que considera mais urbanas, sutis e filosóficas. A decadência é a arte de viver diante da morte, comenta ele enquanto saboreia uma ardente *tortilla* recheada com *chile habanero*. E Herzog (calçando enormes botas de caçador) lembra as festas medievais na época das grandes pestes e observa que a proximidade da morte desperta o desejo de prazer. Herzog alisa os grandes bigodes de fauno e diz: Quando o mal triunfa e o mundo se vê diante da morte e da catástrofe, as pessoas descobrem a alegria e saem às ruas para dançar. É que a Morte libera os humanos, completa ele, limpando as unhas. Nem há sabor maior do que a nostalgia no convalescer. Olhar os preguiçosos membros, contemplar o ensolarado mundo com os olhos da Morte. Digo eu, de olhos postos no infinito.

O poema de Borges se encontra com Falo

§ *Ya no compartirás la clara luna.*
  E falo: *cristal de soledad, sol de agonías.*
§ *Hoy sólo tienes la fiel memoria y los desiertos días.*
  E falo: que aí estás deitado, longe de teus amigos, onde ninguém te abrirá a porta.
§ *Y aunque las horas son tan largas, una oscura maravilla nos acecha.*
  E falo: *la muerte, ese otro mar, que nos libra del amor.*

E falo: *no quedará en la noche una estrella, no quedará la noche*.

Y Borges: sólo me queda el goce de estar triste, esa vana costumbre que me inclina al Sur, a cierta puerta, a cierta esquina.

No diálogo entre Borges e esse outro Borges que me habita, o mais belo verso está por vir:

Llego a mi centro, a mi álgebra y mi clave, a mi espejo. Pronto sabré quién soy.

Balbucio: *pronto sabré*, ó Morte, ó Mestre.

FUNERAIS

I

Menino Azul
em teus abismos
   Verdes
despenquei
   Dourado
desejando caracóis
   Negros

         II

         Negra mortalha
           em tua ausência
         Pálida
         Descolorido morri
           suspirando por amores
         Azuis

São Paulo, 23 de novembro de 1980.

Martirológio:

É decepcionante descobrir que João Silvério Trevisan tem um medo incondicional de tudo. De sofrer e ser feliz. Medo de fracassar. Medo de estar vivendo no século XX, assim como teria medo se vivesse no século XIX ou XXI. Trata-se de um ser basicamente inadequado.

E acaso não teria ele razão? Se chegasse a compreender a profundidade de sua solidão, nem todo o oceano poderia se comparar às lágrimas que João Silvério Trevisan derramaria. Seria essa também a oferta mais legítima que ele faria a si mesmo.

(mais tarde) Paradoxalmente, descubro que João Silvério Trevisan precisa de uma permanente fagulha de paixão a seu lado.

Ama, pois, com alucinação, ó semivivo.

NOTAS ESPARSAS DO ESCRITOR

À margem do manuscrito de *Madame Bovary*, Flaubert anotou o seguinte: "Emma, afogada em esperma, cabelos, lágrimas e champanhe." Talvez fosse possível dizer o mesmo de Melinha. Então, que fique registrado à margem do meu texto.

*

Teu peso é leve. Ó Pepo, leve é teu peso.

*

O mundo passa pela piça. Ou seria, ao contrário, o universo que entra pelo contundente portal adentro?

*

Quando a gente ama, o mundo parece perfeito e acabado. Como se eu fosse deus e tivesse decretado a absoluta ausência de conflitos. Ou de estilos.

*

Na origem de cada um de nós está um espasmo de prazer, ao se plantar a semente. Pelo menos é o que se suporia.

*

Ginsberg que transou com Neal Cassady que transou com Gavin Arthur que transou com Edward Carpenter que transou com Walt Whitman. Se eu acaso transasse com Ginsberg, daria continuidade ao amor dos poetas, cujo sopro chegaria até mim, cruzando os séculos.

*

Um pinto endurece quando se torna o ponto vital de uma determinada propensão. É como se todas as energias convergissem para lá em emergência, e exacerbassem as dimensões dessa flácida amostra do todo. O sangue (lava de pura energia) acode com prioridade, concentra-se e infla, apontando um objetivo mais adiante, para além do espaço banal de todas as horas. Por nada, um indivíduo se torna então maior do que si mesmo. E cresce o espaço de um só, para que os anônimos se misturem. Trata-se de um mistério cotidianamente repetido, como a missa de todas as manhãs.

*

Ah, Pepo, teria o cheiro do teu sovaco mudado o curso da história? Ou seria antes o azul dos teus olhos responsável pela transformação do mundo? O certo é que agora tudo se recompõe e as pessoas, ao passarem, sentem-se diferentes, sem suspeitar que a realidade é outra porque Pepo existe, como um filtro. Eu, por exemplo, vejo tudo vestido em tons libidinosos. Porque você, Pepo, adiciona a tudo um tesão suplementar que é (pasmem!) da mesma cor do mar.

*

Visão de Ginsberg: Edward Carpenter (jovem) e Walt Whitman (idoso) dormem juntos e se acariciam, nus. Trata-se da "carezza", que eles recomendavam para tornar doces os homens.

*

Procurei seus peidos no dicionário. Por que os dicionários não acusam o som dos seus peidos?

*

Num acesso de vidência, Artaud disse que Heliogábalo disse às massas ululantes do Coliseu: "Desaprendam as leis e alisem os testículos." Eu, escritor anônimo e esquecido, coço o saco e continuo rindo dos doutores, em nome de mim mesmo.

*

Queria, para meu romance, a mesma beleza perturbadora do corpo nu de um certo rapaz.

Queria, para meu romance, significações tão perturbadoras quanto aquelas provocadas pelo corpo nu do meu rapaz.

Em ambos os casos, certamente se trata das pretensões de um escritor apaixonado demais.

MISSIVA DO CONDE
ROBERT DE PASSAVANT
AO SENHOR ANDRÉ GIDE
(EXCERTOS)

(…) É dentro dessas circunstâncias que desejo cumprimentá-lo pelos cinquenta anos daquele romance em que o senhor conta, com tanto rigor imaginativo, a história de um escritor que escreve um romance. Sua ideia foi muito original, mas infelizmente copiada até à exaustão — e disso absolutamente não o culpo, meu caro senhor. (…) Não creio ser mera coincidência, por exemplo, que também eu seja um escritor às voltas com as angústias de criar um romance e, nessa qualidade, fui tornado inclusive personagem de um romance, com perdão do lugar-comum. (…) Não que eu desgoste da introspecção. Mas tome-se o exemplo dessa obra à qual me referi. Confesso que sua estrutura feita de espelhos contra espelhos chega a me parecer excesso de narcisismo da parte de quem elabora a trama. Ou pior: falta de determinação imaginativa. Nela parece-me haver personagens incertos, cujos feitos são incessantemente anunciados mas jamais explorados em profundidade. (…) Seria isso tudo presunção de modernidade? (…) E, no entanto, o que mais depressa parecerá velho é o que de início pareceu mais moderno. Deveria ser dito ao seu Autor que a afetação da moda acaba sendo promessa de rugas muito precoces, pois escrever exclusivamente à geração atual significa correr o risco de passar com ela. (…) O senhor talvez dissesse que eu precisaria ser mais condescendente com jovens escritores apaixonados como este. Mas lamento comunicar que o romance moderno me tornou um leitor entediado, senhor Gide.

São Paulo, 2 de setembro de 1980.

Não estaria eu almejando a poesia quando em realidade alcanço apenas um razoável artesanato literário? O que, por exemplo, poderia haver de poético na interrompida história de amor entre o Escritor e Pepo? Seria mais indicado, para tanto, adotar estruturas de tendência naturalista ou articular um desconcertante voo interior? A verdade é que não sei por onde passa a linha que demarca o território da poesia, hoje. Nem a própria inventividade técnica é sempre bem-sucedida: a poesia não nasce automaticamente da violentação dos instrumentos. Aliás, de um ponto de vista poético, a vanguarda pode até ser seu oposto. É fácil que as intenções inovadoras resultem em fiasco.

Pergunto-me se a grande característica do poético não seria sua recusa às fórmulas, inclusive essas autodefinidas como inovadoras. Talvez venha daí sua imprevisibilidade. A poesia significa um tiro no escuro ou um salto no abismo, à procura do desconhecido. Torna-se transgressora das regras exatamente por estar presente em espaços não óbvios. É que se trata do mistério de uma certa combustão interior e interpessoal — ou alquimia.

Também não existe um verbo poético acessível a todas as sensibilidades. A partir de uma multiplicidade de gostos e tendências individuais, há múltiplos caminhos e múltiplos projetos de poesia. Em quaisquer dos casos, importa sempre a qualidade do texto. É preciso concentrar-se na palavra, matéria-prima da escritura. Certos autores conseguiram atingir a poesia ao lutar com as palavras, perseguindo-as e acuando-as. Outros, ao se refletirem nelas, quase narcisisticamente, criando um texto incontido, feito de borbotões, cachoeiras, fascínio. Há aqueles que atingem a poesia pela contenção, dominando as palavras uma a uma, na busca da expressão perfeita, como se esculpissem. Há os que são poéticos porque arrebentam tudo, não reconhecendo o que parecia estar pronto, destruindo o sagrado e destroçando as palavras ou suas combinações. Alguns usam a palavra em si. Outros utilizam-na para atingir determinado objetivo fora dela Em cada um desses casos, há sempre uma relação muito pessoal com as palavras, seja no amor, seja no ódio. (Eu confesso que geralmente mais as detesto do que amo.) Só dessa relação, no entanto, nascerá uma emoção poética no texto.

São Paulo, 3 de setembro de 1980.

Como é possível que a poesia (apenas farejada) brote da minha pessoa poluída por tensões e cotidianos? Como devo me dispor para obter determinado clima de densidade interior, de modo a propiciar o nascimento da poesia, por meu intermédio? Como desviar-me das fórmulas e dos modismos, poluições maiores? Onde voltar a encontrar aqueles momentos encantatórios da adolescência, quando eu me fundia com a beleza, de maneira inesperada, imediata e absoluta?

Em literatura, tenho diante de mim uma página em branco, espaço de dúvida e vácuo. Num processo muito elaborado (e solitário), surge algo desse papel que entra em relação com meu eu e, eventualmente, cria um composto interior (minha gravidez poética); elabora-se então uma visão mágica do mundo, só possível quando minha sensibilidade ultrapassa os limites do corriqueiro e atinge um perturbador campo de transparência. Essa é a alquimia do verbo. Escrever para desvendar caminhos e permitir a eclosão desse mistério que irá provocar o encantamento no leitor — aquele que prossegue meu processo, em combustão e coito comigo. Então, capacito-me a engravidar o outro de poesia. (Num território composto de espelhos inter-refletidos, faço uma outra pergunta fatal: qual a relação possível entre minha política e a beleza? Como o universo da justiça poderia marcar o território imponderado da poesia? Lembro de uma desconcertante afirmação de Milan Kundera: não foi certamente a brutalidade do fascismo, mas sua poesia que atraiu milhares de pessoas.)

Pergunta final de um ingênuo destes tempos: como emocionar na literatura de hoje? Resposta possível: sendo visionário, superando-se.

São Paulo, 4 de setembro de 1980.

Num texto de J. L. Borges, há uma espécie de advertência que me deixa apreensivo. Comentando certas fragilidades de um moderno romancista hindu, Borges afirma: "Mir Bahadur Ali é incapaz de superar a mais grosseira *tentação da arte: a de ser um gênio." Estaria meu cego predileto sugerindo modéstia no ato de criar? Ou apenas se oporia ao brilho ostensivo, esse mesmo que sufoca o mistério interior? Em todo caso, são ponderações de um cego visionário sobre a poesia.*

. . .

"O belo se encontra exatamente aí, na explosão do inesperado, nessa corda bamba que é o frágil limite entre o sublime e o grotesco" (Dr. José Arthur Perdigão, na cena da boate).

São Paulo, 5 de setembro de 1980.

Por puro exercício poético, provoco lembranças da beleza e penso em me emocionar com ela:

O Broa. As tardes que passávamos à beira do lago e eu, encantado, olhando o imenso espelho da água interrompido aqui e ali por galhos que afloravam, manifestações rebeldes, selvagens. O vento que eu gostava de sentir no corpo, assobiando. Essa imagem misturava-se ao amor que eu sentia, e se confundia com paixões adolescentes maiores do que eu. As moitas saídas da areia eram, por esconder talvez cobras medonhas, manifestações estéticas do terror, detrás do qual trocávamos de roupa, pudicos, temendo a atração dos corpos e o reitor. No caminhão que tomávamos para viajar mais de uma hora até o lago, eu ficava mudo, contemplativo: estava diante. O mundo era difícil de ser descrito, e esse mistério me encantava especialmente. A paisagem nunca foi tão bela quanto os meus olhos a fizeram. Eu retocava-a de melancolia, e o piado do anum virava sinfonia. Os troncos negros que restavam de antigas queimadas tornavam-se pinceladas mágicas no verde escasso das touceiras, dos eucaliptais. O ar era selvagem, chicoteando-me o rosto. A boca escancarava-se de paixão pelas coisas. Até que ultrapassávamos a última curva e nosso mar interior vertia-se do nada: o Broa, gritávamos em coro. Mas aquele azul era só meu, feito para mim, me aguardando como um namorado fiel. Os dois tínhamos entre nós segredos desconhecidos dos demais. Por isso eu sorria diante desse Broa-Tálassa, a eternidade que me pertencia. E gritava com voz mutante, os poros abrindo-se de volúpia, impaciente para tirar a roupa e me entregar azul do meu oceano. Tratava-se de um momento de intensidade interior para mim hoje inatingível. Aquelas jovens cordas emitiam notas delicadas ao simples pousar da brisa do lago, de um livro, de uns pelos pubianos apenas entrevistos sob o calção molhado. Josué, com seu grosso falo palpitante de veias azuis, desaparecia no lago, ou melhor, fundia-se no espelho azul onde eu iria me refletir. Uma inocência diversa daquela cantada pelos padres. Meu corpo, ao invés, se espiritualizava por graça de peles, suores, toques.

Após descer do caminhão, permanecíamos todos muito juntos, talvez intimidados pela imensidão. Por instantes, o Broa se manifestava, saudando-nos logo que nosso emudecimento apaixonado nos assaltava, e fazia ouvir seus sussurros. Tínhamos as bocas perplexas, ali sedentos do vasto mundo de águas. E o hino latino que então cantávamos, solicitando a proteção da Virgem, tornava-se um hino pagão ao mar/lago/espelho desse deus que era extensão de nós. Sub tuum presidium. Meus olhos ficavam marejados. De cada vez, eu estranhava essa emoção brotada enquanto pedia proteção em latim. Julgava que fosse apenas a melodia, que eu considerava bonita. Mais tarde, associei o hino à saudade de grandiosas coisas tolas desse tempo, sobretudo pequenos amores retumbantes que se eternizavam em minha adolescência. Hoje, julgo que se tratava de um mesmo encantamento indiscriminado pelo mundo: no hino, minha alma encontrava-se com o espírito do lago e, por um instante incalculavelmente privilegiado, eu me fundia nele, tornava-me tudo, comunicava-me com o inteiro universo. Pequenino furo na areia, onde cabia todo o oceano.

Era um visionário de doze anos.

São Paulo, 12 de novembro de 1980.

Depois que passo à máquina um texto recém-elaborado, sinto enorme prazer em riscar pacientemente, com hidrográfica preta, cada um dos erros que fiz. É um momento de paz, um intervalo de descontração ante os destroços que organizei (ou pari).

PEPO TENTA A LITERATURA, OU SE ESBALDA NA PORNOGRAFIA

Mais de uma vez Pepo quer colaborar no romance. Às vezes, encontro rabiscos seus deliberadamente esquecidos entre meus papéis. Me parecem lembranças soltas, esses que foram os últimos esforços de Pepo literatura adentro. Como segue.

Obsessão pelos rapazes de São Paulo

Os rapazes de São Paulo não me dão sossego, mesmo quando faz frio. Jogam seus longos cachecóis como quem lança laços, com suprema graça. Os rapazes de São Paulo disparam lanças perfumadas. De modo que me desassossegam sempre que passam, distribuindo sedução.

Não posso negar este amor cigano pelos rapazes de São Paulo. Gosto dos rapazes de São Paulo, sem explicações. Mais do que isso, gosto de gostar desses rapazes que desvendam as ruas de São Paulo. Não consigo dizer melhor: quero os rapazes de São Paulo bem pelados, feito *banana split* e, de preferência, com muito leite condensado.

O que é que os rapazes têm? D'São Paulo, o que é que têm? Carmen Miranda entra cantando e, sem parar de rebolar, vai respondendo muito faceira: São pau para toda obra e obra pra todo pau. Depois que a pestinha sai de cena, sempre macaqueando, fico com saudade de ter saudade de São Paulo, a nada tropical mas para os sentidos fatal. E saio libertinamente para as ruas.

P.S.: Os rapazes de SP deixam mensagens por toda parte, inclusive nas portas dos banheiros.

Nos cavalheiros

I) Dormir. II) Comer. III) 23 a 26 centímetros lá.
                            (cine Ipiranga)
Brasil eu te amo, mas assim não dá
                            (cine Marrocos)

Gosto de rola
    (?)
Estou de pica dura
    (cine Marabá)

(banheiro do metrô Liberdade)

Outras mensagens
que Pepo encontrou em suas pesquisas:
O importante é ter charm
A independência somos todos nós
Deus esteve aqui
Bakunin também
(Anotada no canto da página, a frase: Nem só de rapazes vivem as mensagens, mas é certo que todo rapaz solta milhares delas.)

141

Os cinemas de São Paulo

Os cinemas não são mais para se ver filme. Graças a Deus que fez a luz.

(Rabiscado detrás de um ingresso padronizado da Embrafilme.)

O pescoço de Lech Wałęsa

Por ser frágil e doce, o pescoço de Lech Wałęsa inspira ternura. Os operários de Gdansk conhecem profundamente o contorno que os cabelos de Wałęsa descrevem detrás da orelha, depois de escorrerem do alto de sua cabeça, com delicada determinação. Em torno de Wałęsa, há essa aura de refinado amor que os operários da Polônia lhe devotam. Safados como são, os rapazes de São Paulo estão de olho no carisma de Wałęsa.

Um caso de delírio masturbatório

Doralice se masturbava o tempo todo dentro do carro, com o dedo enfiado na boceta, e sorridente. Como podia Doralice se masturbar à vontade, se usava luvas, naquela noite dentro do carro?

(Depois de ver uma *scat*-chanchada brasileira.)

São Paulo, 13 de outubro de 1980.

Às vezes me descubro a procurar Pepo pelas ruas. Criei um menino doce que ameaça tornar-se real e, mais do que isso, me fascinar. Corro o risco de me apaixonar pelo amante do meu personagem.

AMOR
POR CORRESPONDÊNCIA

Telegrama

São Paulo tem saudade Pt Trólebus suspiram Pt Tudo te ama Pt Volte.

Resposta

Sem você, os orgasmos não têm mais gozo. Esse meu tormento não te consola?

(Ao lado do texto, um beijo em batom vermelho natural.)

Cartão-postal

Você me lembra um personagem irresistível de Pasolini. Do *Teorema*.

Resposta

Você é meu Pasolini mais sacana. Aquele do *Decameron*.

Cartão-surpresa

Prepare-se para ver a coisa mais linda do mundo.

(Cartão duplo, dentro do qual há um espelhinho.)

Contemple-se como raiz de tudo. Você torna meu desejo inesgotável. Quando foderemos *again*?

Paixão-postal

Foderemos em todas as perversões. Por atos, palavras e pensamentos. Arthur Rimbaud, minha lâmpada só acende no teu bocal.

Postal-paixão

Verlaine, meu verso precisa do teu instrumento. Ou vice-versa, menino Rimbauzinho.

ANÚNCIO FEITO NA BARBEARIA

Vou mudar o penteado, por amor a Pepo. Sonho com cabelos ora loiros, ora ruivos, para ser mais amado por Pepo, e os quero sedosos ou cacheados, dependendo do gosto de Pepo. Espero minha vez, na barbearia. Não leio nem penso. Estaciono. Pepo se apossou do meu cérebro e, de lá do fundo, me contempla no espelho, fazendo caretas obscenas.

Mas ouço. O rádio noticia a campanha de moralização do novo delegado: entre homossexuais, putas e travestis, 1.500 pessoas presas no centro de São Paulo, nos últimos dez dias. O delegado temeria por seu filho? Ou temeria sua própria identidade mais secreta, aquela que contempla gulosamente os trombadinhas levados para averiguação? O locutor fala como se fizesse gargarejo populista. Modula a voz em repentinos altos e baixos, criando suspense (falsas interrogações) no final: "O que teria a nos dizer o pai de santo que diz não gostar de mulher, que diz preferir rapazes em seu terreiro, que gosta de receber a Pomba-Gira, que talvez seja, talvez seja, talvez seja?" O pai de santo é entrevistado. Diz que atualmente não existem mais bichas. Bicha é coisa do passado, aquela fechação toda. Agora só existem entendidos, rapazes finos, de bigodinho e perfume discreto. Portanto, já não há motivos para reprimir homossexuais. É bem bicha o pai de santo, quando fala. Os fregueses e os barbeiros riem com sarcasmo defensivo. Só a manicure reclama em legítima defesa: o número de invertidos aumenta, já não há tantos homens de verdade. O barbeiro-chefe concorda e protesta contra tal situação. Quando gesticula, vejo que uma aliança na mão esquerda (casado, pai de três filhos) não é suficiente para conter sua inclinação a inclinar a mão para trás, comprometedoramente.

Enquanto cacarejam todos, procuro uma posição impossível, revirando olhos e torcendo a bunda. Agora, reprimo o desejo de ter cabelos ruivos, cacheados. Pressinto que estão falando de mim, aquele que ama Pepo. E vejo no espelho Pepo sério me apontando seu dedo que indica algum tipo de anomalia — onde e por quê? Enquanto o pai de santo faz suas desmunhecadas circunvoluções para provar o fim das loucas e o início da Era Entendida, continuam os risos. Sinto vergonha. O espelho me reflete agora em Eastmancolor: estou vermelho, com a maquiagem.

Saio correndo dali, para me esconder de Pepo. Pelo caminho, abandono minhas perucas loira e ruiva e retiro a maquiagem com violência. Cruzo a malvada São Paulo procurando não me denunciar, evitando as rotas da polícia. Mas o novo delegado grita, a coçar o saco: "Quem for viado, pode ir entrando no camburão." Por que me lançaram nessa tribo?, replico eu, enquanto recubro meu rosto de Caim. Na boca, sinto um gosto amargo de homem, que me denuncia à onisciência: "Ah, comedor-de--esperma, amaldiçoado pela Escritura." Do alto do arranha-céu, alguém atira a Bíblia em minha cabeça, quase me mata. Insisto nos tons improváveis de tragédia: que fiz eu para ter nascido assim aleijado? Me examino, na pressa. Temo estar interpretando apenas uma gralha que arrasta as asas, melodramática. Sinto-me, afinal, furioso porque não consigo agir simultaneamente contra mim e a meu favor. Nada posso, além de ser o inteiramente maldito (torto, inverso). Então recuso. Mudo a estratégia. E atravesso a pérfida São Paulo com pose de macho, hasteando pau-de-macho para disfarçar.

Nos caminhos, não encontro o camburão. Canso. E reclamo. Se o delegado é bamba na delegacia, já viu muito cara pelado. Então, seu doutor, que homem de verdade pode resistir ao apelo de um doce pau no cu? Termino a noite querendo simplesmente descansar no peito ausente de Pepo. Meu pau-de-macho arde, de tanto ser coçado.

147

SOVACOS DA FATALIDADE

Não sei por quê, o sovaco de Pepo emite cheiro de coisa antiga, amor antigo. Sugere lembranças de uma camiseta sem mangas, proletária, e a vizinhança de músculos amorosos. Sua concavidade implícita cheira a tio jovem e lembra lençóis armados na madrugada. Nela cabe um único tufo negro, do mais macio, e um punhado de essência, a mais varonil. Embriagado, mentalmente desequilibrado, viajo para um espaço só meu. Não há outro remédio senão dormir nos braços de Marlon Brando aos vinte anos.

*

Pepo tem um cheiro esquerdo e outro direito. Não sei qual sovaco preferir.

*

A nossa é a história de dois corpos que se atracam contra todas as expectativas, inclusive a de seus donos. Somos corpos perfeitamente apartados do mundo, alheios à política, voltados para si como dois ímãs em circuito fechado. Trazemos na testa a marca da fatalidade. Por exemplo: como resistir aos perfumes matizados dos sovacos de Pepo, que variam conforme a hora e a temperatura?

*

— Você me ama?
— Sim, te amo.
— Quanto?
— Às vezes 16 centímetros. Às vezes 17, quando o amor é grande demais.

São Paulo, 28 de fevereiro de 1981.

Miguel de Almeida (aquele dos inalcançáveis olhos azuis) fala da "morbeza romântica" de Lupicínio Rodrigues, ao comentar seu costume de chorar sem motivo algum — simplesmente "por causa da vida", como dizia o compositor. Miguel escreve uma coisa instigante (e talvez consoladora para os trágicos): Lupicínio sabia que não é apenas o riso que significa estar vivo. Concordo: a cafonice também. Entre os trágicos mal assumidos deste país (muito mais trágico do que se pinta) há um suspeitíssimo culto ao riso, originado talvez na culpabilidade de se ser triste no país do Carnaval Mistificado, o riso pode facilmente se tornar uma careta de desespero disfarçado e sintoma de autodestruição. Ou recurso defensivo. Uma espécie de recusa em viver. Na verdade, são muitos os sintomas da vida. Entre eles, o mau humor. Aliás, conheço mais de um humorista mal-humorado.

São Paulo, 24 de fevereiro de 1981.

Arrigo Barnabé me deixou fascinado. Para espanto dos óbvios intuo um traço comum entre Melinha Marchiotti e Clara Crocodilo. Exageraria, naturalmente, se dissesse que elas são gêmeas, inclusive porque Clara é um monstro único. Mas não me enganaria se as chamasse de irmãs: na fraternidade de um certo gosto pelo escracho. Estou me referindo àquele mais legítimo: o escracho que se volta contra si próprio. A esculhambação do escracho. Isso é o que as une.

São Paulo, 31 de março de 1981.

José Oswald de Souza Andrade fazendo promessa a Nossa Senhora, pra salvar seu filho Nonê. Os profissionais da vanguarda certamente têm dificuldade em engolir esse paradoxo que subverte a própria irreverência modernista. E, no entanto, o sátiro Oswald curva-se à "vontade do Senhor". Numa carta *a seu confidente, o jesuíta Padre Luís, renuncia à infiel Landa, sua amante de 16 anos, que o trocou por Coelho Neto, "o bestalhão máximo da nossa literatura". Além de blasfemo, Oswald é sinceramente católico. Ou seja: um herói sem nenhum caráter, bem mais paradoxal do que seus eventuais seguidores. Prefiro essa antropofagia sabor formicida.*

NOTAS PARA POEMAS
EM PROSA

Ontem, pela primeira vez

Ontem, pela primeira vez, pensei em Pepo como meu namorado. *Namorado* parece uma palavra nova, quando proferida de um homem para outro. Parece adquirir um sentido ao mesmo tempo de grande verdade e grande sacanagem. À noite, eu lhe disse que tinha um prazer infinito em que ele fosse meu namorado. Lhe falei bem devagar: Pepo, meu amante.

Descobri os pés

Descobri os pés de Pepo. Agora sei que sou capaz de amar os pés de Pepo. Não posso resistir a esses pés de homem.

Fechei a porta

Fechei a porta do quarto e senti um calafrio de prazer quando me ajoelhei aos pés dele. Beijei os pés de Pepo. Lambi o chão onde os pés de Pepo pisaram. Não duvido em fazer isso de novo e sempre. Desmaio de paixão quando me abaixo aos seus pés.

Passei a tarde

Passei a tarde descobrindo Pepo. Amo sua boca.

Acho que descobri

Acho que descobri as coxas de Pepo, definitivamente. O cheiro das coxas de Pepo. Seus pelos. E aquele músculo torneado. *Muslo.*

Gastei a noite

Gastei a noite admirando os músculos das coxas de Pepo. Hoje não consegui escrever uma única frase sobre Melinha Marchiotti.

Faz dois dias

Faz dois dias que não volto a mexer no romance.

Esse amor

Esse amor de Pepo me redime e também me lança num sumidouro sem fim. É com volúpia que me entrego ao redemoinho mortal.

Sinto como se a vida

Sinto como se a vida fosse naturalmente a vida. E não esse monstruoso e desagradável dia a dia de tantas perguntas, penúrias. Agora, as coisas não ficaram melhores nem piores. Apenas adquiriram uma nova luz. Pepo resplandece, incandesce.

Vou comemorar

Vou comemorar desde hoje o aniversário de Pepo, que é daqui a um mês. Me dá medo a possibilidade de Pepo não ter nascido. Decido que todos os dias farei uma homenagem à existência do meu deus. Pronto, sou pagão.

Pepo leu

Pepo leu o que escrevi. Aceita as homenagens. Somos ambos pagãos.

Pepo está deitado

Pepo está deitado e nu, olhando para mim, enquanto escrevo. Não posso pensar no romance. Estou hipnotizado, destroçado. Com exceção do seu corpo, o demais parece tolice. Tolice o ato de escrever também. Tudo em mim se eriça, atiça. Adeus, Melinha.

Pepo tem

Pepo tem mais experiência do que eu. Transa com homem há mais tempo. É mais ágil. Mas disse que nunca viu ninguém aprender tão fácil. Na cama e fora dela, estou aprendendo um bocado. A morrer, especialmente. Nunca pensei que pudesse compreender minha morte, que é o começo de Pepo. Quanto mais morrer, mais amor.

Hoje fumei

Hoje fumei só três cigarros. Em homenagem a Pepo, que faz aniversário daqui a duas semanas.

Comi metade

Comi metade do pudim. Em homenagem a Pepo.

Escrevi dez páginas

Escrevi dez páginas do romance, ontem. Uma fúria de criador. Nunca vi tanto talento. Tudo em homenagem a Pepo.

Trepei muito

Trepei muito com Pepo, em homenagem a Pepo.

Tive medo

Tive medo de que ele não esteja apaixonado por mim na mesma intensidade que eu por ele. Pepo me perguntou se eu queria provas. Ameaçou, por exemplo, abrir a porta do corredor e sair de pau duro. Preferi, naturalmente, que ficasse. Antes, façamos a guerra civil.

Recebi uma carta

Recebi uma carta com envelope do Senado. Minha paranoia cresceu vários pontos, até que abri. Era uma carta de amor, quase anônima. Havia uma frase: "Nesta escabrosa ausência de sentido, me salve com teus beijos." Fui chorar escondido. Pepo me comove.

Amanhã é

Amanhã é aniversário de Pepo. Como seria possível explicar a todos esta alegria em amar Pepo? Como fazer Pepo compreender que um fio de cabelo de Pepo daria mil páginas de significação?

Dois homens

Dois homens em paixão. Dois paus que mergulham na metafísica.

NOS BANHOS ROMANOS

Pepo e eu vamos celebrar seu aniversário num lugar bem adequado para emoções ao mesmo tempo fortes e familiares.

Penetramos cautelosamente nos banhos. Nossos movimentos são retardados pela letargia do vapor. As toalhas brancas que nos envolvem são criaturas da ficção: tudo é transparente. Habitamos uma nave movida a odor de eucalipto, onde os músculos secretos se retesam ao menor sintoma. Mas também suscetível ao odor de corpos, à saliva e ao esperma abundante que pinga pelos cantos.

Salas: os cantos são voluptuosos, prediletos dos amantes, ou apenas amantes da sacanagem. Aqui todos são vulneráveis ao amor, como em cadeia. Numa cama, dois homens se atracam. Afundo no branco esvoaçante que contém muito sal e muito gozo em suspensão. Aspiro. Um braço de rija carne desce pelo pulmão adentro. Suspiro. Pressinto o olhar talvez de Pepo, mas um olhar. As plantas dos meus pés deixam de tocar o solo. Estou sendo fisgado. Pepo tem cabelos longos. Peito liso, encaracolado. Estendo até Pepo dois braços díspares. Minha coxa grossa que o envolve quer esmagá-lo. Minha coxa mais terna o socorre e roça. Sinto os lábios grossos de Pepo que de repente são pegajosos e me segregam sucos de todos os poros. De repente, suas bolas têm muitos fios longos. Repito qualquer coisa que Pepo me sussurra ao ouvido: Quero eternamente tetas. Alguém geme com dor ou amor nas tetas que sugo. (Três homens se confundem na horizontal.) O chão é escaldante. Peço socorro. Dentes afiados dizem outros nomes de Pepo e me mordem a nuca. Gemo de mansinho. Vejo suspenso no teto o pau inflado de Pepo. Multiplicam-se os paus de

Pepo. Atravessam todos os tamanhos para melhor me seduzir. E cedo, ante os gemidos roucos de Pepo, não mais que suspiros. Mas há uivos e palavrões de variados teores que saem das bocas de Pepo. (Um homem em pé, outro de joelhos. Dois engatados.)

Águas: já são águas que caem e sossegam meus poros. Não quero nunca parar. Sabonetes, várias mãos. Guinchos de ratinhos vorazes aos quais me entrego, amoroso de suas presas. Unhas me lascam. Pepo agora deixa unhas crescidas.

Escuros: Roma rola a ladeira, drogada. Roma nunca gemeu tanto. Este abraço me dá vertigens. O calor de um ferro em brasa me marcando em várias partes. Odores, perfumes, narinas sorvendo o ar que se entrega desejoso como um cu. Suplicante. Quantas súplicas percebo na escuridão. Ais matizados aqui também. Um gosto de ais. E no escuro gosto de súplicas, ternurinhas tolas e fofas, palavras espatifando-se grossas no céu das bocas ocupadas por várias formas circulares, profundas. O redondo é a forma perfeita, penso sem arestas. Redondos pequeninos ou não. O que importa é o arredondado instigante, geme alguém. Sinto cabelos nos olhos. Mãos escoiceando cavalos prontos para a monta. Latidos de ressentimento. Mordidas de quem se apossa de um bocado. Voam pedaços nos pensamentos carnívoros. A turba tira nacos e bebe em densos goles. Arfa-se em todas as direções. Gemidos crescentes atingem minha cabeça. A bomba vem em contagem regressiva e a lava perfura já seu canal, prometendo explosões e vingança. Muge-se lascivamente neste espaço que é pequeno para conter Pepo, Pepos, pedaços disformes de Pepo que sinto se estilhaçarem, quando esguicha afinal esse urro imenso e gratuito, em saudação. Lábios se apertam, outros se entreabrem, outros francamente gritam. Há uma última carícia obscena sussurrada ao microfone. Catuca, vira do avesso, rasga. Aterrisso devagar, mas não suficientemente lento como para ver indiscutíveis sinais de vida se aproximando. Ao meu lado, deduzo que Pepo está se refazendo da queda. Resfolega como eu. Aos poucos percebemos não os sinais mas o escuro, que afinal é um mundo de músculos díspares, em variadas posições. O chão e as camas estão coalhadas, num mesmo movimento de 40 quadros por segundo. Ainda degluto uma última semente, enquanto certa perna se afasta e meu peito pode se encher desse ar úmido onde ainda existe suor em suspensão e restos de volúpia. Um certo alívio percorre os corpos, pressinto. Seria talvez uma visão tumular, daqui do fundo. Ou talvez uma prova a mais de que ainda produzimos amor, lá do alto. Abraço Pepo e sinto-me ressuscitado. Seu cheiro familiar me traz de volta do túnel e me diz que Roma é inesquecível. Ainda voltaremos aos banhos, para manter a transparência. Somos felizes, neste aniversário.

MENSAGEM LANÇADA
AOS SÉCULOS

Há uma manhã em que nos ocorre a fantástica descoberta de que estamos às vésperas do século XXI, início do terceiro milênio. Preocupados com o que dirão de nós os homens do futuro (aqueles que nos superarão), eu e Pepo pensamos que talvez fosse preciso deixar-lhes um alô. Só para não nos julgarem com demasiada severidade. Afinal, o século XXI tem sobre nós a vantagem de ser muito mais jovem.

Por sorteio, coube a Pepo dirigir-se ao grandioso Amanhã. Primeiro, ele pensou muito sobre o que diria. Depois, foi solenemente à janela, abriu a boca e falou com um orgulho de quem se sente eterno: "Eu estou aqui, terráqueos."

Pepo caminhou solenemente até a janela escancarada. Abriu a boca e disse com determinação de eternidade: "Alô, mutantes, aqui floresceu um grande amor."

Buscando sentir-se eterno, meu amado caminhou até à janela, fechou os olhos como que possuído e deu continuidade ao apelo do poeta: "Vivi no século XX e te procuro a ti, amigo invisível e desconhecido que nascerá dentro de um ou mais séculos. Um dia, serei eu o invisível e tu buscarás meu rastro, pensando como seria bom se tivéssemos sido companheiros. Mas não estejas tão seguro de minha ausência, ó suave mutante. Basta ler estas minhas palavras, antes de dormir. Fui um visionário. Fui jovem. Amei."

Lançamos nossa garrafa ao oceano dos tempos. Alguém nos descobrirá.

São Paulo, 7 de novembro de 1978.

Sofro porque não consigo uma estrutura satisfatória para o romance. Ao invés de consolo, tenho sonhos inquietantes durante a noite. Fugida do hospício, minha tia Lena caminha a esmo pelas ruas faroésticas de Ribeirão Bonito. E me pede ajuda para se esconder. De repente, ela se metamorfoseia em meu pai, que me mostra seu pênis e diz que sofre de narcisismo agudo. Compreendo que sente profundo desejo sexual e está numa espécie de crise masturbatória. De fato, vislumbro uma pelota roxa entre suas pernas semilevantadas no ar. Julgo ver ali sua próstata, inflamada e descascada, por excesso de fricção. Meu pai reclama como um bebê, enquanto aponta para sua chaga. Estamos ambos no jardim público de Ribeirão.

São Paulo, 23 de maio de 1979.

Talvez o Juqueri esteja mais perto de mim, graças a minha amiga L., que da noite para o dia conseguiu contato e autorização do diretor do manicômio para utilizar os arquivos, em função de sua tese sobre a mulher brasileira e a loucura. Sem dúvida, tudo foi mais fácil porque ela é estrangeira. Pedi a L. que verificasse o histórico de tia Lena. Quero conhecer o diagnóstico quando de sua internação e o nome das pessoas que a internaram. L. poderá também me colocar em contato com uma médica ou enfermeira de lá, que diz ter lido meu livro de contos (que raridade!) e promete me revelar muitas coisas, depois que obtiver a transferência que vem pleiteando.

L., que pesquisa o arquivo referente à década de 1920, diz que nessa época todas as internadas tinham os cabelos cortados e eram fotografadas com a cabeça quase raspada.

O AMOR COMO CATÁSTROFE DO EU

Fulano querido,

Me sinto velho sem data. Corro para a máquina e vou escrever como quem busca a última chance de não enlouquecer. Não esmorecer, digo. Tentei retomar o romance de Melinha Marchiotti, pensando lavar a ferida, porque só Melinha me parece adequadamente solidária. Mas ao invés de aliviar, isso me atormenta ainda mais, quando descubro que, para diminuir a dor, busco a literatura como minha morfina. A lembrança de Pepo me atormenta em todas as horas, de modo indescritível. Sou habitado por uma maldição que ele deixou: sua memória impossível de ser desfeita. Ao amar, nunca pensei que estivesse instalando essa espécie de bomba-relógio dentro de mim. Ou semente de câncer. Pepo cresceu em mim como um câncer, santo deus. E o que posso fazer? Nada me resta senão matar o câncer, para sobreviver. O câncer tão amado precisa ser morto por amor a mim. Mas com o câncer, arranco minha própria carne, isso é que é. Porque já não sou senão ele. Puro câncer, eu.

Fulano, esse amor me aleijou.

Acho que vou me debruçar eternamente em cima da máquina. Escrevendo sobre as várias espécies de câncer. Matar o câncer. Extirpar. O câncer. O câncer. Sobre o infinito câncer. Fulano.

TRABALHO DE LUTO (I)

Impelido por alguma força maior, cortei os cabelos. Não contente, passei a navalha no pentelho. Depois, ainda sem poder resistir, raspei caprichosamente todos os pelos do corpo, com vontade de ir escavando.

Olho-me ao espelho e me vejo nu como nunca. Pareço uma criança desamparada.

Meu desconsolo busca as cores da tragédia. Para representar esta desgraça, quisera um grande teatro com véus negros caindo do teto e uma brisa tensa, insistente. Ao invés, só tenho este espelho, recurso supremo que tão pouco me acrescenta.

Cortadas, as raízes do amor apodrecem em mim, e doem.

TRABALHO DE LUTO (II)

Melinha não pôde me salvar. Não salvei Melinha. Com sua morte, mato minha última divindade. Estou só.

O onipotente universo da ficção foi consumido pelo fogo nada celeste que eu muito humanamente provoquei.

Pois bem, confesso minha máxima culpa: rasguei o romance todinho e botei fogo, folha por folha. Melinha Marchiotti morreu queimada. Não me arrependo de ter matado uma atriz decadente.

LANGOR E TREMOR

Na referida circunstância, a languidez é uma disposição sentida em todos os membros do Escritor, de modo a provocar o fim da tensão e do movimento. Por causa disso, o desgraçado parece não apresentar muitos sinais visíveis de vida, se bem que ela palpite intensamente em outras plagas distantes do seu coração. Tal como o tremor, a languidez provém do reduzido fluxo de espíritos em direção aos nervos. A diferença entre langor e tremor está em que, no primeiro, a glândula não envia os espíritos do cérebro para nenhum músculo em particular, enquanto que no tremor, mesmo havendo um número reduzido desses espíritos, a glândula quer impeli-los para os músculos. É por isso que, além de lânguido, o Escritor fica tão trêmulo quando lhe dói o coração.

(Das *Lectiones para o perfeito, evidente e lógico conhecimento a respeito das paixões*, às vezes atribuída ao médico inglês Harvey, contemporâneo do famoso filósofo René Descartes.)

ESPELHO MEU, ESPELHO MEU

EU — Qual a aproximação possível entre heterodoxo e heterossexual?

ESPELHO (paradoxal) — A mesma que existe entre merda e marmelada. Ou a heterossemelhança, que é pura diversidade entre iguais.

EU — Mas que dizer quando aquele que discorda é diferente justamente porque deseja a semelhança, busca a concordância, pratica entre iguais?

ESPELHO (maquiavélico) — Heterodoxo do sistema, digo que os extremos só estão distantes entre si como os dois polos de uma ferradura.

EU (insistente) — Explique-se melhor.

ESPELHO (revelando-se dadaísta) — Ou talvez seja porque Deus não se encontre sequer nas Páginas Amarelas.

EU (impaciente) — Mas aqui se trata de uma importante questão filosófica: é necessário escolher um lado, a partir do qual se possa analisar a vida, Deus, a ideia ou seja lá o que for.

ESPELHO (ferino mas contido, em sua mirada socrática) — Tudo o que se observa é falso. O resultado relativo não parece mais importante do que escolher entre pudim de caramelo e mamão, na sobremesa. O pensamento é algo muito bonito para a filosofia, mas é relativo. Não existe Verdade última. A dialética, por exemplo, é uma máquina divertida que nos conduz — de maneira banal — às opiniões que de qualquer modo acabaríamos tendo. A dialética é a maneira de pechinchar ao espírito das batatas fritas, dançando a dança do método ao seu redor.

EU (pouco socraticamente) — Isso pode fazer sentido ao nível das palavras. E ao nível das coisas, o que sugerir?

ESPELHO (niilista, revelando olhos frios de adolescente) — A Revolução. Nada senão a revolução, cujo objetivo é destruir o mais rapidamente possível e com a maior segurança esta ignomínia conhecida como ordem universal. Para o revolucionário não deve haver mais que um pensamento e um objetivo: a destruição inexorável. Desprezando toda teoria, o revolucionário não conhece senão uma ciência: a da destruição. É para este fim que ele estuda a mecânica, a física, a química e, inclusive, a medicina. Todas as simpatias e sentimentos que poderiam emocioná-lo e que nascem da família, da amizade, do amor ou do reconhecimento precisam ser sufocados pela única e fria paixão à obra da revolução. O revolucionário deve estar pronto para morrer, mas também para matar. Então, precisa aliar-se aos bandidos e aventureiros, que são os revolucionários mais autênticos. Primeiro, grandes massacres. Só depois, a felicidade universal.

(O espelho, esse filho da harmonia, racha-se em mil trincas. Minha imagem se dissocia. Volto a ser minha dor.)

São Paulo, 18 de setembro de 1980.

Não seria isso tudo demasiado óbvio (ou confuso) para ser levado a sério? Não haveria espelhos demais na estrutura deste meu projeto de romance, a ponto de torná-lo insuportavelmente labiríntico?

Ou talvez eu devesse arranjar um nome bem marcante para o Escritor.

ATRAVÉS DO ESPELHO

Espelho meu, espelho meu, teria alguma coisa se partido dentro de mim?

Venho experimentando um prazer quase mórbido em contemplar espelhos e perco horas inteiras nesse jogo de sentido algum. Não se trata de olhar para o espelho, mas de olhar o espelho. Perscruto quem sabe o quê, talvez um corredor por onde se caminhe até o final do labirinto. Não que o espelho seja culpado. Nem é também protagonista do meu gesto, ao contrário do que inicialmente pareceria. Acho que o espelho continua sendo um mediador. Entre mim e o mundo. Entre mim e eu mesmo. Ou entre mim e alguma coisa perdida do outro lado. Ao refletir minha imagem envilecida, o espelho me exorciza, me purifica. Nele abandono as máscaras. Ou troco-as. Mas nem por ser simplesmente mediador, o espelho deixa de ter personalidade. Quando o apalpo e lhe dirijo olhares que perguntam, estou lhe infundindo vida. Em compensação, ele me responde. Com inusitadas visões de um mundo que eu apenas suspeitava.

Logo que entrei na sala, meu amigo, que tinha o mau costume de não ser sutil, cochichou-me ao ouvido, como quem faz uma advertência:

— Aquele no canto é o Dudu, um bailarino que não transa com homem.

Olhei para o fruto proibido. Não sei por que o sangue se agitou dentro de mim, no mesmo instante, e brilhou no meu rosto com um ódio desconhecido. Lembrei-me das palavras de Pepo sobre os belos enquanto propriedades coletivas da espécie humana. Extremismo barato ou não, se havia alguém a ser atacado e digerido pela humanidade, naquela sala, era o esplêndido bailarino heterossexual. Não consegui ficar mais de meio minuto sem voltar

166

a olhar para ele. Estávamos em cantos opostos, separados por almofadas e pessoas. E estas certamente viviam a mesma ansiedade de empurrar-se umas às outras para provar dessa espécie de árvore da vida ou, pelo menos, tocá-la. Dudu comportava-se como se nada percebesse, talvez por estar já demasiadamente acostumado a ser vedete das festas, e escolher quando e quem lhe aprouvesse. Por isso, era coletivo aquele olhar de súplica a ele dirigido, e que homens e mulheres em vão tentavam camuflar ali na sala. Dudu imperava, do seu canto. E nós, os mortais, sonhávamos com a possibilidade de um dia poder chegar até os amigos e segredar: Sabe da maior? Trepei com Ele...

Mas a lembrança de Pepo acarreta sempre efeitos colaterais, de modo que não pude me demorar no mero ressentimento contra a irresistibilidade do belo. Uma amargura antiga e teimosa veio adentrando meus poros, com certeza para compensar a poderosa saudade. A sala se anuviou. Mas o rosto de Dudu, seu jeito discretamente desamparado e a placidez dos seus gestos vieram furando o cerco da neblina, até se tornarem presença exclusiva diante de mim. No momento em que sua visão se tornou insuportável, levantei-me e fui me refugiar no banheiro.

Aqui estou diante do espelho. Busco ultrapassar a barreira dessa luz. Sinto medo, profundo medo por me emocionar ante a beleza. Temo o fascínio que vejo dentro dos meus olhos e me arrasta como maldição. Ah, sim, pois a beleza desaba como maldição sobre quem a contempla. E, no entanto, sem torturados contempladores não haveria beleza nem seu fascínio se exerceria. Verto lágrimas de autopiedade. Defendo-me como posso mas, por experiências anteriores, sei que é inútil. Ai de mim, penso eu, ai de nós que nos destruímos diante dos feiticeiros da tribo, os Belos: espelhos onde ansiamos nos refletir, água santa onde precisamos nos banhar e sumir. Um Ser Belo significa e elogia a espécie, não é mesmo, Pepo? Por isso, toda essa espécie o disputa como um troféu: suplicamos que essa maldição nos atinja pelo menos com um olhar. Pepo volta, lá dentro do espelho. Porque sentiu esse horror, Pepo defendia-se atacando a Beleza. Sabia que ela sempre tem certa conivência com o Mal. A Beleza significa o perigo da fogueira, onde a pobre vítima apaixonada arde aos poucos, numa dor incalculável, não localizada. Por essa representatividade da qual é investida e pela veneração que recebe, o Ser Belo é poderoso como Deus.

Mas se provoca dor nos outros, também sofre ao ser por eles devorado. Se é espelho, também pede espelhos. Se enfeitiça, o Ser Belo tem a obrigação de mitigar o enfeitiçado. Ente místico pela significação, ele é cruel justamente porque sofre o poder que lhe delegamos.

Abro os olhos salgados dessa água que há tanto tempo os alimenta e espiritualiza. Não é a eles que vejo, entretanto. Do fundo do espelho, há uma mancha obsessiva que se aproxima. Nudez, corpo de beleza indômita, olhos faiscantes em direção a mim. O fantasma de Dudu se aproxima pastosamente, envolto num imenso véu branco que esconde quem sabe qual perfídia. Pressinto que se trata do noivo apenas prometido, esposo que se esvai ao primeiro toque. Mas já não me sinto injustiçado. Contento-me com o êxtase que se avizinha: espetáculo só para mim, o dono do espelho. Percebo que desapareci gostosamente e penso desaparecer sempre que me for permitido esse ato místico de ver, como um eleito. Agradeço com toda a alma o privilégio de poder contemplar. Sacudo-me de transitória exultação. Tusso risos sufocados ou soluços de felicidade. Derreto. Sinto, isso é tudo: sentir como uma forma de existir para aquela visão da divindade. Não sei onde me escondo, o que faço, como suporto. Dudu prossegue interminavelmente em minha direção, núbil e diáfano sob o véu. Estaria eu de joelhos? Ou ganindo, a meio metro do solo? Talvez tenha deixado para trás a luz, não importa. Antes, rezo tudo o que sei. Ah, Santo-Cujos-Ossos-Tilintam, Santo-Formoso, Santo-Espontâneo-Sedutor, rogue por este que suplica. Santo-Corporal, intercede por mim. Santo-Pura-Carne, *miserere me et nobis*, do alto da tua Beleza que contempla tão devastadora a insignificância do mundo — a qual represento, de bom grado. Santo-de-Músculos-Arredondados, Santo-de-Coxas-Irresistíveis, Santo-de-Peito-Suave-e-Sovaco-Perfumado, *remember me* quando chegares ao Paraíso. Ah, Santo-Hand-Made, Cobiçado-por-Todos-os-Olhos, Desnudado-e-Lambido-ao-Cruzar-o-Viaduto-do-Chá, Santo-de-Nádegas-Nacaradas-e-Adocicadas, intercede por nós adoradores. De toda amargura, livra-me ó Santo-Esposo-e-Fogoso-Amante-que-Desejei. Mas sobretudo, dá-me olhos, para ser eternamente feliz em tua contemplação.

Olho ainda o espelho, imitação da vida: adornado agora com três ou mais lágrimas de Lana Turner. Escolho prosseguir ardente. Com muita dor. Pacientemente.

CARTA DO ROMANCISTA
DOSTOIÉVSKI AO REVOLUCIONÁRIO BAKUNIN
SOBRE A NECESSIDADE DE ESPELHOS
(FRAGMENTO)

Acredito que o Escritor tem razão, meu caro Mikail. Todos sofremos com a Beleza, sobretudo aquela que se ausentou. Compreendo eu também a dor da paixão — essa forma extrema de encantamento até a escravidão. Ao contemplar o bailarino, o Escritor sofre a ausência de Pepo. Aliás, imagino que eu próprio não seria insensível aos olhos azuis de Pepo, feitos de turquesa e encravados no rosto moreno do amor. E, se me perguntassem por que tal fascínio, esta seria a resposta: é que a Beleza faz adoecer de volúpia até mesmo os insetos. Na verdade, Mikail, a Beleza vive dentro de nós como um micróbio, engendrando tempestades no sangue. Ela é uma coisa tremenda e espantosa, porque paradoxalmente infinita e indefinível. Na Beleza, os extremos se encontram e vivem juntas as contradições. Graças a ela, enlouquecem-se os átomos e as próprias ideias buscam o suicídio. A Beleza é onticamente assassina, Mikail. Derruba nossas defesas mais secretas e nos torna demasiado frágeis. Por causa dela, muitos homens de coração superior e grande inteligência começaram pelo ideal da Madona e terminaram no ideal de Sodoma, onde deixam arder seu coração, como nos anos imaculados de criança. Haveria beleza em Sodoma? Pois saiba, meu caro Mikail, que para a maioria dos homens a Beleza está precisamente em Sodoma. Eis o testemunho de um coração ardente: confesso aqui o surdo carinho por mim devotado aos amantes de minha mulher. Isso sem falar de vários dos meus personagens, que denotam conhecer perfeitamente a existência de Sodoma.

Ah, se dependesse de mim, o coração do homem seria mais mesquinho. Como está, parece-me demasiado grande. Só o Diabo o entende. O que parece ignomínia à inteligência é beleza para o coração. Mas como o Criador prefere nos esmagar com enigmas, meu caro Mikail, em verdade lhe digo que, além de espantosa, a Beleza tem mistério. Por ela, Deus e o Diabo lutam aqui na Terra. E, desgraçadamente, o campo de batalha é o coração do homem. Daí a necessidade de espelhos.

Salvador, 18 de julho de 1977.

Hoje pela manhã fomos levar um amigo do Y. de volta ao hospital psiquiátrico, onde se encontra internado. Ficou conosco no apartamento todo o dia de ontem, domingo. Trata-se de um homem muito bonito. Alguns anos atrás, dizem que tentou o suicídio de uma forma chocante: meteu o carro num barranco, depois de cortar os pulsos. Foi encontrado sangrando e quase sem roupas, a correr desvairado pelo sertão baiano. Dizem que sempre pareceu ser uma pessoa confusa diante da vida e que entrou em crise profunda depois que a mulher se separou dele para viver com outra mulher. É economista. Aqui em casa, passou o dia de ontem a andar pela sala, quase sem falar, ausente. Quando lhe ofereci o jantar, aceitou mas não permitiu que eu o servisse. Antes de dormir, tomou banho. Fazia ruídos estranhos. Através do vidro do box, notei que se esfregava furiosamente. Como estávamos a sós, tive um pouco de medo. Sensação de que ele pertencia a um outro mundo, dos demônios quem sabe. Espiei seu corpo bonito. Tinha o rosto expressivo mas conturbado, com sinais de desgaste no cenho franzido. Havia marcas recentes de esparadrapo em seus pés. Fiquei imaginando que marcas de sofrimento seriam: dos choques elétricos ou simplesmente de panos para amarrar? Toda sua pessoa respirava um ar de coisas frouxas, desgarradas. Como se, diante da desgraça agônica que o assaltou, sua beleza tivesse perdido os matizes. Ou se negasse a si mesma, vítima de visceral impotência. Seria o oposto da redenção.

No quarto, ficou sentado junto à mesinha, quieto, de olhos baixos, com a luz acesa. Num momento em que acordei, às quatro da madrugada, ainda havia essa fugacidade insone.

Rio de Janeiro, 5 de abril de 1977.

Acidentalmente, vim cair em casa de um jovem psiquiatra, com quem tenho conversado um bocado a respeito de tia Lena, inclusive o fato de ser ela epilética. Segundo me disse, a epilepsia é muito associada com loucura, de um ponto de vista médico mais tradicional. Existiria a possibilidade de o espasmo epiléptico afetar regiões cerebrais, por momentâneas interrupções de oxigenação, provocando assim confusão mental, agressividade, esquizofrenia. Desconheço a veracidade disso. Comentei com ele essa ideia que tem quase me obcecado: minha tia seria o receptáculo da loucura da família. O psiquiatra acredita que esse fenômeno ocorre em famílias psicóticas — coisa que não vem ao caso, já que a definição de psicótico me parece discutível. Prefiro achar que, ao reproduzir dentro de si contradições da estrutura social, qualquer família tem opressores e oprimidos; ou seja, a família se organiza em cima de papéis impostos: o de pai, filho, esposa, caçula etc., com todos os efeitos imobilizadores que isso acarreta. No caso de minha tia, pode ter ocorrido um processo — evidentemente inconsciente — através do qual ela se tornou o polo catalisador e conjurante de todas as podridões, desvios de norma, medos endêmicos (as "loucuras" enfim) de minha família: um tio que teve um filho com a amante, enriquecimentos ilícitos e falcatruas jamais reveladas, pecadilhos e pecadões mais ou menos secretos, além do terrível pesadelo da derrocada financeira. Tia Lena teria sido eleita por ser a mais sensível e a mais vulnerável. Paradoxalmente, essa vulnerabilidade resultaria de sua virtude, sua força. Quer dizer: a virtude da sensibilidade foi também a porta principal por onde entrou a destruição. Mas não só. Dentro da família, tia Lena ficou marcada para o papel de louca. Então, tudo o que fizesse acabava sendo captado como gesto de loucura, criando-se, portanto, uma espécie de ritualização do comportamento anormal. Além disso, pode-se dizer que em tia Lena houve uma espécie de homicídio/suicídio mesclados e dificilmente destacáveis, pois de algum modo ela se adaptou e assumiu esse papel, em que talvez tenha encontrado certas compensações ao nível de personalidade. Com sua força/fragilidade, tia Lena seria o polo catalisador/denunciador da loucura difusa da família. Mas, incapaz de identificar essa anomalia de todos (por causa de impedimentos vários, como as rígidas normas patriarcais), ela teria vivido a loucura de todos como seu próprio drama. Portanto, ao desenvolver a tragédia de minha família enquanto intérprete principal, tia Lena não percebeu que se tornava simultaneamente personagem principal. Para uma mulher indefesa, talvez fosse essa a única vantagem possível: ser a estrela, mesmo na maldição. A partir daí, teria se criado um círculo vicioso: quanto mais ela absorvia (e, portanto, expunha) a loucura de todos, tanto mais loucura *recebia sobre si mesma, até ser condenada a tornar-se rebotalho e latrina dos familiares. Nesse momento, a família crucificou-a em nome da salvação de todos. Eis aí um drama místico, de Redenção (ou Comunhão) dos Santos — com mártires e carrascos, como convém a todo drama que se preze. Só que, no caso, ninguém tem consciência de seus papéis. A própria tia Lena disse certa vez que estava sofrendo no lugar de Cristo, para ajudá-lo a salvar o mundo — tudo a pedido do Espírito Santo, segundo ela. Com certeza, nunca saberá que foi exatamente a "salvação" dos outros que provocou sua desgraça e mergulhou-a nas águas escuras do manicômio. Em lugar de todos, naturalmente.*

(mais tarde) Ao buscar suas pegadas, não estaria eu tentando exorcizar a mesma loucura, desta vez atirada sobre mim e, de algum modo, assumida por mim? Porque, entre os santos, também sou aquele que mereceu a parte do estigma.

São Paulo, 21 de agosto de 1977.

Papo com a M.R. sobre meu projeto de romance. Contei-lhe rapidamente que eu pretendia, entre outras coisas, discutir como a estrutura familiar sempre crucifica um de seus membros, em nome dos medos (e da saúde) de todos. E que, no caso de tia Lena, toda a loucura (ou fobia à loucura) de minha família teria sido exorcizada quando a enfiaram no hospício. M.R. ficou me olhando boquiaberta, dizendo que nunca havia pensado nessa possibilidade ao mesmo tempo chocante e fascinante. Eu, ela e J.C. passamos o resto da noite discutindo a existência ou não dos crucificados. Ainda que de maneira indireta, não seria através deles que a estrutura familiar respiraria a "normalidade"? Talvez sim, talvez não.

São Paulo, 29 de setembro de 1977.

Instigante conversa com R. sobre meu romance. Eu me sentia entusiasmado ao extremo: acho que retomaria o projeto amanhã mesmo e de modo definitivo, caso não estivesse tão sem grana e tão desesperado à procura de uma casa para trabalhar sossegado. Contei a R. que pretendo estruturar o romance utilizando uma perspectiva antidramática ou de dramaticidade diluída, para evitar o quanto possível um tom catedrático e me contentar com o lixo, o acidental. O romance seria a negação de si mesmo, ou melhor, a "frustração" de si mesmo, pois na realidade nunca aconteceria o romance prometido pelo Escritor-personagem, e certamente aguardado pelo leitor. Eu lhe disse que pensava fazer as partes bem diferenciadas, de um ponto de vista de estrutura narrativa e mesmo de linguagem. O personagem de tia Lena seria inacabado no sentido de não estar totalmente proposto — assim como seu drama seria reticente, ambíguo. Em contraposição, sua loucura não decifrada sofreria quase um processo de projeção sobre o Escritor-personagem, na primeira parte: ele refletiria aspectos da loucura, ao buscar notícias da louca. Aliás, eu devia ter a coragem de deixar o romance realmente inacabado, se quisesse levar adiante minhas propostas quanto à relatividade ou mesmo inexistência de verdades literárias. Nesse sentido, deverei fazer evoluções em torno da loucura, sem pretensão de explicá-la. Quero expor à luz do sol minha própria fragilidade, ao escrever.

R. acha que esse é um projeto bem ambicioso. Talvez tenha razão. Mas trata-se, no fundo, de evitar a redundância, tentando igualmente romper os limites entre ficção e vida (ficcionista-sujeito), como quem embaralha a diferença entre substantivo e adjetivo — já que não há importâncias maiores ou menores, mas apenas escolhas. Por outro lado, trata-se ainda de realizar, o quanto possível, um trabalho a palo seco, escavando meu próprio deserto — porque o seco é mais contundente, como sugeria o poeta. A ideia do romance me parece bastante mais clara agora. Vou tentar apenas completar as leituras de Sade, Lima Barreto, eventualmente outras coisas de Artaud e, conforme J.C. lembrou, voltar a verificar Torquato Neto.

São Paulo, outubro de 1977.

R. me contou que, mais de um ano atrás, sua mulher F. começou a sofrer sensações esquisitas. Ora sentia um enorme torpor que a fazia passar horas na cama; ora atravessava pequenos momentos fora de si. Ela tem dificuldade em explicar com mais detalhes. Não consegue verbalizar as sensações vividas. Diz apenas que, sejam longos ou curtos, tais momentos provocam o mesmo sofrimento; e reafirma que sofre muito, como se fosse enlouquecer. Pior de tudo é o pânico, que F. às vezes sente, de que o "momento" está para chegar. Só depois de vários encefalogramas detectou-se que ela tem arritmia — sinônimo moderno de "espasmo epilético". Agora, F. toma remédios na tentativa de contornar o descontrole.

Fiquei me perguntando o que se passaria no cérebro, durante tais momentos de provisoriedade ou parêntesis. O que seria um ser humano durante esse pequeno período de defasagem elétrica no centro do motor da consciência? Por que o pânico? F. sentiria medo de ser tomada por espíritos alheios e, por extensão, malignos? Ou, antes, sofreria a experiência de um mergulho semiconsciente no nada?

Lagoa da Conceição, 13 de fevereiro de 1980.

O irmão de meu amigo S. foi internado várias vezes em clínicas psiquiátricas. Numa delas, conheceu um rapaz de quem se tornou (veladamente) namorado, apesar dos grilos que ambos tinham em relação ao sexo. O amigo, que costumava ver demônios por todas as partes, masturbava-se e bebia o próprio esperma — "para evitar que o diabo se aproxime", dizia ele.

São Paulo, 16 de março de 1981.

Num debate sobre psiquiatria, percebo como os doentes mentais são massificados já a partir dos remédios: Haloperidol para os psicóticos; Diazepan para os neuróticos. Diazepan, a droga dos pobres, é gratuitamente distribuída pelo INPS a 65% dos favelados da Baixada Fluminense e pode ser fartamente encontrada em qualquer farmácia, a preços bastante módicos. Havia até uma caixinha no armário do meu banheiro. Tomei durante algum tempo, não lembro por indicação de quem. Agora não tomo mais. Talvez porque eu já tenha ascendido para a psicose.

175

São Paulo, 29 de maio de 1981.

Do jornal: o Centro de Reabilitação de Casa Branca (interior de São Paulo) é um manicômio estatal onde estão confinadas 1.275 pessoas consideradas loucas. Trata-se de uma área de 260 alqueires, que antes abrigou uma colônia de leprosos. Dentre os pacientes, 562 são tratados como irrecuperáveis, por não responderem a nenhuma terapia. Segundo o diretor, esses "ficam contidos em pátios fechados, sob efeito de medicamentos diários"; nada mais se pode fazer por eles senão aguardar que morram de causas naturais. Mas, por "motivos humanitários e éticos", o hospital não tem alambrados nem cercas para os demais, de modo que é comum encontrarem-se pacientes nus a perambular pelas estradas e terras da região. Um repórter, que entrou incógnito lá dentro, ouviu reclamações de abandono e maus tratos aos doentes. É significativo o caso de um interno que, quatro anos atrás, foi assassinado por atendentes que continuam trabalhando ali até hoje. Por sua vez, os fazendeiros, cujas terras fazem limite com o manicômio, queixam-se de frequentemente encontrar, em suas propriedades, cadáveres e ossadas humanas ainda vestidas com restos de uniforme de hospício. Sabe-se também que muitos pacientes perdem-se e desaparecem nas próprias terras do manicômio, cheias de matas cerradas e terrenos pantanosos. De 1978 até hoje, o delegado de Casa Branca registrou o encontro de doze cadáveres não identificados, nos arredores do hospício.

NOTAS ESPARSAS DO ESCRITOR

Estou me comunicando com as vacas, que de repente se revelam capazes de responder às grandes perguntas do universo. Por algum metabolismo mágico, o capim singelo — quem sabe? — transmite-lhes a Sabedoria. E eu a capto durante esse prolongadíssimo almoço que as vacas costumam ter — na verdade, dura enquanto brilha o sol. Ou talvez seja o mastigar contínuo e paciente que leva a algum estado de contemplação supra-sensorial, quase hipnose, e atinge as raízes do entendimento nem por Aristóteles suspeitadas. Convenhamos que essas não passam de incertas conjecturas sobre a superioridade das vacas. De uma coisa, pelo menos, estou seguro: em qualquer das hipóteses, as vacas curam feridas interiores, sobretudo aquelas deixadas pelo amor. Por isso vim para cá. Vagarosas e ternas vacas vão me recuperando da tragédia. Com suas lambidas ou seu hálito maternal.

*

Sim, sou a prova viva de que a dor tem sorrisos que a própria razão desconhece.

*

Empatia com as vacas? É que, desamparado, vim à procura de tetas generosas. Aqui posso tomar leite na fonte. E não rejeito o afeto que minha tia me prepara com gordura de porco fresquinha, várias vezes ao dia.

*

Dialogo com as galinhas, de quem roubo galantemente os ovos. Já não sinto mau humor de manhã. O mais puro ar matriarcal, eis a receita para bem convalescer.

*

A vida aqui se desenrola natural, como se tivesse existido sempre e durasse por toda a eternidade. Tanto que a morte se desvanece no meu horizonte. Acho que estas frágeis realidades que são as vacas, os pássaros e os milharais afastaram-na para longe de mim.

*

Aqui entre meus parentes, às vezes me assalta a convicção de que mordi a maçã e conheço segredos demais. Não que isso me recrimine. Apenas nos separa. Quando, por exemplo, meu corpo ferve como enxame de abelha, é no meio dos animais que me sinto aplacado. Os bichos, que vivem nus, são aqui os únicos a cumprir os apelos naturais, sem nenhum freio. Então, o campo de pastar se torna a meus olhos um campo de verdade, mar de sensualidade. E as vacas adquirem uma deliciosa conotação de paganidade. Porque desconhecem os limites, certamente. E, como desprezam definições, estão abertas a tudo aquilo que chamamos de aberração. As vacas cagam onde lhes dá vontade e lambem a bosta umas às outras. São transgressoras porque transparentes. Sem dúvida, conhecem mais mistérios do que eu.

*

Lambuzei as paredes de merda. Senti, momentaneamente, saudade do amor.

*

Não há dúvida. O amor pela merda, como aquele que conheci, também carrega em seu bojo um grande amor pela vida.

*

Às vezes a perplexidade me assalta como se um grande ponto de interrogação desabasse sobre minha cabeça. Sinto-me cego. Por detrás do mundo, já tão devassado e basicamente enfadonho, noto apenas um espelho embaçado, onde apalpo certa nostalgia de identidade obscura. Talvez seja a indeterminação do sujeito, essa fonte de todo mistério. Talvez o vazio deixado pelo câncer do amor que um dia enlouqueceu minhas células e cresceu até o ponto de se destruir. À guisa de consolo, balbucio um nome. Depois, engulo pacientemente a frustração e outra vez prometo me acostumar com a ausência daquele delírio maior. Há suspiros em todo o meu ser. O câncer, ah que delícia era o câncer.

*

Pouco tenho a fazer dentro de casa. Por exemplo: xeretar um velho baú onde encontro curiosidades de outros tempos. Sapatinhos de nenê, um vestido de batizado, uma bonequinha de porcelana já bem gasta, caixas com velhas fotografias onde reencontro rastros esmaecidos de minha família. Num instante de quase piedade, enterneço-me com uma foto que me captou a olhar choroso para a câmera, no meu primeiro ano de vida. Dentro de uma caixa de papelão encontro depois um punhado de fotos desconhecidas que me fascinam.

*

Quem seria essa mulher? Nas fotos amarelas, descascadas e às vezes quase improváveis, desfilam diante de mim cenas de uma vida anônima e poses de mocinha muito antiga. Foto do que parece ser uma viagem de lua de mel com vários jovens casais posando, inclusive ela ao lado do eventual marido. Uma foto de casamento, em que ela está rodeada de uma ampla cauda de virgindade. Outra foto imitando pose de artista até no ângulo: a mocinha olha para a máquina, querendo ser sensual, mas sem conseguir esconder um sorriso ingênuo emoldurado por tranças presas junto às orelhas, e fitas; detrás da foto, traços borrados de uma dedicatória de amor; não decifro a assinatura. Num outro retrato, ela ainda, com um grupo de Filhas de Maria. E também ela mais jovem, ao lado de outra adolescente (talvez uma irmã), cada qual segurando um acordeão em estudada naturalidade; noto seu sorriso torto e o queixo erguido, que lhe imprimem um ar ao mesmo tempo indômito e frágil. Quem seria essa mulher?

*

Descubro que se trata de uma parenta distante, de identidade incerta e antiga (talvez anos 1930 ou 1940). Nem mesmo seu nome consigo saber. Dela sobraram apenas estes retratos inacabados, que minha falecida avó guardou, e uma história confusa segundo a qual esta mulher teria enlouquecido, ainda muito jovem, na mesma cidade onde nasci. Presume-se que morreu nalgum hospício. Minha tia diz que só meus parentes de Guarassunga podem informar melhor sobre essa inquietante louca dos retratos.

*

Há sobretudo uma última foto que me deixa apaixonado e, creio eu, subjugado. A moça tem agora um ar de mulher-feita. Seus cabelos compridos estão soltos. No rosto, um leve sorriso ou princípio de suspiro, além de olhos descontraídos, descansados. Sobre os ombros, um lindíssimo casaco de pele negra e resplandecente igual seus cabelos. Envolvendo essa imagem de quase impossível realidade, a luz frágil da manhã ou entardecer acentua certa dimensão encantatória. Tudo é transparência nessa foto tão destacada das demais. Como se aquela mulher ali presente se afirmasse indiscutivelmente real e concomitantemente saída de um espelho, de uma fantasia ou de mitos. Passo horas contemplando minha descoberta. Tento adivinhar a história ali contida. Os gestos e sentimentos mais recônditos da mulher, ao contemplar a câmera que, neste momento, sou eu.

*

É certo, fotografia. Signo de contradição. Bruxaria que revolve o mundo dos concretos e tira o sossego da memória, como uma vampira da vida. Ou brincadeira de moleque para eternizar o provisório e devolver, num gesto drástico, o amor de antigamente. Mas também falaz promessa de perenidade que a memória semeou: miragem no Saara do amor. Pois é, fotografia. Vulnerável realidade de papel. Sombra das sombras queridas, inesquecidas. Convocação de mortos, procissão de fantasmas. Lágrimas e sorrisos em luz cristalizada, antiga. Obstinada e vã extensão do presente. Ferrão que dói na razão. Ali, enganosa imagem de ressurreição.

Afinal, quem teria sido o desgraçado que em 1825 inventou essa gaiola de sonhos — o primeiro lambe-lambe da História! — e sumiu sem deixar

180

marcas? Talvez um louco que imprimiu seus demônios no papel e depois se matou. Em todo caso, sinto um impulso de louvação. Salve, simplesmente filha do delírio, ou madrasta de certa dor, algum amor!

*

Foi o que aconteceu: reviravolta. Durante a noite, percebi que estou amando o fantasma. Decido resgatar essa mulher de obscuros sonhos anônimos, que agora torno meus, e trazê-la da fotografia para o mundo que me pertence. É certamente mais um jeito de me redimir da dor. Outra vez brinco de sonhar. E sobreviver.

*

Então digo adeus às vacas. A fantasia me arrasta de volta a São Paulo, em cujo abismo de decibéis me afundarei à cata da ficção possível, maternal teta da imaginação.

*

É assim. Nosso tesão pela merda, nossa paixão pelo ouro. Não se trata de psicanálise. Quando se mora em São Paulo, descobrem-se veios auríferos na latrina. Sobreviverei, ó bosta.

MIKAIL BAKUNIN
CANTA O ÚNICO
(EXTRATO DE UMA CARTA A SÃO MAX)

Meu caro Johann Kaspar, circulam boatos malévolos acerca de minha relação com Serguei Netchaiev, e insinuações de que eu teria deliberadamente empurrado minha mulher para os braços dos amantes. Nada tenho a declarar nem justificar sobre o amor, mesmo porque nele nos encontramos no território do imprevisível. Existe no amor a premência de se lutar contra as trevas. Aliás, devo admitir que amar não é mais difícil que viver. Viver é, em si mesmo, um gesto de impor-se ao mundo e à sua ordenação preestabelecida, para rompê-la. Vejo a vida como um doloroso processo pelo qual se vai criando um espaço novo e específico que leva cada um de nós a sair lentamente do Nada (caos absoluto) para a individuação (o caos nos limites do Eu). Na verdade, Johann, eu indivíduo não sou um Nada, no sentido de "vazio". Mas sou sim o Nada criador, o Nada a partir do qual meu Eu criador tudo cria. E, porque as pessoas costumam buscar antes de tudo o perdão, talvez você ache que minha causa deveria ser, pelo menos, a "boa causa". Esse é justamente o problema: não tenho por que pedir perdão, na medida em que sou minha própria causa, Johann. Não sou nem bom nem mau. Minha causa não é divina nem humana. Não é o Verdadeiro, nem o Bom, nem o Justo, nem o Livre. Minha causa é o *Meu*. Não é geral e sim *única*, como eu sou Único.

É preciso que nosso Escritor se lembre disso, para sobreviver. Criar, criar-se. Abrir caminho nas trevas.

THE ROUGH ART
OF STAYING ALIVE

Hoje, quase naturalmente, ressuscitei Melinha Marchiotti. Ela não é a mesma diva da Bela Época brasileira. Encarnou-se agora numa figura amaldiçoada e infeliz, bem típica deste meu tempo incrivelmente feio. A nova Melinha não conhece os triunfos da primeira. Ao contrário, atravessa os infernos, sem esperança de ressurreição. E desconfio que nem minha vontade de escritor poderá ajudá-la a escapar das chamas finais. Sinto misericórdia por essa mulher que se tornou meu novo personagem ou, talvez, meu antigo personagem revisitado. Prometo que ninguém a amará mais do que eu, seu feiticeiro, ventríloquo ou trovador.

*

Esta segunda Melinha seria resultado de um batismo gêmeo que infunde vida num novo personagem? Ou, ao contrário, é a mesma Melinha antiga que se teria diferenciado graças a um novo gesto batismal? Nos dois casos, trata-se de um gesto.

*

Sou um escritor que plagia um personagem de si mesmo. Certamente eu próprio serei plágio de um outro escritor que vive no limbo da minha antimatéria, como vigilante sombra de mim. Não reclamo. Afinal, trata-se de um sintoma do plágio universal que é viver entre os mortais. Ou entredevorar-se. Sugo a ti, sugas a ele. Grande festim de canibais, onde todos antropofagamos.

*

Avante, cavaleiro intrépido e sem mancha. Há uma doce Amélia a ser desvendada, ou quem sabe eu (seu pai) a farei Jocasta. Que se consuma o incesto por esferográfica, ó irresoluto Édipo.

*

Escrever é minha Emulsão de Scott. Sai, alguma palavra, sai das minhas vísceras.

VIAGEM AO TÚMULO

Estou a caminho de Guarassunga, num trem que balança como berço desconjuntado. Busco as pegadas de Melinha Marchiotti como quem mergulha entre os mortos à procura de sinais de vida. Talvez para amortecer o choque emocional da volta, após tantos anos, tomei a providência de enfiar papel e caneta em minha bolsa. Afinal, será mais fácil ser escritor do que um filho pródigo regressando.

Vejo passarem campos, vacas e casas, numa paisagem que parece ter estado sempre lá, prometendo perenidade. Mais ou menos inerente a tudo, há uma impressão de abandono que me faz pensar em sonhos materializados e ali atirados, como subprodutos do acaso. Talvez por me sentir vazio, tenho vontade de ser uma daquelas casinhas que olham infinitamente os trens a passar, sem nunca deixarem de ser singelas. Penso, por hábito.

Penso haver um intransponível abismo entre mim, que vivo no encadeamento dos fatos — nisso, portanto, chamado tempo — e as carinhosas vacas que pastam na eternidade de um gesto perfeitamente atualizado. Postes, capim, eucalipto, verde, lenha, linha, curva, fios, pássaros, distância. Há muitos espaços entre o poste e a distância.

Penso sobre o ofício de escrever: Almotásim, Miss Ulrica Thrale, Viktor Runeberg, Recabarren, Dandy Red Scharlach, Ts'ui Pên, Ryan Kilpatrick, Hladík e quantos mais for possível abranger, no incontrolável ato de recriar personagens de todos nós. É através dessas ficções que o menino da província se ergue para além de si mesmo e se encontra, nalgum ponto do milagre, com um cego que habita a milhares de quilômetros mais ao sul. Bendita seja essa geografia comum a esse mesmo tempo que nos liga, penso afinal, condescendendo.

Acalentado pelo ruído metálico e compassado do trem, creio resgatar da profundeza um sentimento parecido com uma grave, sensata e — por isso mesmo — rara felicidade. Sinto-me forte.

*

Entardecia, quando desci em Santo Inácio para tomar a jardineira que me levaria até Guarassunga, minha terra. Logo que o trem partiu, sofri a incômoda sensação de ter sido abandonado. A responsabilidade pela viagem me era cruamente devolvida. O chefe da estação — único ser vivo ali presente, além de mim — me examinou com atenção. Talvez farejasse alguma senha. Mas isso ainda não me assustava.

Dei as costas para a construção de tijolos vermelhos e contemplei as cores do passado. Lá adiante, o casario escasso de Santo Inácio permanecia o mesmo, apenas um pouco mais abandonado. Também continuavam iguais as duas únicas ruas. Barrentas e vazias. O esplendor do crepúsculo antecipava certa perversidade que a noite logo faria eclodir, sem mais segredo, e que eu conhecia tão bem. Foi essa luz difusa que me alfinetou a memória e me alertou.

Senti medo, ao descer os degraus arruinados. Atravessei o terreno baldio. Mal atingi a rua, alguns cachorros me receberam com latidos incessantes. Caminhei direto para o boteco que cumpria também as funções de armazém e rodoviária. À medida que ia avançando, notei de soslaio que se abriam ligeiras frestas nas janelas. Uma cidade inteira me inspecionava, porque eu estrangeiro invadia o espaço de sua intimidade perversa. Dentro do bar, encontrei olhares arredios. Os rostos dos homens eram retratos cifrados daquele passado que me tornava vulnerável. Senti crescer um sufoco no peito e cheguei a engasgar, quando os cumprimentei. Na penumbra, os traços do dono me pareceram vagamente familiares. Contagiado talvez pelo clima de desconfiança, preferi não mencionar meu nome. O fato de permanecer incógnito me garantia uma espécie de privilegiada distância, um certo resguardo. Ainda assim, senti crescentes sinais de medo, ao descobrir que os olhares me pediam cumplicidade numa misteriosa culpa que era preciso tacitamente desconhecer.

Nem houve alívio possível. Logo depois fui informado de que a jardineira para Guarassunga só sairia na manhã seguinte. Então busquei coragem, nalgum ponto de mim, e pedi pousada por uma noite.

*

A tensão difusa e o silêncio impediram meu sono durante muito tempo.

Já alta madrugada, emerjo no território mágico de um casarão de paredes grossas e teto abobadado. Pela janela, posso ver uma planície tão vasta que se torna íntima, quase secreta. Estou monasticamente escrevendo meu romance. Luto com as palavras, amasso folhas de papel. Pressinto a existência de presenças malignas me rondando, impedindo a fluência e o prazer de escrever. Estranhamente, elas me penetram de baixo para cima, como se vindas do meu interior. Lá fora, a paisagem quase infinita se desvanece. Só por acaso tomo consciência de que estou nu, dentro desse casarão que de repente é um hospício. A dois metros de mim, na verdade, existem grades. Quero cobrir minha nudez, que me envergonha. Quero fugir. Detrás de mim, encontro um corredor escuro que descubro ser um túnel. Enfio-me por ele, à procura de ar puro. E essa resulta ser a prisão maior. Na obscuridade, uma aflição indefinida me invade, como se algo fosse brotar inesperadamente diante de mim. Um tormento que temo ser já a loucura. Então vejo, e nada poderia ser mais horrendo do que aquela visão de um ser medonho que não tardo em descobrir tratar-se de uma mulher de seios enormes, mas barbuda. Grito de pavor. Ela sorri obscena. Seus pentelhos, tão longos quanto a barba e os cabelos, arrastam-se no solo. Quando abre os braços para mim, de cada um dos seus sovacos se desenrolam cabeleiras que chegam até os joelhos. Sinto cócegas nos pés. Com novo sobressalto, noto presenças raquíticas que correm aos bandos, pelo chão. Essas criaturas chiam em coro, como valquírias de computador. Mas não são ratos e sim monstrinhos imprecisos. Seu sussurro cresce e sei que falam, porque apreendo signos de uma espantosa acusação. Afirmam que a genialidade é uma forma de aberração autofágica. O gênio habita os redutos da monstruosidade, ciciam desconectadamente. Seus guinchos significam que, quanto mais surdo, tanto mais inspirado e talentoso foi Beethoven. Sussurram: a Nona Sinfonia, ápice da inefabilidade musical, nasceu da surdez absoluta. Pretendo lhes dizer que não sou culpado disso, mas quando levanto os olhos, meu terror é diverso: no final do túnel, o diretor do hospício me aguarda com ar de prepotência estudada. Além de sua capa que esvoaça ameaçadora, o que mais me aterroriza são as feições familiares: ele é o mesmo dono do boteco. Percebo, portanto, que eu já o conhecia em sonhos. Em seus olhos, noto lampejos de maldade. Há finas agulhas de ouro em suas mãos. Compreendo num segundo: esse falso médico vai enterrar agulhas em meu cérebro, simplesmente porque manda em mim. Não sei o que é mais insuportável: se o medo à dor física ou se a certeza de que o homem planeja roubar minha vontade, controlar meu ser através de agulhas eletrificadas. Surpreendentemente, percebo-me caminhando dócil para ele. Juntos cruzamos uma porta e penetramos na planície vastíssima. Pressinto dentro de minha cabeça as picadas que penetrarão, reboando como tambor seco. No fundo do meu pânico, sinto uma inclinação, indiscutível resignação. No centro do campo, há uma cadeira elétrica exibindo fios agourentos. É fulminante a certeza de que nada posso fazer por mim.

Em Santo Inácio, a veneziana do quarto bate secamente. No primeiro instante, não estou seguro de que o sonho acabou. Pela janela entreaberta, penso vislumbrar a mesma paisagem vastíssima. Empapado em suor, ouço os galos cantando. Ainda não sei inteiramente de qual dimensão procede seu canto, e sinto medo de nunca vir a saber.

*

Escoltado pelo bando de cães ruidosos, que de algum modo me enxotavam, fui para a estação às sete da manhã. De lá, pude acompanhar a chegada e partida da jardineira para Guarassunga, onde pensei que poderia encontrar traços vivos de Melinha. Fiquei sentado no chão, durante horas, odiando-me em cada detalhe. Odiava minha maneira de ser, minhas obsessões, meu romance. Às onze, quando subi no trem, de volta a São Paulo, encontrei-o povoado de lembranças, de mortos. Procurei um vagão vazio. Havia dentro de mim uma agitação diluída mas nem por isso menos vívida. Pedaços de bonecas antigas flutuavam nas águas, em meio à neblina. Nem fiz sinal de adeus quando o trem partiu. Recostei a cabeça no banco, sentindo-me vivo, irremediavelmente só na aventura de desvendar um segredo alheio. Comecei a suspeitar que, viajando para o passado, eu estivera à beira de um túmulo cuja lápide quase fora removida. Mas à medida que o trem deslizava, crescia em mim um certo alívio subjacente. Eu me afastava, quase fugia de uma visão demoníaca.

Visões: bandos de pássaros muito concretos. Um burro bravo que deixei para trás, escoiceando. Búfalos negros. Indefectíveis, doces vacas sempiternas. Pintura desbotada, da minha janela. Aspirei as cores, que se misturavam tanto. No meio de um laranjal maduro, uma única flor azul-roxa. Até o céu acinzado parecia saltar do meu olhar. Eu era às vezes a realidade de fora, às vezes a palpável realidade de dentro. Nos dois casos: a insistência de que eu existia, sem defasagem.

Só emergi da contemplação cataléptica ao chegar a São Paulo. Antes mesmo de ver a cidade, podia ir adivinhando suas ruas, prédios e pontes que conhecia tanto quanto meu corpo. Era como se, sob aquela luz acanhada, São Paulo fosse regressando para meu interior, me completando. Diante da paisagem familiar, senti que se em mim não havia esperança, também não havia mais medo. Através da medonha São Paulo, o mundo se reconciliava comigo.

Quando o trem parou na Estação da Luz, aspirei profundamente o ar fétido, envenenado. A cidade começava a ser realidade objetiva a partir dali. Era também ali a entrada natural para mim mesmo. Mergulhei de volta.

São Paulo, 16 de setembro de 1980.

Sonho: o local seria certamente o seminário. Há um clima de agitação e ansiedade. Vamos partir e não quero ser o último. Lembro confusamente que estaríamos nos preparando, de maneira infindável, para uma festa de despedida. Por várias vezes vou tomar banho. E tenho que atravessar um pequeno trecho lamacento, antes de entrar num cenário romano que são como altas cavernas onde se encontram os chuveiros e, quem sabe, os refeitórios. É aí onde os rapazes gostam de se encontrar para ficarem juntos. Enquanto tomam banho e conversam, há entre eles um evidente clima de sensualidade, e isso me oprime com um genérico sentimento abandônico. Pareço sofrer de um ciúme crônico. Pressinto que haverá orgias e sei que estou excluído de seu convívio porque os belos preferem se amar entre si. Sinto-me antecipadamente rejeitado por eles, condenado a padecer a fatalidade de sua beleza que me subjuga, sem estar ao meu alcance. Há uma outra angústia essencial: não sei por que nem para onde vamos partir, mas essa dúvida é o que importa menos. O que me deixa basicamente inseguro é o ato mesmo de partir — como se eu tivesse que refazer toda minha vida em função da mudança. Sobretudo, como se eu fosse permanecer só e sentisse, ante a solidão, o mesmo temor pela morte. No tempo do seminário, eu tinha essa exata sensação, antes de partir para as férias — e ainda que amasse tanto sair de férias. Parecia então que eu era compulsoriamente separado dos objetos (concretos ou virtuais) da minha paixão. E como se partisse para a morte, porque uma partida que interrompe o amor antecipa as memórias da última despedida. No sonho, lembro que entrevi, em meio aos corpos nus sob os chuveiros, a beleza escultural de um colega adolescente que me imobilizava de fascínio. Por que lembranças tão antigas?

A REVELAÇÃO DE
MELINHA MARCHIOTTI (I)

Para que haja um começo, é plausível dizer que a família Marchiotti vivia na roça: pai, mãe e sete filhos. À custa de muita poupança e sagacidade, mudam-se para a cidade e compram uma padaria — por exemplo, Padaria e Confeitaria Marchiotti — onde passam a produzir o melhor pão da redondeza. Na verdade, alimentam o próprio bolso ajudando a população a cumprir o pedido expresso na oração de todas as manhãs. É graças a esse ofício igualmente sagrado e rendoso que os Marchiotti passam a comprar terrenos e chácaras. Enriquecem.

*

O pai Giovanni pontifica ao lado da esposa Dona Concetta, uma calabresa particularmente autoritária que detém o controle do dinheiro. Marido e filhos recorrem a ela quando precisam fazer compras. Nesse clima de ascensão que favorece a ganância, o ciúme e a competição, os quatro filhos varões se disputam incansavelmente entre si. Quanto às filhas, devem limpar a casa, fazer comida e manter-se longe das brigas familiares. Menos Melinha, que tem livre trânsito. Além de caçula e predileta do pai, ela terá o privilégio de ser a doente da família.

*

A pequena Melinha perde seu trono quando nasce um novo irmão, a quem ela naturalmente odeia. Um dia a mãe encontra-a tentando asfixiar o pequeno com um travesseiro. Pouco depois, o bebê morre de pneumonia. Melinha retoma o trono que lhe era devido. E se recusa sequer a mencionar a existência fugaz do menino. Iria ela se punir com os ataques epiléticos — talvez representações da morte? O certo é que, aos sete anos de idade, Melinha sofre algo parecido com uma congestão cerebral. Cercada de cuidados e mimos, passa a desenvolver uma certa impermeabilidade que poderia ser facilmente chamada de perfídia. Quando apanha ou sofre, nunca chora. Bate o pé quando deseja algo. E manifesta uma ferocidade autodestrutiva, se contrariada: bate com a cabeça na parede e ingere vinagre para simular suicídio. Entre os Marchiotti, Melinha torna-se a "fraca de cabeça".

*

A partir dos onze anos, Melinha começa a ter convulsões epiléticas mais regulares. É obrigada a abandonar a escola. Sua irmã Rosa, ligeiramente mais velha, desenvolve uma estranha culpabilidade em relação à doença da caçula. Chora interminavelmente, ao ver Melinha estrebuchando como um frango de pescoço quebrado. Antes de cada ataque, Melinha apresenta sintomas bem evidentes, sobretudo agitação e um exasperante aperto no peito. Rosa, já acostumada a detectar os sinais, sai atrás da irmã para evitar acidentes. Melinha sente-se invadida na intimidade de sua doença, essa vergonha maior e também sacralidade. Tranca-se então no banheiro e aguarda as convulsões, diante do espelho. Recusa-se a ser desvendada senão por si mesma.

*

Uma das características mais incômodas que Melinha desenvolve nesse período é a compulsão por espiar. Costuma esconder-se por detrás de portas e debaixo de camas, ou entrar pé ante pé nos aposentos, para espionar os familiares e empregados. Apanha o irmão mais novo, Donato, masturbando-se diante de uma cadela assediada por cachorros de rua. Encontra o irmão Mário esfregando-se com a filha da lavadeira, no meio do milharal. Surpreende Ettore, o irmão do meio, roubando dinheiro da caixa registradora. Ao se apossar de tais segredos, Melinha desencadeia temores e ódios. Os irmãos desenvolvem mecanismos de defesa e acusam-na junto à mãe, a única pessoa na casa que sempre a tratou sem condescendência. Quanto mais apanha, mais Melinha se esmera na arte de devassar os antros da família, como por vingança. Sente um ódio indiscriminado contra todos. Estranhamente, poupa Giuseppe, o irmão mais velho, de quem parece gostar muito.

*

Levada a diversos centros espíritas da região, Melinha não apresenta melhoras. Aconselham-na a desenvolver seu grande potencial mediúnico, como única maneira de se curar dos ataques. A família também consulta médicos em São Paulo. Melinha faz vários eletroencefalogramas. A partir dessa época, começa a tomar incessantemente Gardenal e Epelin.

*

Fatos: em seu décimo quarto aniversário, Melinha fica muito contrariada por não ter ganhado a bicicleta que pedira. À noite, quando todos a aguardam para festejar, Melinha entra na sala, apanha a faca e enterra-a violentamente no centro do bolo que está sobre a mesa. Ante os olhares surpresos de todos, mostra a língua para a mãe e corre de volta ao quarto, onde se tranca e chora.

*

Um dia, o filme *O ébrio* chega à cidade e conquista até os mais endurecidos corações. Todos os Marchiotti correm ao cinema e voltam apaixonados pela história daquele bondoso médico que se torna beberrão e mendigo depois que a vil esposa foge com o primo. Fascinada por Vicente Celestino, Melinha consegue permissão para rever a fita no dia seguinte. E convence o pai a comprar o disco com músicas tiradas da trilha sonora. Melinha passa horas trancada no quarto, ouvindo "Porta aberta". Derrama copiosas lágrimas pensando na inclemência do destino.

*

Uma das coisas que mais impressionam Melinha é um lindíssimo casaco de pele todo negro, usado por uma grã-fina na cena final do filme. Ela suspira diante do espelho, imaginando-se coberta com aquela doçura caríssima.

*

Melinha refaz de memória os diálogos mais emocionantes do filme, anota-os e guarda as folhas dentro de uma latinha de doce sírio, onde se encontram também seus primeiros exercícios escolares, lembranças fundamentais.

*

Os dois momentos mais lindos: quando Gilberto, ainda moço pobre, conhece a pequena paralítica e conversam. Ele: Olá, princesa. Ela: Eu não sou princesa. Ele: É sim. Você é minha princesinha. Ela: Como é seu nome? Ele: Gilberto. Ela: Então até amanhã, Gilberto. Ele: Até amanhã, minha princesinha.

O outro trecho é no final: quando o doutor Gilberto por acaso reencontra sua ex-mulher Marieta, também caída em desgraça, um outro mendigo pede-lhe para fazer as pazes com ela; cheio de orgulho, doutor Gilberto responde: "Eu disse que a perdoava, mas não disse que me reconciliava." Para Melinha, essa é a maior prova de que, sob a sujeira daquele vagabundo, ainda estava intacto o coração bondoso que só um médico pode ter, porque salva as pessoas da morte.

*

Gostaria que a letra das canções "Porta aberta" e "O ébrio" pudessem servir de contraponto, na primeira parte do romance. Como?

*

Sobreviver é preciso. Botei um lembrete no espelho: Procure emprego, senhor escritor.

São Paulo, 22 de setembro de 1980.

Fui rever O ébrio, essa tragédia que tem função determinante no universo de Melinha. Trata-se de um filme que resume o ideário e mitologias da classe média provinciana brasileira: seu fatalismo e dualismo intrínsecos (em que Deus se confunde com o Destino) mas também seus ideais, sua contenção moralista e preconceitos (inclusive raciais). Certos momentos melodramáticos da fita chegam a se tornar pungentes por evidenciarem a fragilidade e desencontro desse setor social nascido do "progresso" brasileiro — os "filhos da modernidade", como Melinha Marchiotti. Um destino onipresente preside desatinadamente a tudo; de início, redime o protagonista, e depois o atira na desgraça (naturalmente, por intermédio de uma mulher venal). No desfecho operístico, não há promessas de salvação para quem caiu uma vez. Mas o bem se impõe ao mal: mesmo vencido, o mocinho sabe perdoar a esposa infiel, garantindo uma espécie de grandeza melodramática póstuma. O final é para copiosas lágrimas celebratórias. Já que não há distância entre quem faz o drama e quem o espia, todos se congratulam indistintamente na mesma complacência úmida. O espectador chora por sua própria desgraça, afogado no abandono e ausência de sentido, mas de certo modo exorcizado por Vicente Celestino. Sob esse disfarce mitológico, o filme aponta na classe média uma espécie de loucura peculiar em que o anseio por heroísmo serve de anteparo à autodestruição já em curso. Creio serem esses também os temas e valores presentes na loucura dos Trevisan. Sua estrutura familiar assentada na ascensão a qualquer preço levava-os a se entredevorarem, brandindo amplamente o tacape da punição. Parece-me bem típico, por exemplo, o recurso ao alcoolismo "por desgosto" — na verdade, uma forma de se redimir pela automutilação, já que não há perdão subjetivamente possível. A figura ébria de Celestino pode ter servido de paradigma ao pathos *de meu pai. Na família, ele foi o bêbado por excelência. Em sua própria interpretação do dramalhão, talvez se sentisse um herói de tango que, uma vez caído, deve resignar-se à malvadeza cósmica do destino. Uma espécie de emasculação metafísica.*

A REVELAÇÃO DE
MELINHA MARCHIOTTI (II)

Após a morte do pai, o primogênito Giuseppe herda a autoridade patriarcal e passa a repartir com a mãe tanto a chefia da família quanto a gerência dos negócios. De temperamento explosivo, Giuseppe entra em choque constante com o irmão Ettore, tido como o predileto da mãe e considerado janota, boa-vida. Conta-se que, ainda rapazola, Ettore teria roubado uma libra esterlina de ouro pertencente à família. Isso lhe deu fama de ladrão. Assim, aproveitando uma curta ausência da mãe, os irmãos o acusam de tirar dinheiro da caixa registradora. Numa cena cruel, Giuseppe investe contra Ettore e lhe retalha toda a roupa, à procura do dinheiro. Nunca se reconciliarão.

*

Antigamente era mais fácil trocar de fita, mas agora, com a escassez do petróleo, até as fitas de máquina têm sido inflacionadas com a obsessiva ideia de crise. Basta ver minhas mãos indecisas, borradas. E, no entanto, as fitas de máquina são coisas concretas que nunca duvidam. Correm horizontalmente e cumprem sua função sem maiores questionamentos no ato de ser fita. Com essa singela elucubração mecânico-ontológica, dou a fita nova por aprovada no teste filosófico da fita. Admito que se trata de uma fita boa para criar um romance. Exceto que o F está borrado de tinta. Mas isso não é culpa nem da fita nem do romancista.

*

196

Um dos mais secretos costumes da adolescente Melinha: passa horas a contemplar uma pequena pistola que descobriu no quarto da mãe. Quando todos de casa estão ocupados, ela vai sorrateiramente para lá e fica mergulhada nesse fascínio pela pequena arma. Não ousa sequer tirá-la da gaveta, mas sonha matar-se com ela. Enquanto cultiva fantasias de suicídio, Melinha suspira feito moça apaixonada. Ela ama a pistola e trata-a como coisa sagrada. Admira talvez o poder que o mortífero objeto exerce sobre a vida. Quer morrer por amor à pistola.

*

Melinha torna-se uma moça vistosa. Apesar de doente, não lhe faltam pretendentes interessados nos seus vários dotes. Aos dezessete anos, ela se apaixona por um belíssimo mulato de vinte e dois anos chamado Carlito, que anda sempre na última moda, mas não passa de um pintor de parede, famoso como conquistador, amigo de pescarias e serenatas. A família Marchiotti se opõe radicalmente ao namoro com um "pobre, vagabundo e ainda por cima preto". Não demora, Melinha foge com Carlito. Duas semanas depois, volta com um inusitado ar de perplexidade nos olhos — como se tivesse subitamente entrado na idade adulta. Encontra a família de luto reforçado, por conta de seu gesto que sujara a honra dos Marchiotti. A mãe, trancada no quarto, recusa-se a ver a filha. Os irmãos injuriam-na e relutam em receber de volta uma irmã estragada. Ettore ameaça Carlito de morte, enquanto Rosa chora no fundo do quintal. Inconscientemente, os Marchiotti encenam uma espécie de ópera barata que faria as delícias de seus antepassados. Apenas Giuseppe destoa, com um surpreendente mutismo. A situação acaba melhorando graças à interferência da família de Carlito, que jura receber Melinha em sua casa, enquanto reformam uma casinha de sua propriedade, em São Paulo, onde os dois poderão viver longe dos comentários. Marca-se afinal o casamento, a ser realizado sem alarde, no próprio casarão dos Marchiotti.

*

Alguns dias antes do casamento, há entre Giuseppe e Melinha um diálogo tão ríspido quanto revelador. Estão ambos no alto de uma ribanceira, numa das sitiocas da família. A luz do entardecer sugere uma morbidez concretíssima, quase bíblica. Os cabelos de Melinha esvoaçam, enquanto ali perto Giuseppe chuta pedras, procurando talvez destampar um mudo ressentimento.

Distraída, ou quem sabe fingindo ignorar o clima de hostilidade contida, Melinha comenta sobre seu enxoval e demais providências para o casamento. Giuseppe interrompe-a abruptamente. Aos brados, chama-a de puta e acusa-a de desrespeitar a memória do pai. Xinga o noivo de zé-ninguém, preto nojento, vagabundo e comedor de mocinhas sem juízo. Melinha protesta sem muita convicção, quase impermeável. Giuseppe esbofeteia-a e logo a seguir se põe a chorar. Abraça a irmã como se a tomasse para si, e lhe jura amor eterno. Melinha mantém-se dura e fria. Não emite uma só palavra, apertada entre os braços fortes do irmão. Seu rosto se endurece. Nem sequer o cálido bafo de Giuseppe em sua nuca a desperta. O único gesto que ela se permite é jogar os cabelos para trás, com orgulho. O entardecer que avermelha o mundo imprime agora tons de contida violência ao redor. Como quem se despede para sempre, Giuseppe olha a irmã dentro dos olhos e vai embora apressadamente. Disseminados pela relva, notam-se laivos de qualquer maldição pegajosa, promessas de vingança, presságios de tragédia. É preciso que o diálogo e a cena tenham grande intensidade dramática, no sentido mais clássico do termo.

*

Cerimônia de casamento muito simples. Um pequeno altar, algumas flores, os familiares mais chegados. No final, a mãe abraça relutantemente a filha, sem nunca deixar de chorar. Melinha, ao contrário, não derrama nenhuma lágrima. Antes, ostenta um ligeiro sorriso que pareceria simples contração muscular, não fora certo brilho de franca exultação no olhar. Ela se sente como quem venceu uma batalha.

*

Vai viver com os sogros e não tarda em descobrir que a casa de São Paulo não passava de invencionice. Carlito é proprietário de algumas brochas para caiar, de uma escada remendada e de um velho violão. Nada mais.

*

Melinha Marchiotti demora a engravidar. Ao longo dos anos, terá cinco filhas, com pequeno espaço de tempo entre cada uma. Seus irmãos zombam, por não lhe nascer nenhum varão. Em função de dolorosos acontecimentos posteriores, Giuseppe adotará o bebê mais novo de Melinha, criando a menina como sua. De modo que Melinha Marchiotti mal chegará a conhecer sua última cria.

RASCUNHO DE UMA CARTA
INÉDITA DE SIGMUND FREUD
A THOMAS MANN

Estimado amigo!

Continuo aqui nossa correspondência interrompida. Como eu lhe dizia, de certa maneira meu ofício também é o de ficcionista. Se não posso diretamente compor a melodia e, com ela, tocar alguma corda perdida no coração dos homens, imagino ilações, a partir da vivência dos humanos. É sabido que, muitas vezes, um grande acontecimento — que poderia ser até mesmo uma guerra envolvendo milhares de vidas, como no caso de Napoleão Bonaparte — terá nascido nos subterrâneos da infância, num fato pequenino que rolou pela existência feito bola de neve, até se tornar um elemento determinante nessas tragédias.

A personagem Melinha, na verdade, odeia visceralmente o irmão Giuseppe, porque o tem como rival e quer tomar seu posto, o supremo: a primogenitura. De início, sua hostilidade perante esse irmão pareceria exclusiva, de tão extraordinária. Mas frequentemente os impulsos infantis brotam enquanto manifestações exacerbadas de um sentimento contrário. Ou seja, a referida personagem está perdidamente apaixonada por Giuseppe. Em nome desse amor excessivo, ela acaba por perdoá-lo de suas arbitrariedades e privilégios de primogênito, sufocando sua intensa agressividade, que então deixa de encontrar uma vazão definida e lógica. Essa força negativa do pequeno demônio contra seu primeiro inimigo passa a se orientar a esmo, em diferentes direções. Manifesta-se indiscriminada e ilogicamente contra as companheiras de escola, contra o pai, a mãe, a irmã Rosa e contra o irmão menor, que veio lhe roubar o posto de contendora por excelência de Giuseppe. Em resumo, Melinha provoca o ódio de todos graças a esse amor. Mas sobrevém a tragédia quando o irmão mais novo casualmente morre. Melinha sente-se culpada, como se seu ódio o tivesse assassinado. E pune-se a si mesma passando a ter convulsões de aspecto epilético, que não são outra coisa senão representações da morte.

Creio poder dizer, sem exagero, que esses elementos verdadeiramente dramáticos resultam de uma paixão desmesurada pelo irmão mais velho e têm sua raiz no jogo atração/repulsa do incesto, a cujo apelo Giuseppe não é insensível. Ao contrário, ele cobiça intensamente a irmã. Depois, para punir a si mesmo, pune Melinha ("a sedutora") até o ponto de interná-la pessoalmente num hospício. É também significativo que, depois disso, Giuseppe tenha se apossado, de um modo indiscutivelmente arbitrário, da filha mais nova (então apenas um bebê) de Melinha. Ficava assim selado o tempestuoso e desejado amor entre ambos.

Parecem evidentes, meu querido Thomas, os indícios de que Melinha Marchiotti irá sofrer em sua carne as mais graves consequências desse imenso amor proibido.

A REVELAÇÃO DE MELINHA
MARCHIOTTI (III)

Um ano após o casamento de Melinha, Dona Concetta morre de tuberculose, uma doença quase endêmica entre os Marchiotti. Os quatro filhos varões providenciam a repartição da herança entre si, deixando de fora as irmãs. Inconformado, Carlito contrata um advogado, abre um processo e consegue receber a pequena fortuna a que sua mulher tem direito. É então que Melinha Marchiotti pode realizar alguns de seus sonhos. Vai ao Rio de Janeiro com Carlito, passar uma tardia lua de mel. Enquanto o marido se diverte nas corridas de cavalos, Melinha percorre as lojas mais chiques de Copacabana, onde compra um estonteante casaco de *vison* negro, como aquele de *O ébrio*, e um vidro de perfume francês igual ao de Joan Crawford, sua artista preferida. Além de visitar o Corcovado, o Pão de Açúcar e Paquetá, o casal vai à ópera, no Theatro Municipal. *La traviata*: Melinha sobe as escadas deslumbrada com o luxo que a circunda. Admira os lustres, o veludo encarnado das poltronas e as roupas das mulheres mais elegantes do Brasil. Sente-se ela própria deslumbrante dentro de seu casaco negro, envolta no mesmo perfume da Crawford. Mas a infeliz história da prostituta tísica deixa-os entediados. Carlito dorme e chega a roncar, durante uma determinada ária. Melinha só se mantém acordada porque não cansa de admirar a plateia. No final, aplaude e quase chora de emoção com a majestade das ovações. Sai do teatro perfeitamente feliz, prometendo-se jamais esquecer aquela noite. Em menos de um mês, o casal dissipa toda sua fortuna e volta para casa apenas com o dinheiro da passagem. Melinha guarda zelosamente seu casaco, mesmo porque ali tem poucas oportunidades de usá-lo. Não demora muito, descobre que está grávida.

*

É também por esse tempo que Melinha sofre as primeiras desilusões com o marido. Carlito revela-se um jogador inveterado. Os cobradores tornam-se uma constante à porta de sua casa. Melinha envergonha-se.

*

Nasce a primeira filha. Pouco depois, Melinha entra num grave período de crises epiléticas. Durante uma convulsão, chega a derrubar seu bebê. A família interfere e, a partir daí, sua sogra começa a encarregar-se das meninas. Melinha aflige-se. Chora sozinha. A irmã Rosa, sua única amiga, mora bem longe dali, com marido e filhos.

*

Quase aos vinte e seis anos, Melinha passa a ter febre e a sentir extrema fraqueza. Não come, tosse continuamente, emagrece. Faz exames. Está com tuberculose pulmonar, em estado adiantado. Como deve tratar-se em Campos do Jordão, Melinha sofre ante a possibilidade de ficar tão longe das filhas. Consegue que a levem para uma cidade serrana mais próxima. É internada às pressas. Desse ponto em diante, sua história se tornará nebulosa. Os fatos ficarão camuflados, graças à distância. De qualquer modo, trata-se do período das grandes desgraças, como se, a partir daí, o destino se divertisse à custa do sofrimento de Melinha Marchiotti.

*

Depois de quase um ano de hospital, Melinha recebe alta. Mas, ao invés de voltar para casa, é inexplicavelmente levada a Franco da Rocha e internada no hospital psiquiátrico conhecido como Juqueri. Conta-se vagamente que Giuseppe, com a aquiescência dos demais irmãos, teria sido o responsável direto pelo internamento de Melinha. Mas a versão oficial é que Melinha enlouqueceu no hospital para tuberculosos e acabou fugindo dali, com destino ignorado.

*

A primeira parte do romance deverá terminar justamente nesse ponto.

*

Estou buscando possibilidades para o que teria acontecido a Melinha Marchiotti, alternativamente à versão familiar. Depois que apanha tuberculose e é levada para longe de casa, Melinha piora ainda mais dos ataques epiléticos. Por esse acúmulo de circunstâncias dolorosas, ela se torna francamente rebelde ao tratamento, mantém-se melancólica e chega a tentar o suicídio com barbitúricos. Inquietos, os médicos chamam Giuseppe e sugerem que Melinha seja provisoriamente internada num manicômio, para se tratar da cabeça. Assim ocorre. Logo que recebe alta, Melinha pede que lhe tragam o casaco de *vison*. Veste-se regiamente, para voltar à vida. Só de última hora fica sabendo que vai viajar para Franco da Rocha. Giuseppe mente, dizendo tratar-se de um hospital para convalescentes de tuberculose. Uma vez chegados ao Juqueri, Melinha inquieta-se, faz perguntas, desconfia. É entrevistada e entregue às enfermeiras. Quando compreende tudo, já é tarde demais. Depois de ser vestida com um uniforme velho, vê-se atirada num pátio cheio de mulheres sujas que andam a esmo e gritam sem motivo. Melinha mesma se põe a gritar que não está doente da cabeça. Chama por Giuseppe. Esmurra o portão. Ataca uma enfermeira. Pouco depois, encontra-se amarrada e drogada, num canto da enfermaria, de olhos estatelados e perfeitamente indefesa ante o desfile das loucas que a espreitam. Melinha sente um arrepio medonho subindo-lhe pelas pernas. O pânico — avassalador pânico do desconhecido — crava as unhas em seus pulmões, até sufocá-la. Sua boca, que ensaia pedidos de socorro, poderia até inspirar piedade, assim como os frustrados esforços para livrar-se das amarras e fugir dali, animal ansioso por sobreviver. Mas naquele lugar já não há piedade possível. Gota por gota, uma certeza semelhante à morte parece invadir esse corpo que já mal parece pertencer-lhe. Melinha compreende que, a partir de agora, tornou-se infinitamente mais difícil rebelar-se. Enquanto tenta engolir a saliva gelatinosa, descobre-se enredada nas malhas de um destino irreversível. A noite chega inteiramente cruel, em meio a rolos de neblina grossa. Então Melinha detecta um vagalhão a brotar de suas cavernas. Algum demônio vagamente familiar se aproxima e arrasta para o alto espumas de ódio impotente. Segundos depois, Melinha sacode-se dos pés à cabeça, entregue à sua mais violenta convulsão interior.

*

Só um ano mais tarde a irmã Rosa é informada do real paradeiro de Melinha. Aflita, vai ao hospício visitá-la. Mas Melinha ataca-a e tenta surrá-la, responsabilizando Rosa pela conspiração de que foi vítima. Não só não aceita explicações como, a partir daí, passa a alimentar o mais furioso ressentimento contra aquela que fora sua grande amiga e obstinadamente se recusa a recebê-la. Rosa é, no entanto, a única que vez por outra ainda vai visitar Melinha.

*

Bonito como é, Carlito casa-se de novo, porque afinal Melinha já pertence às esferas da eternidade. Das filhas, a menor fica com Giuseppe. As outras quatro são criadas pela sogra de Melinha, uma mulata de longas tranças grisalhas e jeito de cigana, tachada de bruxa pelos Marchiotti. Também as meninas jamais chegarão a rever a mãe, o que não lhes faz grande falta. Afinal, pouco estiveram com ela.

*

Melinha Marchiotti repousa no túmulo insólito mas nada grandiloquente que lhe foi reservado. Com exceção de Rosa, ninguém mais tem notícias ou se pergunta sobre ela. Os contornos de sua imagem irão paulatinamente perdendo nitidez na memória dos vivos. E acabarão por se diluir na anônima história de mais uma louca atingida pelo destino cruel, exatamente como Vicente Celestino, aliás doutor Gilberto Silva, o ébrio. De fato, todos procuram esquecer que Melinha foi enterrada viva.

EXCERTOS DE UMA CARTA
DE SIGMUND FREUD
A LA SALOMÉ

(...) Tudo indica que Melinha Marchiotti só foi enterrada viva porque se tornou palco da disputa e convergência de duas forças primordiais: o amor e a morte. Suas convulsões epiléticas procuravam realizar aquilo que suas fantasias de suicídio não conseguiram, isto é, fazer confluir essas duas potestades da natureza. Ora, as investigações até agora realizadas nos permitem levantar a hipótese de que a crise epilética é produto indicador de uma desfusão instintual — entre o instinto sexual, ou Eros, e o instinto de morte, ou Tânatos. E o que é desfusão? Entre outras coisas, um descompasso ou disjunção entre a sexualidade e a agressividade, com autonomia de seus alvos. Se a libido consiste num fator de ligação, a agressividade tende a dissolver as relações. Existem diferentes proporções na fusão entre ambas. Assim, uma proporção mais substancial de agressividade transformará um apaixonado amante em assassino sádico. Pode--se pois concluir que, nas crises epiléticas de Melinha, sua enorme carga agressiva (presente no sadomasoquismo básico de sua personalidade) libera-se da sexualidade e, na busca de um objetivo próprio, caminha para a destruição e se encontra com a morte. Ou seja, Melinha foi vítima de um estratagema que ela própria engendrou — sob incentivo de seu meio familiar — para ser eternamente amada enquanto morta e se destruir através do amor. Assim como Dostoiévski representava a morte em suas convulsões de aparência epilética, Melinha rompeu fronteiras e misturou de modo intrincado forças que são perigosamente afins, como átomos espirituais que enlouquecessem e explodissem ao se combinar. Sua tragédia mostra cristalinamente que entre amor e morte há uma fronteira bem mais frágil e imprecisa do que em geral se supõe: o amor é alegoria da morte — ou vice-versa, já que a ordem dos fatores não altera a indiferença básica dos ciclos da natureza. Ou seja, existe apenas um véu diáfano separando as forças ordenadoras das destruidoras. Portanto, se Melinha Marchiotti acabou sendo encerrada num espaço de Tânatos, isso também ocorreu graças à exacerbação do seu Eros. Viver a morte em vida, num túmulo do amor, eis sua indescritível e cobiçada dor. (...)

São Paulo, janeiro de 1980.

Ando acumulando papéis recortados que talvez tenham relação com Melinha. Já enchi uma pasta com eles. Tentando manter viva a memória de quê? Receio estar me tornando um maníaco.

No trem, 24 de fevereiro de 1980.

É como se Melinha Marchiotti vivesse em minha vida — acoplada a mim. Aqui dentro do trem, sou personagem de todas as lembranças. Me sinto invadido por fantasmas de épocas remotas. E, no entanto, é como se eu fosse sendo tomado pela paz, ante a possibilidade de escrever. Melinha me espera em algum lugar, viva, rija, nobre, cheia de defeitos, promissora em fantasias. Penso como o imaginário é o que resta para me salvar, meu derradeiro refúgio. O antigo apito do trem dissolve provisoriamente alguma coisa dolorosa dentro de mim. Por ser tudo tão velho, tão irremediavelmente carregado de lembranças.

São Paulo, julho de 1980.

Sinto como se a memória fosse explodir a qualquer momento, fulcro e origem da minha loucura particular. Quem está falando agora? Eu mesmo ou meu Personagem que escreve sobre a insegurança de se escrever um romance?

Tenho necessidade de guardar tudo, de ser um resumo vivo daquilo de que gosto. Guardar, por exemplo, trechos inteiros dos meus autores preferidos — como quem os devora, os comunga. Talvez eu esteja simplesmente procurando me comunicar com esses meus mortos, para me sentir menos só ao escrever. Em todo caso, minha memória acaba sendo instrumento devorador do mundo. Ou repositório.

São Paulo, 2 de agosto de 1980.

Escrevo ficção porque quero alimentar a fantasia e oferecer uma visão do mundo a partir de ângulos imaginários. A ficção é um modo homeopático de relacionamento com o real e uma saída que permite infinitas alternativas. Quando nos povoa de personagens necessários, ela enriquece nosso encontro com o real. Ofereço a ficção como uma garrafa lançada ao mar.

(Existiria complacência neste texto?)

São Paulo, 20 de agosto de 1980.

Amassei e joguei fora um trecho que tinha escrito. Mais tarde corri ao cesto de lixo e recuperei sofregamente essa folha de papel, que agora está toda amassada dentro da pasta do romance. É bem possível que ela volte para o lixo outra vez.

São Paulo, 29 de agosto de 1980.

Quatro anos depois de iniciado o romance, meus planos ainda me parecem demasiado vagos. Tenho dificuldade em estabelecer uma estrutura narrativa mais rigorosa, mais definida. Ao mesmo tempo, sinto-me inseguro quanto à maneira de chegar àquilo que nebulosamente quero.

Quem sou eu para almejar definições?

São Paulo, 10 de novembro de 1980.

Quanto mais avança meu romance, tanto mais branco e magrela vou ficando. Como se minhas energias estivessem sendo sugadas. Parasita de mim, este romance me vampiriza.

São Paulo, 22 de novembro de 1980.

Algumas vezes tento escrever mas me sinto sem entrada nem saída. Então vou ao cinema para ver um bom filme, como quem procura sua dose concentrada de proteína. Se num determinado momento o diretor toca minhas cordas, é como se seu espírito encarnasse em mim e me segredasse o caminho desconhecido. Quase por milagre, destampa-se meu próprio ser, de modo descontrolado, e engravido. Chego em casa vulnerável, despenteado como uma virgem que saboreou o primeiro amor. Rabisco frases e vou compondo ansiosamente o meu segredo. Ocorre algo semelhante quando leio o cego Borges: ele me escancara para meu abismo, com suas sete chaves de emulação ou paixão.

São Paulo, 9 de março de 1981.

No centro da cidade, topo com um edifício em chamas. No décimo oitavo dos seus 23 andares, há uma mulher que abana solitariamente um pano branco, à janela. Seu gesto parece quase mecânico, à força de tanto ser repetido, mas nem por isso deixa de ser uma mancha patética por entre a fumaça. A multidão olha, mal contendo o choro. Também meu olhar é o de criança assustada. Há um instante não previsto em que, de repente, lembro da minha ficção. Então sinto — como parte da tragédia — que nem dez mil das minhas palavras poderão minorar a mudez dos nossos corações ante esse único gesto abandônico. Sou dez mil vezes impotente.

São Paulo, 17 de março de 1981.

Na noite passada, sonhei um romance inteiro. Ou novela. Quando acordei de manhã, estava simplesmente possuído por ele. Como se, maior do que eu, minha ficção forçasse passagem através de mim. Abri os olhos à cata de uma caneta e rabisquei o título: "A convenção das máscaras", horripilante história de ficção científica que discute as frágeis possibilidades de sobrevivência da vida e, consequentemente, da memória humana.

NOTAS SOBRE O NOVO ROMANCE

Para que haja um começo, também é plausível dizer-se que a família Marchiotti recebe, por exemplo, uma inesperada herança de um parente que ainda vivia na Itália. Com o dinheiro, mudam-se para um casarão no centro da cidade. Adquirem maquinário moderno e montam a melhor padaria da região. Realiza-se então um antigo sonho do patriarca Giovanni: ser sócio de Deus, fornecendo aos mortais o pão nosso de cada dia.

*

Melinha julga por demais carregada suas sobrancelhas que, num jeito tipicamente calabrês, juntam-se vigorosas no alto do nariz, impondo ao seu rosto adolescente um ar de matrona demasiado respeitável. Ela não concorda com o rigor do destino e se rebela, esquecida de Celestino. Arrancar sobrancelhas no banheiro torna-se o favorito dentre seus pecados solitários.

*

Consegui trabalho de agente funerário. Uma profissão aparentemente rendosa nesta República cheia de gente dizendo adeus. Salário fixo módico e boa comissão sobre cada morto que fizer.

*

Me agradaria que Melinha e Rosa começassem a ter aulas de sanfona, coisa então considerada chique. Rosa estuda durante dois anos, digamos, e chega a tocar "Sobre as ondas". Melinha, irrequieta como só ela, enjoa depois de alguns meses. Desse período, resta apenas uma foto de duas irmãs adolescentes que olham fixamente para a câmera, abraçadas às suas sanfonas.

*

Dia de sorte. Consegui três cadáveres.

*

Ó Morte, sobrevivo. Sobreviverei. Com teu beneplácito e, naturalmente, tuas vítimas.

*

Admito meu gosto em dar nome às coisas. E assumo. A primeira parte do romance se chamará: "Guia prático para a verdadeira história de Melinha Marchiotti". A segunda parte, constituída exclusivamente por aquele monólogo delirante, poderia se intitular: "Melinha Crucificada", ou talvez "Martirizada". Ou ainda: "A louca dos Marchiotti".

*

Um único cadáver. Mas valeu por dez. De classe superior. Morrer com estardalhaço e generosidade: sonho de agente funerário, para os outros.

*

Pois bem, Melinha se tornará conhecida como a "louca dos Marchiotti". Coisa que sugere, impreterivelmente, palácios, tranças, pontes movediças. Trata-se de minha princesa.

*

Uma literatura necrofágica. Melinha que o diga.

*

Péssimo dia. Um único morto. De classe bem média. Família que pensa no futuro. Prioridade para a poupança. Desequilíbrio no meu orçamento.

*

Contrariando certas intuições iniciais, descubro que a jovem Melinha não possui a graça e delicadeza comumente atribuídas ao sexo feminino. Vejo-a pelas ruas, a caminhar pesada e quase dura, passos largos de camponesa, sem mover ancas nem braços. A disparidade entre seu rosto ingênuo e sua postura rústica acrescenta novos elementos de incongruência ao seu perfil. Daí, seu jeito de ser mulher resulta menos explícito, apenas um fluxo interior. É assim também a ternura que se irradia de sua pessoa, por um canal subcutâneo, não imediatamente revelado. Creio que Melinha incomoda os circundantes, ao passar: não se encontra nela um reflexo da ideia mais ortodoxa e previsível de mulher. Avessa às receitas, Melinha constitui espaço a ser decifrado.

*

Descolei um morto e tanto. Na verdade, uma morte desdobrada em três: suicídio familiar. Alegre tragédia para bolsos, estômago e um romance.

*

Às vezes me rendo a uma certa complacência, quando surpreendo Melinha num instante de descanso tão perfeito que chegaria a ser ambiguidade. Por exemplo: deitada no jardim, saia clara ligeiramente arregaçada, rosto entregue ao prazer do sol, a mão distraída que se afunda na relva. Outras vezes, recrio sua imagem sem tanta improvisação. É que adoro vê-la longamente, elaboradamente construída: Melinha sentada numa cadeira de vime, sob um caramanchão de buganvílias encarnadas, com seu casaco de *vison* nos ombros, resplandecendo impecavelmente negro sob a luz primeira da manhã. Ao sorrir, ela torce os lábios um pouco para a esquerda, com enigmática cumplicidade. Sua cabeça inclina-se para trás, deixando escorrer finos fios de fiandeira, ao sol. Os olhos refulgem, debaixo de sobrancelhas aparadas e já libertas do jugo calabrês. Sua direita, delicadamente pausada, pousa no braço da cadeira e permite que a mão se projete numa curvatura em florescência. Outro braço abarca, num gesto largo e inequívoco, toda a extensão arredondada do espaldar, sugerindo certa altivez de quem enfrenta, ou oferta de um abraço gratuito, ou promessas de uma ruptura de pacto, assim por pura molecagem. Mesmo sem nunca abandonar o recato, o quadro se distancia do recolhimento e da timidez. Mas transborda em graça, essa sua imprecisão. Talvez Melinha se imagine Joan Crawford, ainda que sem glória. Admitamos que, para tanto, faltam-lhe lábios mais acentuadamente dominadores e agressividade no olhar. Melinha os retoca em vão: ao contrário do que desejaria, há janelas demasiado abertas nessa visão. Ainda que selvagem na intenção, seus olhos não escondem uma candura de vinte e quatro quilates a emitir raios preciosos mas indiscutivelmente ilusórios para os que tentam buscar ali, conforme promessas nas curvas de potra, algo mais do que uma menina sem nome, composta em claro-escuro, cheia de meios-tons.

Trata-se de um retrato que só poderia ser em branco e preto. Eu o batizaria: "Retrato da ambiguidade possível".

*

Ai, estou ficando rico. Descobri a mina, Melinha.

*

Eis o rascunho para um obituário dos entes queridos de Melinha Marchiotti: Giuseppe, seu predileto, morre no abandono, como um porco sufocado em cento e quarenta quilos de gordura. Depois de inomináveis falcatruas que o levam a enriquecer rapidamente, sofre um súbito golpe aplicado pelo destino que a tudo preside e a ninguém perdoa: a filha que ele tomara de Melinha morre subitamente, aos dezessete anos de idade, vítima de um inexplicável derrame cerebral. Sem jamais conseguir se recuperar desse desgosto, Giuseppe definha em silêncio, descrente de toda esperança. Donato, o mais novo, morrerá em consequência de alcoolismo. Só depois de velho deixa de surrar a mulher que, como o destino, vinga-se de modo implacável, botando-o no olho da rua, um belo dia. Morre igualmente alcoólatra aquele que parece ter sido o mais belo da família e também o mais ambicioso: Ettore. É vertiginosa sua decadência financeira, após a divisão da herança. Giuseppe, o irmão rival, forja promissórias antigas e enche-o de falsas dívidas. De pequeno fazendeiro no interior, Ettore passa então a servente de pedreiro em São Paulo. Termina a vida humilhado, bêbado, com o fígado destruído pela cirrose. Mário, o cantor de tango, é o que morre por último. Morte indefinida, mas em todo caso besta: talvez furado por uma amante preta; talvez durante uma simples operação de apendicite; ou então racha o crânio, depois de pisar inadvertidamente num monte de bosta e sofrer uma queda na rua. Um a um, são assim enterrados os entes quase-amados de Melinha Marchiotti. Só Rosa sobra, lacrimosa. Era preciso que alguém sobrevivesse, dentre os Marchiotti, para carregar a culpa do prolongado e definitivo martírio de Melinha. Afinal, Celestino, o destino não deve ser injustamente responsabilizado!

*

Pensamento filosófico do dia: que os vivos enterrem os mortos.

*

Melinha me salva do amor. A morte, da morte. Proponho: vamos sonhar.

*

Pensamento filosófico do mês: cuide dos sons que o sentido se encarregará de si mesmo.

Rio de Janeiro, 12 de setembro de 1977.

Nestes últimos dias, andei tão secretamente amedrontado que procurei esconder isso de mim mesmo. Minha vida em São Paulo me oprimia e angustiava muito, levando-se em conta que continuo sem casa nem dinheiro. Vim pra cá buscando a presença de Emanoel e temendo o meu planejado encontro com a loucura. Uns amigos vão dar plantão em dois hospitais psiquiátricos, de modo que poderei ir com eles para sentir de perto o clima que minha tia teria vivido e, provavelmente, está vivendo, neste momento.

Hoje decidi, afinal, e fui. Ao contrário do que supunha e temia, não fiquei deprimido, fato que me surpreendeu. Fiquei sim muito comovido com alguns pacientes, sobretudo uma mulher negra que chorava silenciosamente, murmurando para sua acompanhante: "Não me deixe, não deixe que eles me tranquem." Passei a manhã e a tarde junto do médico psiquiatra, atendendo casos num dos maiores centros psiquiátricos do Rio, onde se recebem sobretudo indigentes — entenda-se: quem não tiver convênios com o INPS e for pobre cai debaixo dessa categoria; eu, por exemplo. Fui com A.C., colega de meu amigo C.C. Ele me explicou que foi dispensado uma vez desse mesmo hospital, acusado de estar tentando "subverter a ordem". Tudo porque integrava uma equipe que fazia trabalho de comunidade terapêutica com os internados; organizavam grupos terapêuticos, davam assistência psicoterápica e formavam quadros de ludoterapia. Sob tal acusação, o grupo foi dissolvido pela direção do hospital. Mas A.C. prestou concurso e acabou voltando, desta vez como médico efetivo dos quadros do mesmo hospital. Só que agora está mais isolado e precisa seguir as regras do jogo. A direção o mantém sob vigilância e chega mesmo a protestar porque ele não faz tantas internações. Acredita-se que internar muitos pacientes seja sinal de eficiência e talvez de competência. A.C. trabalha neste hospital há cinco anos. E isso pode ser constatado em sua atitude para com os entrevistados. Atende-os praticamente deitado na cadeira, coçando-se displicente e alheado, às vezes olhando o movimento do lado de fora, em atitude de franco desinteresse, enquanto faz perguntas aos pacientes, mecanicamente. Parece um homem cansado. As teorias bonitas não conseguiram senão provocar-lhe cansaço, talvez em consequência de um certo sentimento de profunda impotência. Ele parecia ter abandonado o barco:

olhava de longe o grande naufrágio. Posso compreender o que significa estar dentro de uma estrutura, lutar contra ela mas sentir-se só, pequeno e fraco. Absorvido por ela, afinal.

Outra sensação desagradável: estando junto dele, no seu lado da mesa, *eu próprio me situava em oposição aos pacientes. Senti que, por causa disso, eu era quase levado a adotar uma postura de gravidade e frieza, enquanto diante de mim alguns seres humanos se contorciam como minhocas desesperadas, contando suas dores e desgraças. Por várias vezes tive vontade de rir, porque os pacientes tinham também atitudes muito engraçadas. Mas me reprimi, já imbuído desse papel de superior. Foi uma sensação muito desagradável. Estando do lado de cá da mesa, a melhor e mais bem-intencionada das pessoas acaba assumindo o papel de opressor. Esse estigma atinge a psiquiatria pela raiz, justamente porque ela preenche um espaço nefasto. Receio que A.C. e tantos outros tropecem aí: querem melhorar algo que provavelmente não tem jeito.*

Eu não sentia medo, porque estava do lado do psiquiatra. Aliás, minha proximidade com aquelas pessoas conturbadas não servia senão para me diferenciar delas; portanto, pra me distanciar. É na comparação com elas (as pessoas consideradas loucas) que fica garantida a minha sanidade. Ou seja, sua loucura me exorciza, me protege e me define como são. Para cuidar de um cego, alguém tem que admitir que não é cego. Assim o psiquiatra: ao ocupar um lugar detrás da mesa, já está se colocando a si mesmo como padrão de normalidade frente à massa de deserdados. O desvio existe porque o psiquiatra não apenas defende como significa a ordem — mediante essa contraposição. A.C. mencionou também a questão financeira das famílias na relação com a instituição psiquiátrica. Muitas vezes elas pedem internação para ter uma boca a menos em casa, ou para gozar de benefícios aos quais o doente tem direito.

Voltei para casa exausto com o peso de uma constatação que me pareceu, mais do que nunca, óbvia: ser plenamente o indivíduo que se é significa, socialmente, um ato de loucura.

P.S.: No restaurante dos funcionários e médicos, não existem talheres. Cada qual tem que trazer os seus de casa. Não entendi.

Rio de Janeiro, 13 de setembro de 1977.

Me impressiona como esse conjunto de críticas chamado antipsiquiatria perdeu sua força contestatória em tão pouco tempo. Algo mais ou menos como andar de cabelos compridos hoje em dia, em relação ao mesmo fato dez anos atrás. Atualmente, as duas coisas se tornaram moda e, portanto, elementos de consumo — chique, até. Se todo mundo comenta horrorizado os males da psiquiatria, pouca coisa de fato foi mudada. Em última instância, chega-se a uma atitude de resignação do tipo: "não dá pra fazer nada mesmo". Ontem, no Centro Psiquiátrico do Engenho de Dentro, fui apresentado a uma médica considerada pra frente. Ao saber do meu romance, ela exclamou: "Que bom, estamos precisando mesmo de muita denúncia." Fiquei incomodado com essa observação. Mas não consegui reagir suficientemente, porque a situação me deixou um pouco bloqueado: afinal, por mais cuidadoso que eu pudesse ser, estaria sempre atacando o posto que aquela mulher ocupava. Pensei dizer-lhe que meu romance não pretendia ser uma simples denúncia do tipo reportagem. Mais tarde, tentei explicar a ela que não vou fazer literatura para reclamar que o hospital tem péssimas acomodações. Eu lhe disse: "Na medida em que isto aqui possibilita o estabelecimento de padrões de normalidade, nascerão automaticamente os desviantes. O psiquiatra, mesmo quando se diz crítico, dificilmente deixará de ser aquele sacerdote que exorciza e estabelece critérios de loucura e sanidade. Se não fosse assim, não haveria necessidade de separar os considerados loucos, e o psiquiatra seria o primeiro a se misturar com eles. Portanto, a questão não é melhorar isto aqui." Creio que fui muito ingênuo ao criar a discussão. Mas reagi sobretudo porque não pretendo estar cometendo a farsa da denúncia. Mencionei o equívoco de filmes como Um estranho no ninho, *que veicula "denúncias" contra a psiquiatria da mesma maneira glamorosa com que poderia estar alardeando a necessidade de psicotrópicos. Além de que o problema acaba caindo em desgaste, graças ao modismo e superficialidade da discussão. Tenho certeza que essa é uma técnica inteligente do sistema para absorver (e neutralizar) a contestação. Há uma aceitação tácita da culpa, como mecanismo de defesa para nada mudar. Acho que acontece assim nesse filme, do qual os espectadores saem exorcizados, pois o fato de sentirem compaixão lhes traz concomitantemente um alívio imediato.*

Eles não se sentem parte daquilo (o ruim); portanto, são bons e normais. Quer dizer, o conceito de normalidade mantém-se não apenas inalterado mas reforçado. É como uma vacinação em massa, que imuniza contra mudanças mais radicais e legítimas. A verdade é que nos tornamos ainda mais conservadores por sermos vacinados com gotas de inconformismo. Os germens da revolta que nos inoculam pretendem isso: criar anticorpos de conformismo.

Rio de Janeiro, 14 de setembro de 1977.

Desta vez estou dentro do Hospital Psiquiátrico de Coroa Grande. Tentando desfazer o mito. As internas (aqui só há mulheres) me agarram. Dizem que sou seu namorado. Disputam entre C.C. (plantonista aqui) e eu. Acho que têm bom gosto quando preferem C.C., que é um homem muito belo. Sinto asfixia aqui dentro. Ficaria enlouquecido se permanecesse compulsoriamente recolhido nestes quartos. A própria enfermeira confessa que esse é um fator de grande ansiedade para as internas.

(à noite) Fui ver um magnífico filme do Werner Herzog, No país do silêncio e da escuridão, *de 1971. Trata-se de um documentário sobre o mundo dos surdos-cegos. Quem conduz o espectador é uma velha senhora surda-cega que se chama Fini Straubinger. A dor aproxima os que sofrem. Fini, a propósito, ia visitar outros surdos-cegos e a primeira coisa que lhes comunicava, quase como saudação, era: "Somos companheiros de destino." Eu nunca supusera uma tão radical forma de solidão: é muito difícil para eles a apreensão de conceitos mais abstratos, especialmente quando sua surdez e cegueira são congênitas. Jamais poderemos saber como essa gente apreende, por exemplo, as ideias de orgulho e felicidade. Antes, precisam se dedicar à difícil tarefa de distinguir entre o dia e a noite! E, no entanto, a comunicação é fundamental para que elas ativem sua inteligência e emoção. No hospital, ao contrário, tive a impressão de que as pessoas são praticamente forçadas a voltar aos cinco anos de idade. Tudo lhes vem pronto — inclusive a paz, em forma de comprimidos. Não se permite que participem do mundo como pessoas específicas. Sua própria capacidade de existir lhes é negada.*

Rio de Janeiro, 15 de setembro de 1977.

Não quero exagerar dizendo que "o hospício é meu lar". Mas é verdade que me senti um pouco em casa, ali no meio das internas. Na medida em que desmistifiquei a loucura, estando com ela ombro a ombro, vivi uma sensação gratificante. Se ela não é algo agradável, também não é aquele bicho medonho que povoava meus sonhos e medos. Ela se torna familiar, muito rapidamente. Logo que a gente descobre seus mecanismos e sua linguagem, afasta-se também o medo que é pura defesa. Então, a loucura concentrada do hospício se torna naturalmente parte dessa loucura que todos temos trancada a sete chaves, lá dentro de nós. Em Coroa Grande, procurei tirar para fora de mim as coisas mais recônditas e botei-as na mesa como objetos de minha comunicação. As mulheres me beijaram, me disputaram, me puxaram. Acho que reagi com espontaneidade. Ri quando me sentia bem. Protestei quando a coisa me enchia o saco. Elas me contavam mentiras mal contadas, então eu as desmascarava. Mas também gostei, francamente, de brincar de circo de pulgas. Uma jovem usava uma blusa com uns bolsinhos tão minúsculos que mal dava para meter um dedo. Eu lhe disse que essas seriam as casinhas das pulgas Ela me olhou inicialmente incrédula. Sugeri que amestrasse as pulgas, para fazer um circo. Riu desbragadamente das pulguinhas que puxavam carroças e davam piruetas no ar. Rimos juntos. Havia uma outra mulher que estava aprendendo inglês. Quando comecei a lhe falar em inglês, ela ficou surpresa. Daí a pouco me gritava insistentemente: "I love you, I love you." Eu precisaria lhes agradecer a revelação: os loucos são radicais. (Lembro que na Universidade de Berkeley existia um curso onde as pessoas que sofrem de fobia por cobra aprendiam a tocar as mais pavorosas serpentes. Assim.)

NOTAS SOBRE A POSSESSÃO

Escrita-computação. Escrita-computação. Escrita-computação. Escritor. Ou computador. (O que tens em comum com a dor?)

*

Sonho de um delirante: no começo do século XX, o russo Scriabin compõe um poema sinfônico para ser tocado por um órgão que emitiria luzes variadas durante a execução da peça. O órgão, naturalmente, só existiu na cabeça do compositor. Quanto a mim, penso estar escrevendo um romance para ser lido com luzes, cores e sons. Tornar meu tempo seu hábitat, compor literatura filha dos decibéis, dos gases em suspensão e alimentos flavorizados — sabor mercúrio. Ou melhor: delirai-vos uns aos outros.

*

Leio sobre os sinais. No trânsito e no esoterismo. Quero meu personagem decifrando, mesmo dentro do hospício.

*

O capítulo "Melinha Martirizada" ainda é para mim uma coisa incerta. Basicamente, pensei construí-lo como um longo monólogo que vai se dilacerando: uma esquizofrênica busca de pontes para fora, numa espécie de entrevista que Melinha concede ao leitor, por meu intermédio.

*

Oscilo entre dar a ele um tom seco; ou torná-lo quase maneirista; ou transformá-lo numa espécie de *nonsense* matemático/místico. Em qualquer dos casos, pressinto a profundidade dos números.

*

Ultimamente venho tendendo a fazer desse capítulo um painel interior que iria se expandindo e devorando elementos externos, na maior diversidade possível. Melinha canibaliza. Por exemplo: sinto-me tentado a inserir aí pequenos trechos de autores envolvidos diretamente com a loucura. Isso faria resultar num capítulo quase todo "citado", em que o diário de Sade em Charenton se entrecruza com o diário de Torquato Neto no Engenho de Dentro e Artaud se funde em Maura Cançado. Melinha seria todos, sem compor um personagem fechado, de sentido naturalista. Outras vezes, penso transformar essa espécie de entrevista num largo monólogo teatral composto de *flashes* autônomos. Haveria indicações cênicas mais ou menos precisas: Melinha tem à sua disposição alguns objetos, como um grande espelho (evidentemente) onde se contempla sem nunca se ver refletida, e veste algumas vezes um casaco de *vison* negro, estonteante. Nas paredes ela desenha datas, números e sinais gráficos. Assim, meu romance teria como capítulo final uma cena de teatro.

*

Essa ideia me entusiasmou tanto que cheguei a tomar algumas notas e aprofundar certos elementos. Em sua ânsia de buscar novos canais, Melinha irá rompendo a fala. Como o texto deve procurar um certo dilaceramento na expressão, o monólogo será entrecortado por palavras novas e monossilábicas (ou simples letras) que tentarão reproduzir sons. Não importa que chegue a se tornar ininteligível. A propósito, lembro-me do poema de Ernst Jandl, que tem um clima estimulante: tessasseiss anoss — stação de caminhoss de ferro de ssudesste — o que é que ele dem de — o rapassola — com oss sseuss — tessasseiss anoss.

*

Teste, teste:

A 7 de abril, foi um caminhão que passou. bum bateu na minha cabeça. brrrrrrrr.

A 7 de maio, tenho ao todo 20 anos 3 meses e 17 diasssssssssss de detençãããããããããoooooooooooooo.

A 18 de julho às 9 horas o relógio dá 26 deimbadaladas. somos 36 homens aqui dentro, 36 malucos, 36 marginais. plim, plim. minha enfermaria tem 12 camas.

A 19 de julho vieram três pessoas uma mãe plim e duas filhas jantar conosco, não estávamos à espera plim e ainda são 19 e 3. não compreendem que o número zero é o princípio e o fim de tudo e que a vida é um processo linear.

A 20 de julho assinala-se 24. ◠ paulo césar saraceni é lindo de morrer. ▽ quero casar com ele.

A 29 fiz à assembleia uma leitura da peça destinada à festa do Senhor de Coulmiers; à noite ideia de Ø (gesto de foder), quarta do ano. u. u. uuuuuhhhhh áááá. ꓶꓹꓝꙍꝒꓵꓵꓕꓹꓩꓩꓥ

A 2 de agosto verificam-se muitos 2, mandaram-me 2 jornais, dois habitantes de Mazan vieram me ver, dois e dous e dosss. ideia de Ø Ø parece ser v v v v em noVE meses. é preciso não morrer por enquanto. pum.

A 12 de outubro assinalam-se todo o dia ideias de morte. tem um livro chamado hospício é deus. pum. eu queria ler esse livro. pum. foi escrito, penso, neste mesmo sanatório. paaaaá.

A 26 o anonimato me garante uma segurança incrível. assinala-se ain, ain, ain, o 2 e 2 e 2 e 2.

Fui preso em Paris (↑) no Hotel da Dinamarca (–) a 17 de fevereiro e vivo tranquilamente todas as horas, ora bolas, até o fim (arfa com ansiedade artificial). Etc. etc.

*

Em cena, imagino o texto ora recitado como um cantochão, ora interpretado com exagero.

*

Ao realizar o seu espetáculo (ou viagem) pessoal, Melinha emite ruídos e cria seus próprios signos.

*

Eu enfatizaria também sua básica ingenuidade de criança: meu personagem quer brincar e criar, no mundo que lhe pertence, o dos loucos. Talvez fosse assim: Melinha junta latas, tampas e panelas velhas, que vão aparecendo em cena. Amarra-as umas às outras, de modo a poder balançá-las e martelá-las conjuntamente, com mãos, pés e boca — como uma admirável baterista insana. Gostaria que Melinha fosse integrando sinais a esses ruídos; usaria elementos da linguagem dos surdos-mudos, mesclados com indicações gestuais para aviões, mas também apitos de navio, que sua garganta produz muito roucos. Melinha abre as mãos e cria diferentes angulações com os braços. Inventa cartolinas coloridas, ao mesmo tempo que emite sons. Sons de telégrafo ou ruídos indistintos, quase infantis, de níveis e tonalidade e frequência diversificados. Melinha não esquece nenhuma forma sofisticada de loucura, porque está imersa nessa espécie de sistema.

*

Melinha fala como as crianças. Troca sílabas e letras. Abrevia palavras.

*

Ó ideograma: drama da linguagem em êxtase.

*

Ó ideograma, excesso de êxtase. Ou dramatesão.

*

Mais. Gostaria que ela fosse regredindo: até o feto, na procura de sons primordiais do coração, sopros e respiração, grunhidos da espécie, fanhosas tentativas de manifestar o início da vida, fragilidade. No bater do coração e no fluxo respiratório é onde pretendo lançar as primeiras raízes de Melinha. Porque esse regresso propiciará uma penetração interior que, ao se aprofundar, emergirá para além da experiência humana, talvez no homem primitivo, talvez no ser dos animais, dos vegetais ou até dos minerais.

Melinha buscará o som da respiração das pedras.

Melinha será pedra no final desse seu mergulho nos primórdios do ser, placidez do anonimato ou totalidade. Será fonte e metamorfose de sons aos milhares, através dos quais se identifica com esse mesmo mundo e natureza onde cada pequenino movimento tem um som. Sonorífica Melinha em paz.

*

Mas ela também se identifica consigo mesma, ao se diluir no todo cósmico. (Lembrar das religiões primitivas, ritos iniciáticos, festas dionisíacas.)

*

Por descrever (e adotar) uma linguagem anarco-metafísica, o capítulo certamente tenderá a ser como um poema dadaísta, de ricas conotações sonoro-visuais.

*

Assim como Homero escreveu o Ulisses de Joyce: reamassar o barro, para tirar daí nossos filhos. Assim como Gide inventou moedeiros falsos que vêm sendo refalsificados há cinquenta e cinco anos, Ulisses já não tem dono e Homero somos cada um de nós. Nesse moto-perpétuo de devorações, talvez as raízes da modernidade se encontrem mais longe do que pensamos, entre fantasmas carcomidos e abandonados de outros séculos. Mesmo que tocadas exclusivamente para serem destruídas, essas raízes emergem e o ato de morrer as revela: assassinar resulta de um desejo incontido de as possuir. Não passamos, portanto, de criadores edipianos com milhares de mãos enterrando incontáveis punhais em tantos peitos de muitíssimos pais. Para comê-los totemicamente. Só essas mortes, de resto, nos justificam enquanto criadores e legitimam nossas obras. Além de falsários, somos antropófagos que devoramos o genitor (ou seus genitais?).

*

Combinei possibilidades. O resto é com o acaso.

Rio de Janeiro, setembro de 1977.

No Hospital Psiquiátrico Gustavo Riedel, do Engenho de Dentro, constato que o eletrochoque é uma prática mais do que corrente. Faz-se fila de pacientes e vai-se aplicando choque em massa; chama-se simplesmente o seguinte da fila, de modo que todos os candidatos assistem ao desagradável espetáculo das convulsões de que serão protagonistas. Esse tratamento tem o bonito nome de eletroconvulsoterapia. Vi a caixinha de choques, que parece um aparelho de tortura. Portátil e de fácil manejo, ela tem dois eletrodos (que se aplicam nas frontes do paciente) e dois botões para aumentar ou diminuir a voltagem e marcar o tempo. Recomenda-se um máximo de quatro segundos de descarga em cada pessoa. Mas dizem que frequentemente os médicos nem utilizam o botão de medida. Preferem aplicar os choques a olho, chegando às vezes a bombardear o paciente durante trinta segundos ininterruptos. (Meu tio N., irmão de mamãe, adquiriu uma lesão no coração em consequência dos choques que recebeu num curto período de internamento no Juqueri. Aos 35 anos, caiu morto na rua, vítima de um ataque cardíaco.)

Retalhos:

Subindo as escadas para um pavilhão superior, eu e A.C. damos de cara com um velho psiquiatra conhecido como o Rei do Choque, porque receita choque para tudo, inclusive como punição. Trata-se de uma figura decadente e curiosa. Seu cabelo parece mais uma peruca barata, desbotada e endurecida. O bigode fino, de tipo escovinha, é exageradamente tingido de preto. Tem uns olhos mortiços, no rosto vermelho e rechonchudo que poderia ser sintoma de alcoolismo. Fala afetadamente. Carrega uma infalível pastinha e, mesmo vestindo um terno demasiado antigo, ostenta uma grande vaidade. Ao cruzar conosco, ele nos detém e, por motivo algum, põe-se a falar defensivamente, talvez porque saiba que os médicos jovens o detestam:

— Estão dizendo inverdades sobre a convulsoterapia. E me acusam injustamente. Esses moleques desconhecem que o eletrochoque é uma terapia insuperável. Tanto que continua sendo utilizado nos melhores hospitais americanos. Porque é um tratamento absolutamente necessário.

Boquiaberto, eu acompanho com os olhos o Rei do Choque, que desce as escadas reclamando sem parar. Invoca sua autoridade profissional como Chefe da

Clínica do Hospital e menciona que seus cursos de psiquiatria em dez lições são um verdadeiro sucesso. Mais tarde sou informado de que tudo isso são invencionices: o Rei do Choque não detém nenhum cargo de chefia; apenas tem mais tempo de serviço. Alguém comenta, maldosamente, que ele já deve estar em fase psicótica. Não é estranho que sua figura caricata pareça saída diretamente do Marat-Sade de Peter Weiss. Ou de uma chanchada da Atlântida.

No Pavilhão F-2, estão encerradas perto de 32 mulheres vestidas com roupas sujas e rasgadas. Enquanto passeiam incessantemente pelo cômodo escuro, algumas cantam: "Jesus Cristo, eu estou aqui". O local me dá a impressão de ser como um desses tugúrios onde leprosos eram enfiados, antigamente.

No Setor de Plantão, conheci uma psiquiatra que aparenta uns sessenta anos, apesar do rosto repuxado de quem já fez muitas plásticas. Ela arrancou as sobrancelhas, o que lhe confere um ar de marciana. Está toda vestida de branco asséptico e usa um alvíssimo turbante na cabeça. Sua figura se torna especialmente insólita por causa de um colar de fitas coloridas que lhe envolvem o pescoço e das pulseiras de continhas que usa nos pulsos. Trata-se de uma psiquiatra mãe de santo. Dizem que abriu um terreiro depois de saber que tinha câncer nos seios. É para lá que ela manda parte de seus pacientes. E afirma que lá os cura.

Quando vamos deixando o hospital, vinha chegando um camburão da polícia. A porta do carro se abriu e dele desceu uma preta desdentada, descalça e de pernas varizentas. Foi entrando gloriosamente no saguão, vestida apenas com um lençol preso detrás do pescoço, como um sarong *de carnaval. Logo a seguir vinha um policial com as roupas dela nos braços. Tinha sido encontrada nua pelas ruas.*

— Lá vem a Mona Lisa, disse alegremente alguém na portaria.

Acho que não havia nome mais apropriado para caracterizar aquele sorriso orgulhoso que a preta exibia, ao atravessar familiarmente o saguão. Um funcionário ainda lhe gritou:

— Poxa, que vestido mais bacana você arrumou hoje!

A Mona Lisa olhou para trás, com um gesto de triunfo teatral. E entrou na sala de espera onde ficou de pé, com a serenidade e grandeza de uma rainha, cuidando para que seu novo modelo não despencasse.

. . .

No Hospital Psiquiátrico de Coroa Grande, conta-se que é muito comum as internas ficarem sonolentas até o ponto de caírem nas escadas, por efeito dos sedativos que tomam regularmente.

Lá conheci Terezinha, uma mulata forte que se tornou "dona" do seu dormitório e oferece proteção às amigas. Chegou a bater numa enfermeira que teria dado um empurrão numa de suas protegidas. Conta-se que certa vez Terezinha conseguiu roubar uma grande quantidade de remédios da enfermaria e passou a distribuí-los às vizinhas que tinham dificuldade em dormir. Ela mesma ingeriu uma boa quantidade deles. Para se matar, como vinha prometendo.

Há também a história de uma adolescente que certa vez brigou com a enfermeira porque se recusava a permitir a entrada de qualquer outra pessoa no dormitório coletivo. Fugia do hospital e se prostituía com homens das construções vizinhas. Gostava de escapar estrepitosamente, subindo no telhado para chamar a atenção das demais. Era viciada em pico. Acabou tendo alta administrativa, quer dizer, o hospital não quis aceitá-la de volta.

Encontro uma mulher deitada num banco, mão estendida, dizendo repetidamente: "Eu morri. Estou morta."

A enfermeira me conta que quando alguém resolve quebrar um vidro da janela, a brincadeira se generaliza facilmente e todas se põem a atirar objetos nas vidraças, chegando a gerar verdadeiros motins. A agressividade é contagiosa, por aqui.

· · ·

Tudo isso me oferece indicações importantes para a confecção do romance. Com certeza, já tenho embriões de personagens nas figuras de Terezinha, do Rei do Choque, Mona Lisa e a psiquiatra mãe de santo. Esta, sobretudo, tem um componente debochado que me fascina por suas potencialidades de transgressão.

NOTAS DO ESCRITOR
SOBRE A RESSURREIÇÃO
DOS CORPOS

Havia, na tela do cinema, um gênio gritando: Matem Brahms, matem Brahms. E eu, gemendo de dor antecipada: Não, não matem Brahms. Que seria de minha vida sem os acordes melancólicos desses quintetos de Brahms?

*

Por vários dias seguidos venho tendo sonhos em que há cheiro de esperma. De certa forma, isso me atormenta. Acordo com as narinas infladas. São asas querendo voar. Mas sinto o ar rarefeito do lado de fora.

*

Mal começou a primavera e as amoreiras perto de casa já estão carregadas de frutas, porque são sempre as primeiras. Os meninos se divertem em seus galhos. Ao redor, o chão fica todo borrado de vermelho-escuro, quase um tom de vinho, sensual.

*

Declare-se sempre mais frágil aquele que é mais vulnerável à paixão. No caso, eu, que sofro por ter restado. E tantos outros, desses que olham com o rabo do olho a vida passar fascinante, na forma de homens de peito enternecedor. A mais infalível receita para enlouquecer é encontrar rapazes de olhos doces. Eles irrompem com jeito de maldição. (Considere-se isto uma declaração de amor.)

*

Acho ridícula a maneira como os homens abraçam as mulheres na rua. Acho ridícula a maneira como os homens abraçam as mulheres na rua. Acho ridícula a maneira como os homens abraçam as mulheres na rua. Acho ridícula a maneira como os homens abraçam as mulheres na rua. Por ser estereotipada e sem imaginação.

*

Às seis da tarde em São Paulo, repentinamente cessa todo ruído. O silêncio só é cortado pelo bater de oito milhões de corações. Acelerados, como sói acontecer às seis da tarde. Então as pessoas enlouquecem com a ensurdecedora profusão de decibéis naturais. E pedem de volta os carros, construções e britadeiras.

*

Apoiando-se em dois pés instáveis (mais que bípede, quisera-se quadrúpede para um melhor rendimento no equilíbrio), o bêbado janota desdramatizava o furor das seis da tarde em São Paulo, sem se dar conta do seu heroísmo. Ali solitário no meio dos carros, agarrava-se à própria braguilha, enchia a mão com propostas de grandiloquência genital e, assim disposto, julgava metralhar ameaças sobre a multidão. "Atenção, vou botar minha rola para fora", dizia quase sem convicção mas convincente sob o prisma do álcool. A seguir, repetia sem mudar o tom nem o alvo: "Atenção que vou botar minha rola para fora." Murmurava outra e outra vez o mesmo cantochão, igual no desequilíbrio. "Em época de grande consciência ecológica", disse-lhe a velhinha acaso transeunte, "quem pode ter medo dos passarinhos, ó ébrio?"

*

Quando a gorda senhora para diante dele, aguardando o momento de descer, o motorista do ônibus chega a ficar desorientado. Não consegue desviar os olhos daquela bunda superlativa que tem diante de si. Sofre de desejo pela velha gorda, o motorista que é loiro e moço.

*

Há muito sumo nas nádegas e milhares de nádegas a serem sugadas. Por isso o perigo nos aguarda nas esquinas, sempre despudoradamente congestionadas por bundas famintas.

*

Saio para as ruas e me descubro de novo fascinado, como se visse os humanos pela primeira vez. Examino detalhadamente os rapazes. E me sinto envergonhado porque pareço estar querendo devorá-los, quando apenas tento decifrá-los. Eu os vejo como se os fosse esculpindo: vão nascendo do meu olhar, os rapazes.

*

Chove mas não sofro. Sei que há por aí alguma coisa que não ousa se declarar sorriso, mas se abre e brilha, em São Paulo. Descubro o mundo, novamente. Sinto uma irresponsável vontade de ser feliz.

*

Hoje vi na rua um homem que descia uma ladeira gritando insistentemente: Eu quero ser famoso, eu quero ser famoso. Seu grito me pareceu demasiado familiar.

*

Vontade de meter num poço infinito e encher até transbordar. Ou antes, vontade de ser poço, encharcado de caralhos mil. Quem pode decidir qual dentre ambos é meu desejo mais varonil?

*

Atravesso a cidade, desconhecido. De repente topo com corpos que me fazem vibrar. Um olhar tristonho. Uma calça contornando voluptuosamente a bunda. Uma camisa entreaberta, revelando. E eis a perplexidade. Atravesso a vida: são múltiplas as alternativas de composição entre mim e o mundo, mediado por rapazes. Lá fora, há uma interminável loteria de amor. Talvez eu apenas cruze com um parceiro e, displicente, nem acene adeus. Talvez não: eu o devoro no primeiro instante, e nos agarramos como duas presas, até à morte. São inúmeras as possibilidades de composição entre mim e o amor. Por isso gosto das multidões.

*

Um pinto duro, dentro do ônibus: inequívoco sinal de vida projetado do fundo das roupas sem pretensão ou mesmo apáticas. Dentro do ônibus feito para viajar, o pinto entumescido hasteia um gesto rebelde e arde nos olhos da rotina. Os corações ansiosos, porém, agradecem desfalecendo de emoção.

*

Ai, rapazes que me tiram do sério! Quando a noite aproximar-se ameaçando com sintomas de solidão, procurem lembrar-se que existi. Apesar de anônimo e insignificante, pensei em vocês e prazerosamente me condenei a amá-los mais do que nada no mundo, estejam onde estiverem. Se for de alguma ajuda, aconselho olharem-se ao espelho na noite danada e, contemplando-se em juventude, amarem seus corpos ainda que um único minuto. Esse desejo vigoroso, no efêmero instante, será mais intenso que o mar e mais duradouro que a galáxia. Nele, ressuscitaremos todos e nos encontraremos numa celebração em que se terá eliminado o tempo. Rapazes, sempre que me chamarem, voltarei de todos os cantos e épocas, para reviver com vocês esses intensíssimos lapsos de amor.

*

No Jardim da Luz, ouço retalhos de uma vigorosa marchinha dos velhos tempos. Faço concha com as mãos em torno do ouvido, caminho na ponta dos pés. O mistério parece provir das plantas, das águas. Asseguro-me de estar só. Num olhar intrigado, perfuro a paisagem, com total profundidade de campo. (Welles e Eisenstein rugem de inveja.) Estaria eu realmente só? Inquiro ainda, na trilha de Hammett ou Conan Doyle. Meu olho de pedrarias preenche todo o espaço, inquiridor. Pelos do ouvido espicham como antenas: primeiro plano da velhice. Um ventinho carrega a melodia, em vaivém. Porque Vanessa Rubratumba aguarda, galhos silenciam nesse parque escondido, de muitos acres. Não sei se de fato estou só. Olho atravessado, num cenário expressionista. Lusco-fusco (ou claro/escuro) carregado de alternâncias. E, de repente, como se eu despertasse de um desmaio diretamente para o inferno, berros em estereofônico estouram meus tímpanos. Terror: adrenalina irrompe por todas as veias. Salto no branco & preto das possibilidades. Um verdadeiro pulo de susto, para a quase vertigem de Kim Novak que cai. Ouço com insistência berros cafajestes, porém. Risadas que debocham. Olho ligeiro para o lado. O que se me depara, no cenário bucólico dessa Verdadeira Cruz?

No Jardim da Luz, câmera-ação. Ao som da marchinha, uma dúzia dos mais belos adolescentes de São Paulo dançam abraçados feito coristas. São algazarra pura. Ah, ah, eu próprio os vesti secretamente com anáguas cor-de-rosa, ligas e meias escuras neste cabaré da vida. Depois, enquanto ninguém notava, calcei-lhes fálicas botas negras. Seus lábios pintei com rubro batom. Eu, perverso, coroei suas cabeças com quepes de marinheiro, só por amor ao espetáculo de Kenneth Anger. E agora dançam, após o efeito de tremenda surpresa. Mas não há por que surpreender-se, já que esses são meus meninos prediletos e ensaiamos longamente e eles sabem o que fazem quando dançam: brincam de puro tesão primaveril. Ou *spring fever*, como dizem os americanos. Sempre sujeito à beleza, sinto-me arrastado pelo cheiro cioso. Já que sou dono da festa, ajoelho-me comovido diante do *can-can*, no Jardim da Luz quase suplicante. Piscam para mim, esses irresistíveis meninos de coxas largas e penugentas, pernas firmes, peito amplo. Porque sei que me amam e me querem parte do espetáculo, avanço e tiro-lhes as anáguas, um a um, e os revelo aí, palpitantes. Deliciado mestre de cerimônias, sou eu quem conduz direto ao miolo da questão (talvez alguém preferisse, devido à solenidade: *heart of matter*). Nas entranhas do suave tecido, aspiro o perfume das coxas, entrecoxas, profundezas e contundências. E ardo. Meus meninos beijam-se, enquanto dançam a marchinha antiga. Jogam as pernas para o alto e se beijam cafajestes. Contemplo a visão dos mares do sul chegando: mastros no meu horizonte ardente, velas infladas, terra à vista. São dadivosamente safados os meus meninos. Permitem meu olhar perscrutador. Mais: fazem o espetáculo para o meu olhar, de modo que vou perseguindo detalhes lascivos nessas crias que inauguram o amor. Os meninos mais belos de São Paulo se mordiscam e imprimem marcas de batom uns nos outros, enquanto ardo. É esse ardor que determina a culminância do espetáculo. Corta.

Há um corte hollywoodiano. O Jardim, que agora tem luz de entardecer, exala uma intensa alegria. Ponto alto do drama: arqueados, meus meninos estrebucham ao som da marchinha e se deixam jorrar com gemidos, risos ou silvos nascidos de seus ossos adolescentes. Luchino Visconti adoraria. Meus meninos emitem uivos de pirata e vão cuspindo essências para o alto, sempre agarrados aos mastros. Interminavelmente, seus jatos descrevem elegantes arcos no ar, antes de caírem sobre mim, em lentíssima bênção. Nessa fonte do desejo, procuro moedas da sorte, procuro moedas da sorte e descubro a indiscutível chegada da primavera, pelo cheiro. Como um eremita que saiu do deserto, ardente, deixo-me molhar nesse chafariz de amores. Banho-me, esfrego-me, sacio a fome de ambrosia. Sinto respingos de suor que são beijos. Recebo no corpo nu os apelos da nova estação e vou preenchendo cada poro com desejo. Sou pura fertilidade, tetas generosas de Anitona Ekberg. Então meus garotos encontram a linha melódica nos gemidos. Ali no Jardim da Luz, saio cantando debaixo da chuva de setembro. Rodopio a dança da florada. Porque os perfumes adolescentes inflam minhas narinas como asas, levanto voo, sonhando com Fred Astaire. Sei que haverá a suavidade do crepúsculo, neste *happy end* radical. E, como se não bastasse, ainda dizem que faz bem à pele.

I'm happy again.

*

Se me perguntarem pelas três beldades da minha geração, responderei sem hesitação:

James Dean

Jim Morrison

Joe Dallesandro

ATESTADO DO DR. ANTOINE-
-ATHANASE ROYER COLLARD
(1812?)

Existe aqui em Charenton um homem cuja audaciosa imoralidade infelizmente o tornou demasiado célebre e cuja presença neste Hospício nos traz inconvenientes muito graves: refiro-me ao autor do infame romance *Justine*. Este homem não é um alienado. O seu delírio é o do vício, e não é de maneira alguma numa casa consagrada ao tratamento médico da alienação que esta espécie de delírio pode ser reprimida. É preciso que o indivíduo atingido seja submetido à mais severa sequestração, quer para pôr os outros ao abrigo das suas fúrias, quer para isolá-lo de todos os objetos que poderiam exaltar ou manter a sua hedionda paixão.

Salvador, 5 de fevereiro de 1981.

Laing rejeita a existência de uma "condição esquizofrênica". Para ele o que existe é um rótulo de teor altamente político que deflagra determinado processo de controle. Durante o degradante cerimonial também chamado "exame psiquiátrico", um homem (autorizado pelo sistema a rotular outros) adquire responsabilidade legal sobre a pessoa a quem ele definiu como "esquizofrênica". Com esse rótulo que a rebaixa à condição de incapaz de desempenhar funções humanas, a pessoa etiquetada entra para uma prisão conhecida como "manicômio" e ingressa na carreira de paciente, graças a uma verdadeira coalizão (Laing chama também de "conspiração") da qual participam a família, o governo, psiquiatras, enfermeiras, assistentes sociais. Uma vez recluso, o assim chamado paciente perde tanto seus direitos legais de cidadão quanto seu status existencial, já que não lhe reconhecem sequer a capacidade de definir-se a si mesmo. Ele começa então a ser reprogramado, por intermédio de drogas e terapias várias. Seu tempo não mais lhe pertence e não é mais de sua escolha o espaço que ocupa. O paciente vê-se totalmente invalidado enquanto indivíduo. Sua alternativa é submeter-se, até que lhe substituam o rótulo "esquizofrênico" por outro — "recuperado" ou "reajustado". Mas como se trata de um processo basicamente arbitrário, o paciente poderá ser a qualquer momento reenquadrado no antigo rótulo que, de resto, é uma marca indelével; basta para tanto que mudem, outra vez, as impressões do psiquiatra a seu respeito. Na vida social inteira, não há qualquer outro estigma tão radicalmente espoliador.

E, no entanto, me agrada pensar em meu romance como um exercício na esquizofrenia.

CORRESPONDÊNCIA VIOLADA

Ontem, tarde tórrida em São Paulo, a sem rosto.

Dentro do ônibus cheio, sinto-me sufocado por volumes humanos que certamente se sentem sufocados por mim. Não há clima para a solidariedade: todo espaço encolheu, durante a crise de energia. Agarro-me ao varal, para não ser arrastado, e tento a neutralidade, como quem pensa: "Só mais um pouquinho e já passa." Mas não. Sinto outro volume, desta vez indesculpável, detrás de mim. Espichando os olhos, noto um enorme senhor que parece prestes a explodir, tamanha sua aflição. Traz nas mãos um envelope que roça minha nuca. Quando vou reclamar, percebo que o homenzarrão tenta me fazer sinais. Não compreendo e, na tentativa de adivinhar, puxo o cordão de sinal, imaginando que ele pretende descer. Minha coluna se dobra como um arco, quando o homem força passagem. Uma vez do outro lado, ele sussurra quase sem fôlego, junto ao meu ouvido:

— Preciso descer no próximo.

Perco a neutralidade por dentro mas não permito que a impaciência aflore. Sou a pessoa mais doce do planeta:

— Basta pedir licença aos demais, meu senhor.

— Daqui a pouco, daqui a pouco, responde o homem, sem conseguir esconder um certo ar de colegial que mijou nas calças.

Mesmo sem romper a neutralidade, olho com olhar superior de quem diz: e eu com isso?

— O senhor vai para o centro? pergunta ele de cenho franzido.

— Vou, respondo quase pego de surpresa.

Ele perde o equilíbrio num tranco do ônibus e ameaça furar meu olho com o envelope branco que acaba se chocando contra meu nariz. Tenho os olhos do homem a dois dedos da minha cara:

— Preciso descer no próximo ponto. Questão de saúde. A carta já está selada. O senhor poderia colocar no correio para mim? Seria um grande favor.

Meu espírito fica boquiaberto, descrente de estar na perversa São Paulo, aquela que mostra garras e cara fechada sempre que um estranho se posta no caminho. Mas sou cordato, talvez por alimentar um paulistano desejo de perversidade:

— Está bem.

O homem empurra o envelope para mais perto do meu nariz, sempre aflito:

— Desde o primeiro momento percebi que o senhor era uma pessoa de confiança. Minha intuição nunca falha. Muito obrigado.

Dito isto, abandona seu lugar, permitindo que eu volte à posição ereta. E desce do ônibus como quem tem um ataque de diarreia.

Ainda calmo, olho para o envelope equilibrado entre minha mão e meu nariz.

*

Prestes a cumprir minha tarefa, sou atingido por um mau pensamento que se apossa de mim em poucos segundos, incentivado por uma curiosidade que cresce em mim como uma virose. Dou as costas ao prédio do correio e atravesso a rua. Sento num banco de praça, abro o envelope e, sem mais aquela, leio a carta.

O Senhor Martiniano Silva de Oliveira escrevia ao amigo Dalcídio Moraes e reclamava que, além de estar perdendo mais sangue, sentia agora um certo ardor que vinha se intensificando e, para seu espanto, às vezes segregava algo que parecia catarro. Sentindo-se a pessoa mais infeliz do mundo, suplicava ao amigo que não o abandonasse e lhe enviasse urgente alguma sugestão sobre o que fazer, pois sofria muito, sobretudo nos momentos em que precisava fazer um determinado esforço. Só pensava nos filhos, caso algo lhe acontecesse. Confessando-se psicologicamente arrasado, implorava ao menos umas palavrinhas de consolo. A carta terminava assim: "Apesar de tudo, tu sabes o quanto te quero."

*

Arrastei a cadeira para junto da mesa, sentei-me e comecei a escrever:

Prezado Martiniano, compreendo muito bem sua dor, a mesma que se abate tão seguida e prodigamente sobre os que amam. Eis aí um motivo a mais para suspeitar que o amor tem partes com esse Diabo que, rondando-nos como mosca-varejeira, aproveita-se das fissuras deixadas por Vênus para aí depositar seus ovos larvais. Pouco tempo atrás, eu próprio fui vítima dessa conspiração metafísica e universal contra o amor. Sofri, prezado Martiniano, mas não desanimei e, mesmo assim, fui feliz. Aliás, quanto mais difíceis suas feridas, mais o amor parece merecedor do nosso apreço. Não perca sua fé por causa de uma pequena circunstância lamentável e — não se esqueça — passageira. Meu caro amigo, por mais transitório que pareça, o amor deixa marcas indeléveis no espírito, porque deve antes de tudo ser medido pelos seus resultados mediatos. Ai dos homens, se não amassem. Não teriam sobrevivido à Idade da Pedra. Saiba, portanto, que sua dor tem cura. Ao invés de chorar infindavelmente, seria tão mais simples fazer uma visitinha a um médico discreto! Se você não tem dinheiro, vá até o Hospital das Clínicas. Lá eles têm um departamento especial para os males físicos do amor. Há filas, é verdade. Mas isso prova que ainda se ama sobejamente no mundo. Ademais, não será uma honra suportar algumas horas de espera em nome desse gozo, afinal único, de amar e ser amado?

*

Arrastei a cadeira para junto da mesa, sentei-me e comecei a escrever:

Martiniano, meu bem: não se avexe não, tu estás mesmo com dor de amor. Vai correndo a um proctologista porque, na melhor das hipóteses, pegaste uma gonorreia no rabo, caso não seja um coquetel venéreo com sífilis. Mas pode ser também coisa muito pior, como no caso de teres contraído um vírus horroroso que se chama linfogranuloma venéreo ou doença de Nicolas-Favre, enfermidade muito complicada e difícil de curar, por ter causas desconhecidas. Não estou te assustando, meu bem. Tento apenas ser realista para te ajudar a não perder o cu na rua, um dia desses. Ah, porque essa doença é tão maldita que cai mesmo — pau, cu, orelha, lábio, mamilo. Imagine, tu sem cu, teu principal órgão sexual. Não, não estou atacando de horror. Apenas te lembro, com esses exemplos, que se o cu deve ser saciado, isso não significa que devas enfiar qualquer coisa nele. Neste ponto, Martinica, peço licença pra te dar um puxão de orelha: eu já não tinha prevenido a senhora várias vezes pra não dar o cu assim tão compulsivamente? Onde já se viu baixar as calças em banheiro de cinema e dar pra cinco ou seis desconhecidos, em seguida? Perdeste o juízo, ó donzela? Existem maneiras menos arriscadas de aplacar o teu fogo. Claro, desse jeito não há cu que dure muito tempo, porque assim já é maltratar o coitadinho. Pensas que com isso voltas mais aliviado pra casa? Que nada! Sobretudo lembra dos teus filhos, meu bem. É melhor que tenham ao seu alcance um cu paterno são do que um pobre cu de pai infestado, por puro desleixo de boneca desvairada.

*

Arrastei a cadeira para junto da mesa, sentei-me e não consegui decidir qual das duas cartas mandaria ao Sr. Martiniano Silva de Oliveira.

ATESTADO DO DR. JOÃO
VICENTE TORRES HOMEM
(1868)

Da observação atenta e assídua que tenho feito ao Sr. José Joaquim de Campos Leão Corpo-Santo, tenho concluído que, a não ser alguma exaltação cerebral com pequenos e raros desvios da inteligência sobre certos assuntos, nada indica em seu organismo um estado mórbido. A desordem que segundo penso existe no órgão principal do aparelho da inervação, conquanto traduzida por fenômenos significativos, todavia exige para ser bem apreciada apurado exame dos atos do Sr. Corpo-Santo, e prolongada conversação com ele entretida e habilmente dirigida. Atesto também que, longe de haver vantagem de qualquer ordem que seja, na conservação deste Sr. em um estabelecimento de saúde, pelo contrário a privação de sua liberdade, as contrariedades por que tem passado, e sobretudo a ideia que tanto o compunge de que o conservam recluso porque o julgam um louco nocivo, são causas muito poderosas que podem agravar o seu incômodo. O referido é verdade, o que juro em fé do meu grau acadêmico.

VISÕES DE VISON

É um dia de vento muito frio, no sanatório serrano.

Pincelada por pincelada, Melinha prepara-se, pacientemente, diante do espelho. Disfarça o que sobrou das olheiras e acentua o vermelhão das faces. Pelo cheiro, adivinha que haverá sopa de fubá no almoço — aquela mesma que lhe provocava azia. Mas agora já não lhe importam mais as sopas. Através da vidraça baixada, Melinha pode ver no jardim as folhas que se desprendem por todos os lados e esvoaçam às tontas, antes de forrar o chão. Sorri, indiferente à melancolia do mundo. Penteia de novo os cabelos, ajeita o vestido azul plissado e, por fim, cobre-se com seu casaco de *vison*, trazido especialmente para a despedida do inferno.

*

Há um espaço perfeitamente negro movendo-se no espaço dos corredores. Melinha, rainha de *vison*, refulge como se fosse palco de milhões de estrelas. Ou *big bang*. Grande oceano negro que capta a luz, devora-a e vomita uma cintilância fragmentada. Melinha veste-se de irrealidades, portanto. Incontáveis pequeninos estilhaços de irrealidade muito concreta a cobri-la, transformá-la: a atriz, imperatriz, da noite para o dia espargindo brilhos com os quais sonhara a vida toda.

Há um longo corredor, por onde se desliza. Naquele instante, como em nenhum outro, Melinha sente-se inteiramente Melinha. Ou antes, encontra-se com a perfeita Melinha de seus sonhos, a Melinha mais improvável, nada pobre, nada feia, nem um pouco dominada: fada. O brilho daquele negro tão intenso — para dominar os homens mais atraentes do

241

seu tempo? Negra Cleópatra, vestida de escuridão, gloriosamente preta e reluzente, deslumbrante nos raios de seu sol de piche. Haveria beleza mais suprema do que o negro ocupando todo o espaço do seu oposto e brilhando como a luz mais pura, ausência total de sombra? Feiticeira, bruxa Melinha, brilha ao se vestir com as sombras, reluz sobranceira ao se cobrir com a mais pura luz, seu puríssimo negro.

Melinha prossegue, vestida de pingentes de cristal — lustre do mais requintado. Nada permanece intocado quando de sua passagem. As coisas se desintegram porque delas é absorvida a luz mais genuína, aquela que lhes dá realidade e sentido. Grande vampiro negro e buraco canibalesco. Pois não é também verdade que esse escuro são todas as colorações? Negro-verde, negro-vermelho, amarelo-negro. Nas pontas quase imateriais de cada pelo concentra-se o arco-íris. Ora ondas delicadas de sutil vermelho. Ou tufos de sugerência azul, ilhada e espiritual. Espaços no negro que são refinado ardor, legítimo reflexo dourado e daí branco, branco profundo e improvável, filho do deus de ébano. Ou ondas que percorrem seu corpo de alto a baixo, em leves riscas a eriçar os pelos de amarelo concentrado. Mas também pinceladas de azul salpicam essa negra Melinha, a que desliza nos corredores em busca da liberdade. Há sobretudo o dourado filho do negro, pingando despudoradamente de suas pontas — ou seria pegajoso, espermático ao invés de tão etéreo? A verdade é que nunca se sabe. A luz passeia no perfil dos fios, livre a cada ínfimo sopro, cálido bafo do espírito que a acompanha rumo à plataforma de onde saltará para o mundo, ou feto que volta para a mãe, sem dela nunca querer ter saído. Melinha aprisionou a liberdade naquelas agulhas que a cobrem, de maciez indescritível, e só permitirá que abram as asas no momento em que a suprema imperatriz do *vison* negro disser: Agora sim, desgraçados de todo o mundo, o apocalipse se fez real.

E de repente, quando desaparece a luz, desaparece também o espaço, densidade e textura: Melinha veste-se de um grande abismo. Mas não é menos majestático esse abismo — pois há sim aqueles inimagináveis de antes da criação, abismos em competição com a mais refulgente luz. E acaso não se fundiriam ambos? Acaso não teriam a mesma raiz ou essência os presumíveis opostos, já que nascem ambos da grandeza absoluta, da mesma perenidade? Por isso as enfermeiras param e perguntam quando passa o negro santíssimo de Melinha: "Que perfeito escuro será o tal, jamais entrevisto?" Estrebucham os numerosos bacilos tísicos que por ali perambulam, de susto ou reverência: assim como a luz (reino da visibilidade), esse negro tem poderes metabólicos e a tuberculose faz-se saúde, anticorpo, vitamina. Diante dele, desintegram-se as formas e palpabilidades — de modo que há puro sentir, apenas sobrevoar.

E que não dizer das leves estrias mais retintas sobressaindo-se ao negro geral? Como explicar a incongruência de destacar-se um mais negro no fundo já de si tão negro? Incongruência é a palavra — deve-se admitir —, em se tratando daquele milagre que recobre Melinha e lhe outorga poderes tanto de bruxa quanto de santa-heroína. Pois bem, as estrias de seu casaco descem dos ombros até os joelhos, e se tornam mimosas curvas com o movimento, mas não são menos profundas por abandonar instantaneamente a reta, e sim pode-se dizer que se enchem ainda mais de dourado, de ambos os lados dessas riscas abissais, simplesmente porque o ponto mais alto entre os dois abismos talvez merecesse (ou roubasse) outra luz.

Caminha portanto majestosa a flor dos Marchiotti, raiada flor a deslizar pelos corredores salpicados de escarros e laivos de sangue assassino. "Lá está a flor raiada que caminha com determinação, segura do seu rumo ou ponto de chegada", pensam os médicos e enfermeiras ao passar, admirando a placidez de Melinha, zorra, loba e zebra com suas listras impecáveis que resistem até mesmo ao ir e vir das pernas caminhantes para a sala onde aguardam-na (como se supõe) os irmãos, filhas e marido.

Mudam-se também os contornos, ao mais leve movimento de Melinha, ou até mesmo um levíssimo encolher-se da própria pele, filha das pequenas suavidades, reentrâncias e sutilezas, as mesmas de quando cobria animaizinhos polares então vivos. De resto, que tão grande paradoxo o de armazenar tanto calor no mais extremo frio? Como: tanta doçura filha de todo rigor? Ou mesmo: tanto negro oriundo da impossível luz, qual seja a ardência dos blocos de gelo empilhados como filhos da eternidade, gigantescos monstros sem vida a gerar delicadíssimos bichos de pelo tão ardente quanto a luz? Maravilha-se a própria Melinha, como se o *vison* fosse sua pele reinaugurada, parte de si — Melinha pequenino roedor que se esgueira pelos cantos desses imensos corredores povoados de bacilos, que vai ao encontro de suas filhas, seu marido e seu mundo de lógica própria, em impulso quase fatalista porém ninho — ninho que o *vison* de resto significa, com essas promessas de luz nascida no abismo. Ainda mais inexplicável, entretanto, é o sentir-se ave, ali envolta justamente em pelos mamíferos. Congraçamento de antagonismos, roedor que voa, galinha dos pelos de ouro: Melinha sente-se assim. Houve até um momento em que se julgou selvagem: perigoso bicho prestes a eriçar-se como quem atira seus espinhos. Era quando fazia uma curva mais brusca num dos corredores e o *vison* se ondulou todo, arrepiado de um susto metafísico. Sim, porque foi impossivelmente metafísico o encrespar-se das ondas provocado não se sabe por qual centro deflagrador, minúsculo grão de movimento (ou poeira?) que desabou não se sabe de onde, talvez pelo inadvertido excesso de curva ou uma inquietação anônima que emergiu até a superfície do negro arqui-sensível, sismógrafo, diapasão, parente das lavas e derivado do TNT. Seria isso tudo graças ao muito sensível (excessivamente, se diria) brilho do negro? Em qualquer dos casos, mistura de seres. De repente, Melinha sente também a proximidade do bicho mais carnívoro na delicadeza do seu *vison*. Ainda que não suspeitasse, eram patas felinas aqueles seus levíssimos pés que pisavam pela última vez os ladrilhos banhados em escarros tuberculósicos. Mas nenhum mal lhe podem fazer os microscópicos bichos que abrem caminho ao simples apontar das milhares de flechas da ursa Melinha ou onça do Ártico, cuja beleza deslumbra para melhor devorar. Eriça-se a Melinha guerreira, como quem diz: Se sou milhões de flechas, chorem portanto ou abram alas.

Podiam ser enlouquecedoras as qualidades ou diversidades dessa luz ambulante que se espraia criando desenhos irreais no negro. Nem sequer desenhos. Apenas projetos arquitetônicos mais abstratos do que as abstratas nuvens do céu, ainda mais inúteis do que se poderia supor ao admirar o mais definitivo exemplo de beleza (aquela só comparável às coisas divinas). Ali se confunde o curvo com o horizontal, e a perspectiva com o chapado mármore. Esculpem-se possibilidades inimaginadas nesse momento negro de Melinha e brilhante escalada pelo corredor afora, rumo à liberdade.

Ao deslizar por entre os escarros que não a atingem, também geograficamente Melinha une os extremos. Porque seu bamboleio de convalescente adquire inéditas conotações nesse momento em que tudo é *vison*; e *vison*, esse anseio de voar livremente que os homens sentem na África (tribos dançarinas) e no Tibete (monges contempladores de espíritos que pairam no alto das montanhas, para onde sobem, até os mais altos picos, tamanha sua leveza de espírito). Melinha desenrola-se por planícies e pampas prolongados, mas se pode dizer que a maciez suprema a transporta também para o deserto onde o amarelo de ouro impregna-se de negro e sugere metamorfose ou reencarnação: Melinha marítima nas estepes e esquimó no meio de jacarés. Eis por que não fica bem falar aqui em Absoluto. Nesse espaço que esvoaça pelos corredores não cabem definições de transcendência. Trata-se de um negro muito concreto e materialista, iconoclasta mesmo, roçando em tudo o que apresenta o mais leve sinal de palpabilidade, compondo e reunificando, ansioso por gerar circunstâncias vibrantes e sólidas: precisamente o canibalesco negro antes referido. E que ser não apostaria no desejo de se tornar por um instante Jonas na barriga da baleia, ou estar no interior desse *vison* que resume todo o deslumbramento porque recicla e transforma a matéria? Tudo isso apenas para significar que é demasiadamente concreto o espaço que Melinha vai criando na passagem. E como há choques, são sempre roliços os efeitos de atrito, ou o que quer que se possa chamar àqueles refluxos de choque com o ambiente, resultando em ondas furiosas e encapeladas na superfície do outrora bichinho, agora pele de Melinha e sintoma de concreta libertação — ou talvez, macia libertação, reino do provável e inverossímil, mas em todo caso requinte. Aliás, é de se supor que Melinha nunca tenha pensado na liberdade como maciez ou requinte. Estar livre era para ela, antes de tudo, uma determinação simples, uma inclinação sem segredos nem justificativas, como a planta tende para o sol. E então, quando se é o próprio sol (ainda que negro, ou talvez mais desafiador porque negro), como pender para o lado mais brilhante? Ou melhor: como amar a luz fora de si, quando se é a própria luz?

Desponta imponente a cabeça de Melinha, já no fim do corredor, envolta na alta gola, cabelo negro que escorre em fios longos por sobre os espetos negros do tênue *vison*. O casaco imobiliza-se inteiramente. A majestade de Melinha, recoberta de alto a baixo pela tepidez, está prestes a apresentar-se, de coroa e cetro, ao mundo que a espera na forma de irmãos, filhas e marido. Ela hesita diante da porta. Antes de torcer a maçaneta e desvendar a visão, olha-se num certo espelho para comprovar a impecabilidade de sua beleza. Apenas para sentir-se forte, definitivamente distanciada do quarto de tantas tosses, ela tem um último pensamento em homenagem ao que passou. E irrompe na sala de visitas, afastando para o lado o vidro que a separa do real.

Só há Giuseppe e duas enfermeiras.

Giuseppe encara-a com susto. Melinha reflete-se em seus olhos e não se surpreende com o que vê: pressupostos, possibilidades, projetos misturados com fascínio. E, na falta das filhas, apresenta-se quase sem solenidade ao mundo:

— Oi, sou a Ave do Paraíso.

— Ah, é?

— Quero pegar o trem e ir voando para casa.

Chegam-se as enfermeiras dispostas a atacar, para calar e dominar. Mas, a um gesto mínimo daquela delicada mulher que atravessa pelo meio delas e vai abraçar seu irmão predileto, as enfermeiras param. Giuseppe desta vez desvia o olhar, cego talvez pelo brilho negro da irmã que ruma para o inferno imaginando tratar-se do sétimo céu. Talvez porque visse nela a mais nova candidata a louca do Juqueri, concede:

— Claro, minha princesa.

Comovida, Melinha Marchiotti abaixa a cabeça, antes de murmurar com olhos dardejantes e falsa modéstia de rainha:

— Obrigada.

ATESTADO DO DR.
N. PINHEIRO (1914)

Nome do paciente: Afonso Henrique de Lima Barreto.
Idade: 33 anos.
Estado civil: solteiro.
Raça: pardo.
Nacionalidade: brasileiro.
Profissão: empregado público e escritor.
Enviado: pela família.
Diagnóstico: alcoolismo.
Inspeção geral: indivíduo de boa estatura, compleição forte, apresentando estigmas de degeneração física. Dentes maus; língua com acentuados tremores fibrilares, assim como nas extremidades digitais.
Exame da motilidade: marcha normal.
Exame da sensibilidade: íntegra.
Exame de reflexos: plantares diminuídos, patelares, cremastérico e aquileus presentes, abdominais exaltados. As pupilas em miose não reagem à luz, reagindo lentamente à acomodação.
Aparelho digestivo: normal.
Aparelho circulatório: normal.
Aparelho geniturinário: normal. Está atualmente com blenorragia.
Tratamento: purgativo — poção gomosa de ópio.

LADAINHA DE TODOS OS LOUCOS

Na enfermaria do Juqueri, Melinha recebe a visita dos mortos.

— Somos todos loucos, murmura a voz dos mortos.

— Mas eu não queria me meter com gente doida, diz Melinha.

— Pois se conforme. Aqui todo mundo é louco. Inclusive você.

— Como sabe que sou louca?

— Ora, não estaria aqui se não fosse louca, sussurra a voz de tom veladamente felino.

De cada lado do leito ergue-se uma vigorosa pilha de esqueletos humanos, compondo algo como duas espessas muralhas que se prolongam até sumirem na neblina, ao fundo. Um inequívoco cartaz adverte: "ESTES TENTARAM FUGIR".

Deitada muito quieta, com jeito de quem vai ao doutor para ser manuseada, Melinha permanece de olhos fechados, semissorriso florindo seu rosto. Sabe que a voz se chama Friedrich e intui seus enormes bigodes grisalhos, semelhantes aos do pai, Giovanni.

— Somos milhares de loucos, Melinha. Somos tantos que se, em protesto, abríssemos nossas veias, afogaríamos o mundo com sangue. Sangue desmiolado, compreende?

Melinha capta um movimento inusitado em tudo o que a circunda. Vai sorvendo os gestos interiores de cada mínima partícula. Ali há percepções redondas e o ar adquire uma densidade ovalada, à medida que vibrações viscerais atravessam o universo. Os esqueletos empilhados até se perder de vista estalam resolutamente, como se fossem rachar em centenas de pedaços. A luz crepita. As paredes latejam. Naquele lugar, tudo parece ter vida própria, independente. E, no entanto, as coisas pulsam num ritmo coral, ávidas por se entrelaçar em tessitura mágica e constituir uma única espinha dorsal. O mundo se orquestra na diversidade mais desencontrada e se confraterniza.

— Auriverde pendão de minhas pernas que a brisa do Brasil beija e balança, murmura certa voz cava.

Inerente àquele todo, Melinha sente-se igualmente uma no emaranhado não só de ritmos mas também de gritos. Grita-se em cada uma de suas células, tal a intensidade desse existir polifônico em que tudo se move. Sente-se o ritmo do mundo, dança-se a música das esferas. Já não há mais momentos, porque o tempo torna-se eterno presente, no lânguido balanço das pulsações. Murmura-se:

— O tempo não tolera que lhe batam. Mas se a gente estiver de bem com ele, poderá estacionar o relógio numa mesma hora, quanto quiser.

Melinha afunda-se no todo, para viver Melinhas antigas e outras latentes. Reencontra seus cabelos trançados, aos sete anos, e ouve o latejar dos seios que irrompem mundo adentro, aos onze, quando há um bem-te-vi no fundo do quintal, beliscando pitangas bem cheirosas. Ou abafada sensação, na madrugada, de que tudo estrebucha enquanto ilogicamente se produz pão d'água e sovadinho e roscas. Porque ama os pelinhos do braço, Melinha os eriça e sensualiza. Apreende-se de ponta a ponta envolta numa camada de pele, derradeiro limite do seu ser. Em alguns momentos, intui a textura mais áspera que recobre a palma de suas mãos, e sente-as acariciadas pelos beijos de Carlito. Em outros, reclina-se amorosa sobre o inteiro veludo de seu próprio ventre e toca-o, estranhamente, com os dedos de sua filha mais nova, aquela que aí se crava para sobreviver. Os pelinhos sobem, sensuais. Melinha deixa-se palpitar, nesse puro exercício da totalidade, em coro perfeito com o mundo. Volta assim à simplicidade primordial do paraíso: ausência de mistério, visão integral, contemplação do absoluto. Ou mistério perfeitamente inconsútil, totalizador, arraigado no cosmos e plantado no eu. De tal modo que nunca se saberá se ela foi inteiramente possuída ou se tudo possuiu. E certa voz anônima, cavernosa:

— A virtude e o próprio vício estão no fim, no início.

Orquestrados num movimento de volatilidades denominadas espíritos, os seres ganham uma fluidez radical e entram em estado de rito, como o incenso. No ritual, irmanam-se aos próprios mortos. O mundo vibra na modulação dos mortos, porque ao contrário da vida, a morte é eterna.

— Basta um gesto profundo e todos acudirão ao nosso chamado, proclama a voz milenar de Friedrich.

Melinha só ali, nada mais que vibração.

— Você ficará orgulhosa de pertencer à nossa estirpe, sussurra a voz dos mortos. Somos uma multidão de inventores, visionários. Nós ousamos. E transgredimos. Foi dessa vidência que enlouquecemos. Dela morremos também: compreender excessivamente o mistério, mais do que nos foi permitido. Ah, Melinha, será indescritível o seu êxtase frente à multidão dos nossos mortos. Porque nós somos a Culminância do humano.

— A flor torturada, a paisagem apunhalada, recita a mesma voz anônima, interior.

— Então façamos a chamada, Zaratustra.

Investido da Majestade que seu ofício de profeta lhe conferiu, Zaratustra se adianta:

— Sim, façamos a chamada. Eu, Friedrich Nietzsche, filósofo e louco, presidirei a cerimônia com o auxílio de Donatien-Alphonse, Vincent, Antonin e do jovem Torquato.

Vão saindo das sombras o Divino Marquês, dançando um porno-samba (sem sequer disfarçar a protuberância de seu pau duro), Antonin porta-estandarte de riso extravagante (por uso recente do peiote), Vincent carregando nas mãos uma orelha para Gauguin e Torquato Neto trajando sua inigualável capa de demônio ultravermelho. E prossegue o louco Friedrich:

— Existe no alienado um gênio não compreendido que só no delírio pode encontrar uma saída.

— Nada igual ao bem e ao mal. Tudo tem mel e tem sal, parece responder a voz interior e agora revelada do louco Antonin.

No que ecoa de novo a voz wagneriana, com a mesma dimensão côncava dos mortos:

— E o espírito do homem o que é, honorável Schelling? Ele me responde: O espírito é um ente que procede de um não-ente, assim como o entendimento fundamenta-se no não-entendimento. Portanto, a essência mais profunda do espírito humano parece residir na loucura. Daí, eu lhes digo que a loucura é necessária para o gênio. Sem ela também não existe poesia. Quanto ao entendimento, Zaratustra, ah! O entendimento não passa de uma forma regrada de loucura.

— No coração do homem, que lugar se reservou para o delírio? murmura com insistência trágica a voz de Antonin, em eco.

— Caro senhor Zaratustra, é pequeno o espaço que imaginamos para todos os nossos mortos, pondera Donatien, ainda dançando com o pinto obscenamente ostentado.

— Pois imaginemos mais, afirma o resoluto profeta Zaratustra.

— Vulcão maduro, pedra em transe, tumor cozido. Representamos a febre entre dois acessos de inútil saúde, é o que recita o porta-estandarte Antonin, a rodar placidamente na mesma ausência de espaço.

— Só lamento que Ezra possa não ser convidado, diz Torquato diabólico.

— Ó não, certamente o chamaremos. Muitos são os loucos que o amam, informa o contundente irmão de Wagner.

— O nada nunca fez mal a ninguém, brada Antonin, rodopiando como um Édipo sem olhos.

E interfere o setuagenário Marquês:

— Também devemos incluir na lista o impertinente tamanduá-tatu de olhos azuis que teve relações pouco naturais com a literatura, aquele um e outro que transgrediu a ortografia e sofreu de invejável monomania literária, entre tantas paixões, e que ora foi Visconde de Boa Vista, ora Pio IX, ora Napoleão. Em seu corpo, o santo José Joaquim de Campos Leão cultivou a tísica pulmonar até o glorioso fim. Como vês, Melinha, aí está uma doença nobre, que compõe um tríptico de onde se originam os gênios.

— Nós o chamaremos também, responde Zaratustra, sem vacilar.

— Seria possível honra maior, nos rincões da heresia, do que crescer para o espírito do mundo enquanto tuberculoso, epilético e louco? O que certa vez foi tormento, agora se torna exaltação, comenta Certa Voz, a de Antonin, enquanto gira seu rubro estandarte.

— E tem igualmente o reverendo Charles Lutwidge Dodgson, aquele que deu vida própria aos espelhos, e via o mundo pelo avesso.

— Sem dúvida o chamaremos, em homenagem, afirma Zaratustra. Sem ele, os loucos seriam menos visionários. Portanto, pediremos a Alice que o conduza até nós.

— Se a rosa nos custa imenso trabalho, sua beleza é no entanto sem razão, recita o alucinado Antonin, com seu porta-estandarte a rodar na eternidade.

— Mesmo porque há os visionários que ainda vivem, Melinha. Também a eles convocaremos, pois compartilham conosco uma fatia do mistério. Por mais precário que seja o conhecimento dos vivos, reconheçamos nesses delirantes a capacidade de transfigurar, suplantar.

— Chamaremos então Maura Cançado, a que ressuscitou dos infernos.

— Sim, recita Antonin a rodopiar de olhos fechados. Sentia-me vaga, perdida, pronta a ser tragada pela noite que pesava lá fora. Eu era uma menina de noite.

— Chamaremos também Aparecido Galdino Jacinto, o Santo do Juqueri, predileto da Moderna Inquisição Nacional.

— O que me assombra na loucura é a eternidade.

— Das profundas de Barbacena, chamaremos o negro Orlando Sabino, monstro diáfano que confessou, perante oitocentos soldados, ter matado Jesus Cristo.

— O louco é eterno, grita Antonin.

— Assim como são eternas as cavernas do Engenho de Dentro, Charenton, Rodez e deste Juqueri.

Vincent-o-sem-orelha sai do silêncio, envolto em impressionantes tons de veneno:

— E o autor daqueles versos: "Oswald Spengler tem uma porta no tornozelo batendo até altas horas", não o convidaremos?

— Sim, responde o supremo Zaratustra. É preciso chamar o poeta safado que infla as narinas dos meninos do Brasil e sobre quem se contam os mais brilhantes racontos amorosos. Quando ele morrer, certamente o conduziremos em procissão e o enterraremos num jardim onde o desejo fará florescer adolescentes de todos os perfumes e estações. Até o final dos tempos florirão, aliás. Assim é meu desejo, Vincent.

— Ah, Zaratustra, molha a alma no sangue da rebelião, volta a adorar deuses semeadores de discórdias. Morde meu coração na esquina e não me esqueça, recita o arquidelirante Antonin, rodopiando seu estandarte que agora não passa de um poncho tarahumara.

E a voz naturalmente dramática de Zaratustra reboa:

— Basta, que é chegado o tempo. À tumba outra vez. A Majestade nos pertence, Melinha Marchiotti. E com ela a eternidade.

Melinha sorri, obediente, beatífica e já inteiramente louca.

— Ó não, antes é preciso providenciar um tanguinho bem brasileiro para o Nazareth entrar com seu guarda-chuva no braço, interrompe o safado Marquesinho.

— Que se providencie o tango, gritam em coro as vozes impacientes.

Uma vez acertado esse último detalhe, Friedrich dá um passo adiante, plácido como um navio fantasma, e para exatamente à beira do abismo onde borbulha a insanidade ardente, pura energia. As pulsações universais emudecem no instante mesmo em que ele ergue os braços a serem mantidos solenemente abertos durante a conclamação. Sua voz corta o silêncio dos sepulcros:

— Para brilhar no espetáculo do gênio em multidão e catarata, aproximem-se os que enlouqueceram.

Nas profundezas, há um primeiro ruído de vulcão, arroto que sobe desde a raiz dos séculos, início de uma incontrolável exultação. As montanhas de esqueletos rangem em sintonia, quase que embaladas por um sopro de vida mas de fato percorridas pela vibração da morte. Então, como um ribombante trovão que sacode até as cavernas mais secretas, a voz de Zaratustra — Profeta, Santo e Poeta — anuncia no tom perfeito de quem deflagra o Apocalipse:

— Visionários de todas as eras, aqui se inicia a Ladainha de Todos os Loucos.

Ribeirão Preto, 27 de março de 1977.

Ontem, desde o momento em que foi-se tornando palpável a minha vinda para Ribeirão Preto, um sentimento estranho começou a tomar conta de mim. Mais de uma vez tive a sensação de ir sendo possuído. Por algum espírito mais forte do que eu, muito mais potente, obstinadamente resistente. Fui sentindo talvez o início do romance chegar. Uma sensação de sacralidade: o romance era sentido como um mundo que eu ia simultaneamente criando e adentrando. Adentrando o recinto sagrado, tão amorosamente respeitado. Tive a impressão de que me preparava para uma grande viagem. Eu diria até, com algum receio, que a sentia como algo glorioso e eu, de certo modo, era o herói de uma batalha grandiosa. Ah, eu me sentia muito forte. Antecipadamente forte porque sabia tratar-se de uma viagem para o risco. Mais ou menos aquilo que muita gente diferente de mim chamaria de "procurar sarna para se coçar". Afinal de contas, a sarna sempre foi meu terreno predileto; e a sarna não se procura, é apenas uma descoberta que a gente faz quando olha para as coisas com mais atenção.

Cuidei da viagem minuciosamente. Na verdade, já fazia dois dias que a vinha preparando. Desde sexta-feira (hoje é domingo), quando fui comprar cheques de viagem para me respaldar caso o dinheiro vivo faltasse. Ontem, fiquei arrumando mala até às três da manhã. Procurei lista de hotéis em Ribeirão Preto, escolhi dois livros para levar (uma novela de Onetti e uns ensaios de Daniel Guérin). Separei também alguns remédios necessários. Selecionei e testei os cassetes, um por um. Estão velhos mas servem para as gravações. Aliás, nem sei se vou conseguir fazê-las nesse primeiro contato com minha tia. Escolhi um bocadinho de roupas, dois blocos de papel, canetas várias. R. me emprestou uma simpática e surrada maletinha de mão e uma bolsa a tiracolo — para substituir minha esfarrapada bolsa de crochê que poderia impressionar mal os médicos e enfermeiras. É certo que vou precisar deles. Infelizmente, dependo em tudo dessas pessoas, guardiãs das portas que se abrem para minha tia e permitem minha viagem por esses mundos em "ebulição clandestina". Engraçado. Eu disse antes que sentia várias coisas estranhas, ao viajar; em minha atitude, havia algo de grandiloquência infantil. Na véspera, eu estava excitado até os ossos e demorei para dormir, apesar de exausto. Essa minha disposição se fundava no sentimento de ser uma criança que tudo pode — que, de tão ingênua, realmente tudo pode. Juntei também um par de calças e camisas que pudessem não impressionar mal e me fazer passar por um senhor respeitável, diante dos médicos e enfermeiras. Pensei até nas cores. Meu cérebro funcionava como um computador. Mas no fundo havia também o receio de não ser recebido por tia Lena, já que ela se recusava muitas vezes a receber tia B. — para castigar talvez, ou para se redimir dos martírios e se vingar. Foi por isso que, na última hora, resolvi escolher uma foto minha, para entregar a minha tia e "apresentar-me", caso ela não me quisesse ver. Mas havia também uma outra razão para isso: eu queria simplesmente que tia Lena tivesse uma foto minha; isso significaria que de algum modo eu estava com ela — que eu sou dela e pertenço à sua gente.

Dormi um pouco emocionado. Acordei cedo. No ônibus, casualmente me caiu nas mãos o último número da revista Versus, *que trazia um texto de Artaud sobre Van Gogh, sua "loucura" e seu suicídio. Fiquei irritado com a tradução, que denota uma irresponsabilidade atroz com o texto e uma enorme falta de respeito, ao desfigurar essa obra vívida de um ser que testemunhou, rasgando suas próprias carnes. A revista me caiu nas mãos no momento exato. Me senti já num pátio. Foi o que senti: num pátio de santos acuados. Acusados de loucos. Um pátio de santificados filhos de si mesmos. Eu tremia — cristão que fui, apesar das atuais negações; tremia de fúria, comoção ou perplexidade? Talvez tremesse apenas porque estava começando a escrever meu romance.*

. . .

Ribeirão Preto surgiu vermelha, com seus prédios ao fundo. Não sei por quê, senti a cor me provocando saudade; acho que é a mesma cor da roça, das varandas e dos quintais de tanto tempo atrás. Eu me sentia engraçado. Parecia um eficientíssimo diretor de produção de filmes. Tentando ser muito racional, lúcido e frio nesse início de viagem. Pedi informações, comprei fichas, telefonei aos hotéis. Mas acabei entrando num que sequer constava na minha lista. Os preços me assustam, nesta viagem. Fiquei lutando entre o receio de gastar mais do que posso e a sensação de estar me dando de presente o meu primeiro romance — sentindo que afinal eu o mereço, de tanto que o amo. Tomei um banho rápido no hotel. Antes de sair, olhei-me ao espelho, para ter certeza. Diante de mim, contemplei um personagem de filme policial: aquele que escapou de ser totalmente esmagado pela maldição e que sai à procura de pegadas, pra descobrir talvez os responsáveis. A emoção me atravessou a consciência. Minha lucidez deu um salto, o primeiro de uma série que eu viveria nesse começo de viagem. Então eu disse, sabendo até às últimas letras o que dizia:

— É isso mesmo. Seja forte assim. Não dê folga. Promete que não vai afrouxar.

Brincadeira de garoto diante do espelho? Não importa. Sem conhecer meus inimigos, eu buscava assumir meu ódio, em nome de todos, meu inclusive. De certa maneira, tratava-se de uma missão de vingança. Eu já me sentia maduro para atacar. Essa era minha sensação — não importa que me fizesse criança.

Procurei uma quitanda para comprar frutas de presente à tia. Estava tudo fechado. Acabei comprando apenas bolachas. Apanhei um táxi até o sanatório; tia B. me dissera que ficava longe. Quando vi aqueles brancos muros tingidos de vermelho no sopé, acho que tive medo. Medo de sofrer. Porque eu estava me expondo. E, no entanto, podia não estar ali. Ao contrário de minha tia, nada me obrigava. Mas eu queria ardentemente estar ali, mesmo que corresse riscos, inclusive o de sofrer. Eu, o eficiente diretor de produção, me senti torto. Comecei por engasgar já quando ao falar com a telefonista. Fui metendo os pés pelas mãos, me adiantando, querendo dizer tudo de uma vez. A telefonista acabou se revelando simpática, me informou que o horário de visitas estava quase no fim. Devo dizer que todas as enfermeiras pareciam surpreendentemente dóceis, jeito do interior, ou aquele ar bonachão que esconde a peçonha, ao qual Artaud se refere? Soube que, pouco antes, tia Helena se recusara a ver outros parentes que tinham vindo de visita. Imaginei que seria tia B. Não sei por quê, a partir desse instante fui vítima de um nó na garganta que me acompanhou o tempo todo, fazendo-me pequeno e ainda mais perplexo.

No saguão havia só duas velhas: uma de pé, a outra sentada numa cadeira de rodas. Ambas em silêncio. Tive que dar a volta, para chegar até o pátio dos loucos. Uma moça me apontou uma porta no alto de uns degraus: "É lá que o senhor pode se informar." Subi a escada. A porta era metade gradeada. Detrás, uma enfermeira. Mais detrás ainda, revi (agora fora dos sonhos) aquele mundo de tempo indeterminado. Era a primeira vez, no entanto, que o via com essa intimidade: um corredor escuro onde os internados caminhavam agitados, num clima de jaula. Dentro da jaula, julguei reconhecer tia Lena. Mas recusei admitir

256

e deixei de olhar. O nó na garganta cresceu ainda mais indecifrável. Visão possível: lá no fundo, tia Lena, com ar de menina emburrada, encostava-se a uma parede, vestindo o que me pareceu ser um uniforme, desses abotoados do alto até embaixo. Se era realmente ela, envelhecera muito. Como eu iria saber? Sempre tive dela imagens fugazes e incertas. Tão incertas como sua história, esse misto de segredo, desprezo e medo que desconfio esconder puro desespero. Voltei à entrada do edifício, para tentar alcançar tia B., mas antes pedi à enfermeira que avisasse tia Helena sobre minha presença ali, para ver se ela mudava de opinião:

— Diga que é o sobrinho dela, o João Silvério. O Joãozinho que ia ser padre.

Só no momento de sair fui me dar conta de que o pátio estava cheio de internados com seus familiares. Não havia nada que distinguisse suficientemente os loucos de seus familiares. No meio de tudo, me achei até bonito. Acho que eu resplandecia com uma certa dignidade recém-adquirida, que meu rosto estampava: eu vinha visitar sentindo amor. A enfermeira me deu um grande sorriso. Parecia feliz de que eu estivesse ali, talvez a antegozar a felicidade de tia Helena recebendo a visita de um sobrinho atraente. A campainha tocou para anunciar o fim das visitas. Fiquei espantado, mas a mesma enfermeira me tranquilizou:

— Não tem importância. O senhor conversa com Dona Helena no saguão. Quer dizer, se ela quiser aparecer...

Fui informado de que tia B., tio Z. e as primas já tinham ido embora, certamente frustrados. Tia B. com o rosto vincado e amargo, os olhos sempre piscando nervosos, os longos suspiros.

Fiquei no saguão, esperando. As duas velhas ainda estavam lá. Só então percebi que a senhora em pé era muito mais jovem e poderia ser a filha da outra. Havia qualquer coisa de embaraçante entre as duas. O silêncio, evidentemente. Como se a filha esperasse que a mãe falasse a qualquer momento. E a mãe parecia estar num outro mundo. Lá dentro, gritavam. Gritos de protesto, talvez. Talvez de dor. Pela primeira vez notei que havia um garotinho, sentado num banco detrás da velha. Porque franziu a testa e apurou os ouvidos, eu o notei.

— Que é isso? perguntou ele, intrigado.

A mulher em pé fez um gesto de chateação, para ignorar a incômoda pergunta. Mas deve ter-se arrependido, pois remendou depressa:

— *Alguém doente...*

O menino calou-se. Pensei como estaria sentindo aqueles gritos que deveriam ecoar tão fundo, mais misteriosos para ele do que para mim. E, positivamente, eram bem misteriosos aqueles gritos! Quem poderia interpretá-los? Que pretendiam comunicar aos outros, ao mundo, aos céus? Sem dúvida aqueles gritos tinham algum parentesco com as estrelas, silêncios infinitos, ecos negros, mensagens enviadas a outros mundos, a pedir socorro para além da galáxia. Desde que Deus apodreceu em sua tumba.

Aí, os berros foram suplantados pela voz de tia Helena, lá no fundo do corredor. Seria possível explicar o que aconteceu comigo quando ouvi aquela voz familiar exprimindo uma ansiedade que os corredores amplificavam? Sim, reconhecia aquele tom de voz, aquelas modulações e suspiros entrecortados. E, para que os reconhecesse, eu precisava me reintegrar. Eles fundiam vários momentos do passado, naquela nesga frágil de presente que eu era, ali sentado no sofá de assento puído. Mais ainda: aqueles restos de voz me recriavam. Tive a consciência "milenar" de que eu fora o passado daquele eu que estava sendo no momento. Senti-me encadeado, vindo de longe até ali, penetrando estrangeiro naquele mundo de paredes descoradas, carentes do mais mínimo encanto, mas surpreendentemente parte de mim, familiar num certo sentido. Me levantei. Eu sorria, talvez oscilando entre o sorriso e as lágrimas. Ali em pé, diante da abertura por onde chegava a voz, esperava uma revelação. Quando a voz de minha tia se aproximou mais, pude então perceber que vinha gritando meu nome como quem arrasta indescritíveis cadeias de amargura, dores que nem as estrelas nem Deus — caso ainda estivesse vivo — poderiam adivinhar:

— Joãozinho!

E vi minha verdadeira tia, minha tia caçula, condenada, pisoteada, várias vezes morta na lembrança dos irmãos — amassada, empurrada, dobrada. Nesse momento, eu sabia o que ela vivera, eu sim intuía tudo. E como seria possível que tanta infelicidade coubesse dentro do que eu era ali, num instante? Tia Lena vinha correndo, braços abertos para mim. Dava seu amor de presente, correndo em minha direção. Corri para ela, feliz por ser amado. Abracei Helena Trevisan, a louca da família, que me chamava.

— Joãozinho, Joãozinho Sirvério. Meu Joãozinho Sirvério.

Eu a beijei muito, enquanto ouvia seus gritos e soluços, sem parar:

— Ai, meu Joãozinho Sirvério. Ai, meu santinho Espírito Santo. O João-zinho Sirvério tá aqui, veio me ver o Joãozinho Sirvério.

Bastava muito pouco para ser assim tão amado, pensei. Bastava, naquele momento, ser alguém chamado João Silvério e ter uma tia louca. Digo que sim. Digo que são profundas as feridas do amor. Fosse ela a assassina de todos a quem eu amava, incluindo minha mãe e P.P., naquele momento eu teria perdoado essa mulher. E ainda sobraria do meu amor. Fiquei mais descon-certado porque sua dor me abençoava. É isso: a crucificada me abençoava.

. . .

Ribeirão Preto, 28 de março de 1977.

Tia Lena gritava seus ais. Eu era ali o sobrinho querido mas também a plateia necessária, rara plateia para seus ais.

Minha tia me pareceu bem diferente do que eu lembrava. Não sabia definir exatamente o que a diferenciava. Parecia mais jovem, ou melhor, era uma mulher jovem. Mais tarde, ela mesma me disse estar com 47 anos. Faço as contas. Foi por volta de 1962 que eu fui visitá-la com mamãe, em Franco da Rocha. Quinze anos atrás. Isso significa que, quinze anos atrás, minha tia tinha exatamente a idade que tenho hoje. Naquele tempo, eu nunca pensaria que minha tia fosse tão jovem. A lembrança sutil que guardo dela é a de ter sido sempre não apenas uma adulta, mas uma velha respeitável. E no entanto tratava-se de uma velha muito diferente desta velha de agora. Naquele tem-po, minha tia era enorme, mais de robustez que de gordura. E loira. Cabelos loiros cheios, como uma auréola que a tornava linda. Agora, os cabelos já iam ficando brancos. Toquei-os: finos exatamente como os meus.

— Antes eram grandes. Agora, já nem tenho mais cabelo. Com os cho-ques, com a bomba, com o tiro, o cabelo me cai que nem chumaço. Esses aí estão acabando com meu cabelo.

Depois sorria.

— E sua mãe, como vai? Tadinha, eu judiei tanto dela quando era moça. Ela quem fez meu enxoval. Tão bonito. Ai que vontade de ver a Maria. Diz pra ela vim me ver.

Mudei de assunto. Minha mãe morreu há seis anos, e eu julgava que tia Lena soubesse. Logo que se sentou, ela se pôs a falar de supetão, como se estivéssemos conversando fazia horas. Precisava ser ouvida, eu sei. Repetia insistentemente o nome de Cristo, de Nossa Senhora, do Espírito Santo, até chegar a me incomodar como coisa estranha, porque eu não me lembrava que essa tia fosse tão religiosa. Lembrava sim daquela mulher um pouco ferina, dizendo meias blasfêmias — meias blasfêmias porque não se supõe que mulheres digam blasfêmias inteiras. Parecia que tinham lhe feito um imenso remendo no pensamento; e agora o remendo era a parte mais viva: tornara-se o próprio pensamento.

— Ai se não fosse meu divino Espírito Santinho e Jesusinho e a Virgem Mariinha estar aqui comigo, eu não vivia. Mas o divininho espiritinho santinho, graças a deusinho. Ai, ai, Joãozinho Sirvério.

Esses diminutivos todos pareciam postiços. Especialmente porque tia Lena nunca me chamara assim, combinando o diminutivo familiar com o Silvério. Me soava estranho e me constrangia. Ela mostrou-me um terço de contas negras, dependurado no pescoço. E beijou-o várias vezes. Apesar de macilento, seu rosto era sem dúvida o mais jovem de toda a família. Além de ser a caçula, minha tia resplandecia uma vitalidade teimosa em seus traços. A pele, especialmente, me impressionou pela maciez e alvura. Com minhas mãos, senti como era gostosa. Duvido que cuidem bem dela, por aqui. Mas tenho certeza que ela sim se cuida bem. Lembro que sempre fez questão disso, inflexível.

— Graças ao bendito deusinho, tenho uma saúde perfeita, disse ela levantando as mãos postas. E sorriu seu sorriso torto, no final da frase.

Minha tia estava quase inteiramente surda. A surdez sem dúvida se agravara desde 1962. Eu precisava falar bem perto do seu ouvido, porque preferia não gritar. Para resguardar nossa intimidade.

— Eles tiram meu sangue por isso. Porque meu sangue é cobiçado. Então aqueles desgraçados de Franco da Rocha me pegam pra tirar meu sangue. Olha como estou magra. Levam embora meu sangue, Deus que me perdoe. Já me levaram mais de 15... 15 mil...

Não conseguia lembrar a palavra.

— Miligramas, arrisquei.

— É. 15 mil vitrôs de sangue. E ainda por cima me negam comida.

260

Suspirava fundo, como uma criança ressentida. E virava o rosto, para deixar isso evidente.

— Deus que me castigue se minto. Servem só água de feijão com casquinha. Aí eu tiro a casquinha. As enfermeiras querem que eu coma, mas eu não. Com perdão da palavra, está me dando até diarreia. (E abaixava a voz.) Essa comida desgraçada me dá diarreia. Vê como estou só pele e osso, eu que era uma coisa, de tão forte. Agora...

Não sei se dizia a verdade. Ainda que menos luminosa do que antes e mais dobrada pela vida, minha tia parecia robusta.

Eu lhe passava a mão no rosto.

— E você, Joãozinho, que pecado deixar a batina, meu Deus. É pecado demais que essa família tem. E sua mãezinha, como vai? Continua rezando, indo na missa, né?...

Pergunta isso com olhar de quem suplica um sim.

— Sim, senhora, ela reza e vai à missa.

— E a Lurdinha, como vai?

Sorria enlevada, como se estivesse falando de um bebê. Aproximei a boca do seu ouvido.

— A Lurdinha acho que está esperando nenê.

Me olhou surpresa:

— Nossa, então a Lurdinha casou? Eu nunca soube.

E fez um ar triste. A seguir, voltou às mesmas reclamações, de modo a dificultar a continuação da conversa. Falou insistentemente dos choques e do sangue.

— Me colocam assim. (E apontava para as têmporas.) E tem vez que eu fico roxa, Nossa Senhora!

Falava apressada, como se tivesse decorado aquilo. A entonação e o empenho também pareciam ter perdido a força.

— Aí eu fico esperneando, nem imagine. (Abaixava a voz.) Mas não tem nada a ver com aquela doença...

Referia-se certamente aos ataques epiléticos. Tropeçava na explicação.

— Já sarei daquilo, graças a Deus e ao meu Espírito Santinho. E ai, bum, bum. Aquilo explode dentro da minha cabeça, que fica aquele zumbido dentro, uma coisa! Eles estragaram com a minha cabeça.

Não tenho dúvida: eles estragaram com sua cabeça.

— Porque aí a minha ideia fica que nem eu mais entendo. Aí eu rolo, assim, no chão.

Ela parecia colocar toda sua energia na descrição de uma atrocidade.

— É onde me machuco. Olha aqui, quebrei o cotovelo. Olha aqui o pescoço. O pulso me abriu, de tanto trabalhar na escova. Fui operada.

Tem uma pequena cicatriz no cotovelo, uma grande no pulso. E manchas no pescoço alvo.

— A boca. Um dia acordei e tinha ferida tudo na boca. Nossa Senhora Daparecida, o que é que me fizeram. E também aqui na orelha, onde tinham colocado...

Juntou os indicadores de cada mão, para ilustrar.

— Mas aí, o médico aquele desgraçado. Ele conhece os de Franco da Rocha, eu bem que sei disso. De castigo me levou e me tirou sangue. Pra me castigar.

Suspirou profundamente.

— Mas eu não como. Porque não trabalho, não como. Eu não vim aqui pra trabalhar! Me entregam uma montanha de calça de homem, do pavilhão dos homens, e eu tenho que lavar. Mas eu não posso. Olha meu dedo.

Mostra o indicador, torto.

— Então como é que posso lavar. Não lavo. Não quero comer.

Fico em dúvida se na verdade não lhe davam comida porque se recusava a trabalhar. Perguntei várias vezes. Não me entendeu.

Examinei-a longamente, o tempo todo. Estava limpinha. Senti o cheiro de sua boca, enquanto falava. Cheiro de bebê. Pensei: tia Lena se cuida, certamente briga para cuidar bem de si. Ela continua:

— Deus do céu que me perdoe. Tem vez que eu fico desacorçoada da vida. Penso até em fazer bobagem. Em suicídio.

Me olhou com olhos de cordeiro, procurando minha comiseração.

— Mas que isso! A tia está forte, graças a Deus. Sabe se cuidar.

— Ah, me cuido mesmo.

Alisou o avental de xadrezinho vermelho que vestia, muito limpo.

— Olha, a B. que me fez. Ela sempre me traz roupa. Eles roubam. Me roubaram um par de sapatos novinhos que a B. trouxe.

Passou uma enfermeira. E minha tia:

— Ela é muito boazinha. Dona Rosa!

A enfermeira veio sorridente. Fui apresentado. Aquele sorriso permanente que as enfermeiras ostentavam passou a me irritar, porque parecia de plástico. Algo como uma demonstração de que o hospício seria o reino da alegria e elas as mães da compreensão. Notei que havia qualquer coisa de artificial inclusive pelo sorriso postiço que minha tia apresentava toda vez que aparecia alguma enfermeira. Era um sorriso que se abria rápido e se fechava logo que a enfermeira virava as costas.

— A senhora gosta delas?, perguntei.

— São boazinhas. Mas não fazem nada.

— Não fazem nada como?

— Quando eles levam a gente, que nem esse maldito médico que leva a gente pros choques, tiro, bomba, elas não fazem nada.

— Que é a bomba, tia?

— A bomba, os choques, os tiros. Aqui na cabeça da gente. Pum, pum. Vira tudo, na ideia da gente. E eu peço pelo amor de Deus.. Mas não...

— A senhora gosta daqui?

— É bom. Se não tivesse os mardito, Deus que me perdoe, esses choque, bomba, tiro.

— E o sangue? Ainda tiram sangue?

— Uh!, disse ela com um gesto de enfatização.

— Pra quê?

— Nem vou te contar, Deus me livre. Porque eu sou sadia, graças a Deus, muito sadia e de sangue bom. Eles não gostam que eu tenho sangue bom.

Aí, seu olhar tornou-se perverso, como se a perversidade narrada tivesse penetrado o rosto do narrador — o que de certa maneira pareceu-me uma característica da extrema sensibilidade dessa tia.

— Eles pegam o meu sangue e levam para os morféticos, tuberculoso, lazarento. Levam meu sangue para fazer curativo nas feridas dos morféticos, Deus que me perdoe.

Me encarou.

— Dizem que eu tinha tuberculósis. Não, não era. Eles que dizem. Sua mãe mesmo dizia que eu não tinha tuberculósis. Eu tinha era pneumonia.

263

Sofri de pneumonia. E aí me levaram de Santa Rita para aquela mardição. Nove anos em Franco da Rocha. Me tiraram sangue. Quinze mil vitrôs de sangue. Quinze mil.

— Desde quando, tia?

— Desde... desde 1959.

Eu não sabia ao certo quando a tinham levado para o Juqueri.

— Queria voltar para Santa Rita. Lá sim que era bom.

Depois, lembrou de meu pai. O irmão que sempre se recusou a visitá-la.

— E o pai?

— Está bom, tia.

Meu pai tinha morrido de cirrose alcoólica e complicações pulmonares, uma semana antes. Tia Lena baixou a voz, para perguntar:

— Ele ainda... quer dizer, com sua mãe. Ainda judia dela?

— Não, tia. Agora já tá velho. Sossegou.

— Que bom.

Ficou estática, quieta.

— A tia quer que eu traga alguma coisa? Volto aqui amanhã.

— Imagine, bem.

— Ué, diz. Eu quero trazer...

— Ai, não...

Dali a pouco, ela voltou ao assunto. Me abraçou e falou bem ao meu ouvido:

— Sabe, eu tou, ó...

Fez gesto de quem segura um cigarro. Gesto furtivo, como se cometesse uma transgressão.

— Fumando?

Assentiu com a cabeça e esperou em suspense a minha recriminação. Pensando em lhe trazer cigarros, perguntei qual era a marca.

— Fraco, fraquinho, respondeu.

— Mas qual cigarro?

— É fumo. Fumo de corda.

Ficou envergonhada com a confissão. Sorria com ar de moleque.

— E palha, tia, onde é que arranja palha pro cigarro?

— É cachimbo.

Riu:

— *É que as outras tudo fumam. Joãozinho do céu, elas fumam o dia inteiro. Eu não. Só três vezes.*

Riu de novo, como se tivesse feito travessura:

— *Que coisa feia, não?*

— *Feia por quê, tia? Assim a senhora passa o tempo, se diverte.*

— *É, elas me emprestam.*

— *O cachimbo também?*

— *Também. Mas eu não. Ó, fumo e cuspo. Pra não fazer mal.*

Parou. Percebi que não tinha coragem de pedir.

— *A senhora quer que eu traga fumo?*

Me olhou sem coragem de dizer sim.

— *Então amanhã trago fumo de corda. Bem fraquinho, não é?*

Sorriu, mais à vontade:

— *Mas não conta nada pro seu pai, viu? Ele não ia gostar.*

Em seguida, recomeçou a falar. Mas parou:

— *O que é que eu ia falar mesmo?*

Esquecera-se. Estava constrangida, embaraçada.

— *Olha minha cabeça. Tou perdendo a ideia.*

Mas de repente recuperou a eloquência do início:

— *Eu sofro. Só Deus sabe como sofri. Minha vida só eu sei o que foi, de tanto desgosto. Minha filha nem veio me participar o casamento dela. Minha irmã me levou pra casa, mas eu fiquei roxa, feito morta. Então ela me devolveu pra cá. Isso é coisa que se faça? Me devolver pra cá, meu Deus? Para os choques, as marditas bombas, os...*

Eu amava com todo respeito aquelas dores. Mas de repente tive medo. Estava tão próximo dela, que muito pouco nos separava e então tive medo de enlouquecer. De pegar o "vírus". Era assim que eu me sentia. E ela:

— *Então, tudo o que faz uma pessoa infeliz eu sofri e sofro. Olha meus dedos do pé. Deformado.*

Fez um gesto delicado, de donzela vaidosa, apontando os dedinhos do pé. Notei suas pernas peludas.

— *Mas eu tenho fé. Se não fosse a minha fé!*

Riu sem cabimento:

— *Espiritinho Santinho vem ficar comigo. Ele me acompanha e é a minha salvação. Porque iam dar choque em Jesusinho, mas aí o Pai disse: Não, Jesusinho já tinha sofrido. Ficou triste. Pela salvação de todos. Mas não era mais para ele sofrer os choques. Então, o Espírito Santinho disse que eu ia no lugar de Jesusinho, tomar choques. É o meu único consolo. Estou na salvação. No lugar dele. Para os choques. É o que me consola.*

Artaud chamava Van Gogh de "martirizado". No interior brasileiro, em minha vida, aquela mulher também era martirizada.

Não demorou, vieram buscar tia Helena. Ela fez um ar de resignação estudada. Como se, para além de estar realmente resignada, fosse preciso exibir sinais de resignação. Talvez. Talvez não estivesse realmente resignada.

Nos beijamos muito. Ela virou-me as costas, de ombros caídos, caminhando com passos automáticos pelo corredor, até a porta do internato. Antes de entrar, voltou-se para mim. Atirei-lhe um beijo. Atirou-me um beijo também, sorrindo tristonha.

Daí a dez minutos, voltou como por encanto. O mesmo jeito mecânico. E, como se cumprisse uma ordem, sentou-se e se pôs a falar comigo sem perguntar nem estranhar. Parecia um disco. Rodando porque devia rodar.

— *Não posso morrer aqui. Só Deus sabe o que é a vida nesta prisão, a vida inteira. Já não me deixam nem trançar toalha para a B. Nem bordar. Não quero morrer aqui*

Demorei até perceber a razão do mal-entendido, que era atroz para mim. Eu solicitara a presença da enfermeira-chefe e, ao invés, tinham trazido de novo minha tia. Logo vieram apanhá-la de volta. Ela foi. Cordeiro manso após vinte anos de prisão. Antes de ir, perguntou preocupada:

— *A que hora você vem amanhã? Só pra eu ficar preparada.*

Demorava horas para se preparar, era isso. Queria parecer sempre bonita. Porque Helena Trevisan tinha sido uma loira formosa, em Ribeirão Bonito.

— *Ribeirão, ah...*

Olhou para mim com ar de criança perdida. Abaixou a cabeça. Com que exercícios aprendera a se resignar?

. . .

A cidade tem um acentuado ar tropical. Palmeiras enormes pelas ruas. Sucos e ventiladores por todo lado. E um calor ardido, que eu amo. Chega a me lembrar Cali — com sua insistente brisa nos cabelos do povo, certo ar displicente e descontraído nas pessoas que passam e uma beleza sensual nas cores morenas. Percebi que estava nos trópicos exatamente quando almoçava no enorme refeitório do hotel com seu pé-direito alto, um vitral, um grande ventilador no teto, quatro enormes espelhos nas paredes. Tudo muito antigo, talvez começo do século.

No ônibus, voltando do hospital, olhei a cidade ao longe, com seu amonto-ado de prédios lá no fundo. Interposta entre mim e a cidade, uma fila de cha-minés de fábrica, como uma cerca. E o vermelho da terra encardindo tudo.

Após um péssimo jantar, fui dar uma volta pelo centro. Casualmente, notei um rapaz que seguia outro ao longe, de uma maneira familiar demais para não ser uma cena de caça entre homens. De modo que me pus a acompanhá-los, dis-cretamente. Confesso que o primeiro rapaz era um tipo moreno demasiadamen-te atraente. Sua calça apertada evidenciava um corpo delicioso, cujas formas torneadas pareciam querer explodir para além das roupas. E, como usava uma dessas camisetas muito curtas, os pelinhos de sua barriga se exibiam generosos. Pela amostra, eu não receava concluir que ele merecia viver nu. Prossegui es-piando sua paquera de olhares fuzilantes, até que fui notado por ele. Então ficamos os dois a nos paquerar. Sentei-me no banco de um jardim. Ele passou por mim, sem parar. Levantei-me e o segui. Ele estava sentado num banco, mais acima. Passei por ele e fui sentar-me num ponto de onde podia ver e ser visto. Ele se levantou de novo. Pensei que viria falar comigo. Mas apenas passou me olhando, sem se deter. Depois de muito hesitar, fui atrás dele. Encontrei-o sentado junto de um edifício, fora do jardim. Tive medo, não parei. Continuei subindo pela mesma rua, devagarinho. Percebi que ele me seguia. Passou por mim. Cumprimentei-o. Fomos nos sentar num outro jardim, mais afastado.

— Você é um tesão, fui lhe dizendo.

— É o que todo mundo diz, respondeu sem cerimônia.

— Pra ser sincero, queria mesmo trepar com você.

Ficou entre encabulado e lisonjeado. Foi-se abrindo. Me informou que tem um namorado e que a cidade está cheia de entendidos. Achei engraçado ouvir de sua boca as mesmas gírias homossexuais de São Paulo.

— Vocês têm lugar pra se encontrar?

— Não. É tudo na base das rodinhas. A gente se junta em casais. Só homem, claro.

— E trepam onde?

— Ah, esse é o problema. Só tem uma chácara. E isso quando um amigo nosso consegue a chave com o pai. Aí vai todo mundo pra lá. A gente trepa tudo junto. Tem gente que gosta. Eu prefiro trepar a dois.

Perguntou o motivo de minha viagem. Contei a história de minha tia que eu buscava decifrar. Depois, não me contive:

— Olha, fiquei comovido te encontrando. Foi um presente inesperado essa paquera no interior.

— É, aqui tem paquera o dia inteiro.

— Quando te vi, você tava paquerando outro, não é?

Ele ficou meio sem jeito:

— É, mas aí o cara sumiu...

— E fui eu quem te apanhou na minha rede.

Aquela comoção talvez tivesse outras raízes. Talvez razões mescladas.

— Olha, eu tava precisando falar com alguém. É que estou comovido por causa de uma tia. Você não me conhece...

Falei-lhe de muitas coisas, do romance inclusive. Ele por sua vez me contou coisas pessoais. Por exemplo, que se cuidava "pra não cair na boca do povo, porque se a gente cai uma vez, não tem jeito de sair dessa". Então, namorava uma mocinha, para despistar.

— E você pretende se casar?, perguntei.

— Eu? Deus me livre.

— Mas você transa com ela, não?

— Eu não. Quer dizer, nunca cheguei assim... às últimas.

E sorriu, antes de continuar:

— Eu gosto muito mais de homem!

— Mas a família não pergunta sobre casamento, não te enche o saco? Quantos anos você tem?

— Vinte e quatro. Estou fazendo faculdade. Então, por cinco anos não preciso pensar em casamento. Enquanto der, eu vou levando.

— E você nunca pensou em sair daqui?

— Não. Eu gosto deste lugar.

Infelizmente, não tínhamos para onde ir. Como ele passa todos os dias diante do hotel onde estou hospedado, as pessoas de lá o conhecem. Acha que desconfiariam dele, caso fosse me visitar. Aliás, já teve um problema nesse ho-

tel, anteriormente. Para que pudesse subir a um dos quartos, queriam anotar seus documentos e endereço. Não havia outro jeito senão ir embora a seco. Comuniquei:

— Então vou bater uma punheta em tua homenagem. Pra ficar menos frustrado.

E como meu desejo era muito grande, propus de supetão:

— Responde se quiser: o que você gosta de fazer na cama?

Ficou sem graça. Ao mesmo tempo, havia em seus olhos um indisfarçável prazer. Enrolou muito para dizer que não fazia questão de "consumar o ato". Eu provoquei:

— Quer dizer que você vai pra cama sem ter orgasmo, sem gozar?

— Não, claro que a gente goza. Senão, qual é a graça?

— Fazem o quê, então.

Ele esboçou um sorriso sacana, ao me contar que se roçavam, chupavam, punham no meio das pernas.

— Mas dar e comer, nada?

— Com perdão da palavra, nada. Eu não dou. Nem passa pela minha cabeça, Deus me livre.

Pronunciou essas palavras com certo constrangimento, mas com intensa convicção. Depois, criou coragem e perguntou:

— E você, o que faz na cama?

E eu, também convicto e um tanto malvadamente:

— Ah, isso eu só mostro na cama mesmo.

Saímos dali. Não sei por quê, voltei a falar de tia Helena.

Contei como se referia aos choques, com ódio. Ele ficou assustado:

— Mas esse é um sanatório barato demais!

Começou a brotar em mim uma espécie de irritação defensiva: eu preferia ficar só. Na verdade, havia um desejo camuflado que despontava:

— Olha, eu acho lamentável a gente ir embora sem trepar.

— É uma pena. Mas fazer o quê? Aqui todo mundo mora com a família.

— Em todos os lugares por onde viajei, encontrei a mesma coisa: rapazes morando com os pais, porra. E aí a gente se despedia sem fazer nada. Se você quiser saber, isso me deixa puto da vida.

— Bom, se você está tão frustrado... em último caso, conheço uma casa vazia...

269

— Isso é uma sugestão?

— Bom...

— Se sou o único a sentir a frustração, vou pro hotel e resolvo metade do problema sozinho.

— Não, não é só você que quer...

— Então vamos a esse lugar.

Segundo ele, era melhor mais tarde, porque tinha menos gente pelas ruas. Combinamos o local e horário. Voltei para o hotel com a sensação de que conseguira romper um cerco.

. . .

Sozinho no quarto, tive a sensação de estar perdido. Aquele nó na garganta não tinha passado. Pelo contrário, interpunha-se no meu caminho, me solicitava. Eu me sentia vagamente sem rumo, intensamente cansado da viagem, dos encontros. Pisava um chão estranho, onde me desconhecia.

Fui fazer meditação, buscando chegar mais perto de mim. Comecei a perceber que estava grávido de sentimentos desencontrados, demasiadamente possuído por coisas quase-venenosas, tóxicas mesmo. Me dando medo, angústia. Quando percebi o que queria, já estava fazendo: sufocando soluços para não ser ouvido fora do minúsculo quarto cheio de baratas. Aquele meu termômetro de lucidez subia outra vez até às alturas onde eu apalpava minha alma em carne viva. Talvez eu pedisse perdão a tia Lena, era isso. Mas protestava, já que não me sentia exatamente culpado. Creio que pedia perdão porque, de certa maneira, ela estava sofrendo para que eu sofresse menos. Quer dizer, para que eu soubesse de tudo, antecipadamente, me dando notícia da maldade que eles praticavam contra quem caísse em suas mãos. De uma coisa eu estava seguro: minha tia piorara muito, de 1962 para cá. Tive a impressão de que ela foi sendo obrigada a assumir o estereótipo de "louca", daquilo que nós entendemos por "louco". Acho que o confinamento dos chamados doentes mentais acaba sendo maléfico também por essa mistura compulsória de tantas pessoas confinadas dentro de um mesmo recinto. No hospício, provavelmente todos se tornam mais cruéis, defensivos, egoístas, desajustados. Se existe o Louco, ele começa a se configurar depois que é internado. Como o horizonte de seu mundo concentracionário se reduz àquilo, penso que dentro do manicômio os loucos encontram condição ideal para reproduzir o estereótipo, feito espelhos *diante de espelho. Existia sim uma tal condenação: a de ser tornado louco. Fiquei furioso com nosso civilizadíssimo circo de horrores e chorei pelo dia a dia dessa mulher envolvida o tempo todo em esquisitices. Lembrei do "fenômeno"* Um estranho no ninho. *Filmes como esse se propõem uma espécie de rebeldia em tecnicolor. Ajudam a mudar os métodos para não mudar os princípios. Enquanto "obras de denúncia", acabam sendo uma maneira progressista de ser piegas, porque revestem o velho sentimentalismo com roupagens novas.*

Minhas reflexões regadas de lágrimas nada tinham a ver com filantropia. Tratava-se mais de um gesto de autodefesa antecipada: nós, candidatos à classe dos loucos, precisávamos conhecer nossos esquemas de defesa e ficar de olho para não nos deixar comover com esse gênero de "denúncias" liberais que são como os sorrisos bondosos de enfermeiras maquiadas, tudo para melhor nos controlar. Desconfiar de todo sistema de boa vontade: um programa. No fundo do coração, guardar ainda que fosse a última possibilidade de recusa, para não ser trancafiados e bombardeados com sutilezas de tortura. Foi o que pensei também: onde vivo eu? O que sobra desta merda onde não se está seguro em nenhuma circunstância? Era o que eu soluçava, sentindo-me um humanoide, a compartilhar o medo que os "loucos" sentem momentos antes de serem encarcerados. Quer dizer, o próprio terror de ser trancafiado já se torna uma tortura que empurra para o desespero e para a perturbação interior. Somos crucificados, martirizados, para sempre órfãos de uma mãe que ame sem explicações — outra fantasia sobre o absoluto. Como miseráveis minhocas humanas, sentimos um solitário pavor do mistério que envolve a loucura: medo de ficar louco, ou vergonha de mostrar a chaga purulenta que nos atinge a todos, em algum ponto? Essa chaga: precisamente o estigma de ser transgressor. Num momento ou noutro, nós a sentimos no fundo de nossas individualidades que esperneiam antes de cada pequena morte. Quer dizer: a paranoia não é um sentimento falso, mas uma antecipação dolorosamente verdadeira para se defender desses realíssimos e cotidianos ataques contra as próprias bases do nosso ser. A loucura é, de algum modo, uma manifestação de protesto, desejo de superação. Trancafiá-la é qualquer coisa como esconder o mau exemplo, evitar a propagação da mensagem subversiva. Mas é o medo também. De mostrar aquilo tudo que poderíamos ser ou já somos, veladamente e nas horas íntimas em que nosso ser respira fundo, buscando ar puro. Enlouquecer: rejeitar controles, coerções, formas. Para evitar a loucura social, entregar-se à loucura da transgressão íntima. Se a cor geral é o vermelho, vestir-se de negro.

Mas devo dizer também que me senti possuído por um grave sentimento de impotência, o que me levou a querer esmurrar as paredes. Pensei: é necessário ter certeza de que meus amigos vão acreditar em mim e não permitirão jamais que eu possa ser internado numa casa de loucos. Pronunciei o nome da G. Ambos temos medo da loucura. Pensei obter dela um compromisso e dar-lhe meu compromisso. Terminada a meditação, eu me senti frágil como um convalescente. Tinha os olhos vermelhos. Necessitava encontrar um parceiro.

. . .

No ponto marcado, esperei durante meia hora, mas o rapaz não apareceu. Não atinei com os motivos. Aliás, não entendo nem nunca entenderei tais faltas que considero grosseiras. Voltei para o hotel. No caminho, vim olhando os rapazes, achando-os dolorosamente belos e atraentes, com seus olhares doces, ingênuos e amigáveis que desnorteiam o transeunte. Segundo se diz, parece que funcionam entre si após as dez da noite, depois de levarem as namoradas para casa. Que estranho deve ser a mulher julgar-se amada, sem suspeitar da existência de um outro mundo clandestino que é o oposto das aparências. E penso: como são enganadas as mulheres do Brasil!

. . .

Na cama, fiquei me perguntando como minha tia faria para ter sexo, que direito lhe davam de transar essa força pela qual perpassa a vida, ou melhor, esse único momento de nossas vidas em que ainda nos permitimos uma espécie de loucura, transe, êxtase — quando nos encontramos indistintamente com a parte amaldiçoada de cada um de nós. Senti uma alegria furiosa ao tomar consciência de que estava sendo aquilo que conquistei de mim mesmo. Comecei a chorar de felicidade. Bem ou mal, eu merecia minha própria admiração por ter amado, com verdadeiro amor, aquele corpo de rapaz que, contra as barreiras da roupa, tinha oferecido sua sensualidade aos meus olhos, minha língua, meu nariz. Levantei-me da cama e fui para diante do espelho, onde pronunciei meu nome, buscando sentir todas as letras. Desta vez, eu me batizava a mim mesmo.

Ribeirão Preto, 28 de março de 1977.

Pergunto-me se minha tia não sofre de um certo sentimento de culpa perante mim. Daí talvez seu jeito de se relacionar comigo como quem interpreta seus próprios sentimentos. Sinto uma certa coisa postiça em quase tudo o que ela faz: seus suspiros de dor, seu ar envergonhado, sua tristeza. Como se fosse para ser notada. Fico imaginando que ela deve viver num mundo de disputas, enquanto reclusa entre outras reclusas. Deve brigar e se defender, tanto dos médicos quanto das demais mulheres. Aprendeu a sobreviver contra a corrente. Sei que certa vez quebrou o braço de outra interna. Imagino até que ela sofra essa dor sobressalente de sentir-se má, quando confrontada com os padrões morais do manicômio. Então, quer se punir; o hospício funciona como castigo por ter sido má — acho que é mais ou menos assim que pensa ou foi induzida a pensar. Suplementar maldição: a loucura como purgatório. Talvez tia Lena sorria tanto para as enfermeiras porque teme que elas revelem às visitas esses seus "pecados". E eu sou visita. Tudo indica que minha tia tem medo de mim.

. . .

Também eu tive medo de ficar louco. De cair nas mãos deles, que me parecem uma máfia cujos diplomas lhes outorgam o direito à nossa verdade interior e aos nossos cérebros.

Prefiro o cheiro da boca de titia: um frágil odor de fubá, entre doce e azedo. Não tenho nada a ver com os suores e perfumes estranhos que minha "família" emitia, por exemplo, durante o velório de meu pai.

. . .

As coisas não se resolveram nesse romantismo de rebeldia que vivi durante minha meditação. Inflexível como a história (e indomável também), a revelação prosseguiu. Hoje fui ver outra vez minha tia. E o que aconteceu vem acentuar meu pavor, vem confirmar meus temores.

Enquanto esperava no saguão, prestei atenção aos gritos muito nítidos de uma interna que ora falava alto, ora choramingava com jeito de bebê:

— Não vou e não vou. Não quero essa injeção de jeito nenhum. Sai daqui, não quero.

Seriam as últimas resistências, ferozes, quem sabe? Percebi que a mulher estava amarrada. Ouço outras vozes indistintas. Risos claros e comentários

— sem dúvida das enfermeiras, por seu tom despreocupado. E uma voz feminina, infantilizada, chamando:

— Tia!

E outra chorando:

— Mããããe!

E a mesma louca ainda reclamando, lamuriando-se:

— Tou com dor de cabeça. Ah, eu pego ela na rua. Pego ela na rua.

Não sei se ela respondia a alguém ou se realmente delirava. É verdade que se ouviam risos indistintos das enfermeiras, após cada protesto. E a mesma voz continuava, a intervalos:

— Essa égua falou que tou louca. Falou! Falou! Não sou louca, não. Loucas são essas sem-vergonha. Me sorta. Me sorta dessa desgraça.

Parava, depois recomeçava:

— Pode denunciar. Pode denunciar. Mas aí você me paga, me paga, sua puta...

Novos comentários de vozes calmas. E ela voltando:

— Mas injeção não injeta! Não deixo. Me desamarra, puta que pariu.

E depois:

— Falou! Falou! O Sabino viu que ela falou. O Oliveira viu. Eu quero sair!

Outra voz, ligeiramente menos arrastada, respondeu a ela, apaziguadora. Certamente, uma outra interna:

— A senhora fica quietinha que soltam...

. . .

A assistente social também é dessas pessoas exibidamente saudáveis. Mas, ao contrário das demais, é fria como mármore e chega a parecer vaidosa de sua "saúde". Não foi nada simpática comigo. Tratou-me do alto de seu ridículo pedestal de autoridade médica. Como os pedestais não discutem, ela respondeu com monossílabos a todas as minhas tentativas de conquistar-lhe a simpatia. Disse não ter certeza se o médico de tia Lena poderia ou não me atender. Mandou que eu esperasse fora do pequeno pavilhão onde ficavam os médicos e as demais sumidades da "sanidade consagrada". E fechou a porta na minha cara, sem maiores explicações. Esperei muito, até que resolvi lhe perguntar. Respondeu que o médico estava ocupado e ainda não tinha sido avisado da minha presença. Logo em seguida, veio me dizer que eu deveria tratar do assunto consigo mesma. Colocando-se em contradição, informou que os médicos não costumavam falar com os familiares de internos. Ela é quem os atendia. Incrível: essa mulher não dava um maldito sorriso naquela cara pintadinha e cheia de maquiagem, por trás de uns óculos da moda. De saída, foi me adiantando que, infelizmente, não poderia me informar nada: a ética profissional obriga os médicos a manter segredo sobre o que os doentes lhes contam. Protestei: não estava querendo saber os segredos de minha tia. E perguntei que ética era essa que obriga a tantos silêncios. Respondeu, sem titubear, que o psiquiatra é como um padre confessor. E perguntou-me, encerrando seu argumento:

— Os padres contam as confissões?

— Mas eu não estou querendo saber confissão de ninguém. Quero a opinião de vocês sobre minha tia. Um quadro clínico. No mínimo, uma frase para saber o que vocês acham que minha tia tem.

— Não damos esse tipo de informação a familiares.

— Mas eu tenho direito de saber. Se por exemplo minha mãe adoece, o médico tem obrigação de me dizer o que acontece com ela, não tem? Me dizer assim: Olha, ela sofre do coração, ou do fígado. Só quero saber qual o problema que minha tia tem, segundo os senhores.

— É, mas não pode. Psiquiatria é diferente de médico. Eu já disse que é contra a ética.

Na verdade, ela me dissera anteriormente que só o doutor poderia me dar informações clínicas. Estava claro que a história de "ética profissional" apareceu depois que foi consultar o médico. Lembrei-a disso.

— Então posso falar com o doutor?

— Não, ele está muito ocupado. Aliás, eu também. Sou sempre eu que atendo os familiares.

— Então não se pode nem falar com o doutor a respeito dos pacientes...

— Não.

E emendou, durona como quem fez curso para endurecer:

— Se o senhor quer informações, pergunte a sua tia. Ou à família.

— Mas, senhorita, é exatamente por isso que estou aqui. Para falar com minha tia, que não sabe absolutamente o que está acontecendo. A senhora há de concordar que ela só pode me dar informações truncadas. Quanto à família, *eu já lhe expliquei no início que um grande mistério cerca a história de minha tia. A família recusa-se a falar dela. Vim aqui solicitar ajuda, só isso.*

Alguém bateu à porta. Certamente já tinham combinado antes; uma enfermeirazinha entrou e disse em interpretação de atriz amadora:

— Olha, Maria Tereza, tem muita gente esperando para falar com você. As mães estão com pressa de voltar pra casa.

E a assistente, para mim, continuando a farsa:

— O senhor veio num péssimo dia. Segunda-feira é quando voltam para cá os doentes que passaram o fim de semana em casa. Tenho muitas entrevistas com familiares.

— Posso ao menos saber o nome do médico de minha tia?

— Não. Lamento mas não posso informar.

Daí a pouco, inadvertidamente, ela mencionou o nome do "médico de Dona Helena Trevisan", numa conversa ao telefone. O mistério era mesmo criado para dar uma aura de autoridade e sacralidade. Pajés de uma grande sociedade enfeitiçada.

Eu estava perplexo ao ver todas as portas fechadas. Certamente tinha feito uma coisa errada: ao contar com honestidade os motivos da minha visita, fechara as portas e criara desconfiança, conforme constatei mais tarde.

— Quero pelo menos a data em que minha tia chegou aqui. Quem internou. De onde ela veio. Isso também é contra a ética?

— Não, isso não.

— A senhorita podia me conseguir isso hoje?

— Ah, hoje não. Sou nova aqui. E desconheço o histórico de sua tia. Eu teria que consultar os arquivos.

— E amanhã?

— Bom, talvez. Ah... amanhã não. Tenho que trabalhar com uma estagiária, dar explicações a ela. Não sei se vai dar.

Eu não podia permanecer na cidade em função de sua eventual disponibilidade:

— Então seria possível me mandar essas informações pelo correio? Quer dizer...

Eu titubeava. Não sabia se encontraria algum caminho aberto. Ela me respondia agora mostrando que estava sendo magnânima, razoável. Com certeza, tinha sido treinada para esses recursos exibicionistas que a ajudavam no papel de autoridade:

— Ah, claro. É só o senhor deixar seu endereço.

Deixei. Especifiquei as informações que queria. Mais tarde, fui descobrir, através do administrador, que as coisas eram mais fáceis do que a assistente dizia. Na verdade, nem eles mesmos sabiam o que era a tal ética profissional. Inventavam quando necessário e tornavam-se detentores de falsos segredos. Sim, eu estava diante de uma ditadura dos espíritos, essa que nos corrói sem dó e quase nunca se deixa ver.

Perguntei se me permitiriam falar com minha tia outra vez. A assistente social telefonou ao doutor, para perguntar. Foi quando mencionou seu nome: doutor Adilson.

Fui falar com minha tia. Pretendia gravar o que ela dissesse. Antes, perguntei à direção se me seria permitido fazer essa gravação. Perguntei por respeito a tia Lena, e também por sarcasmo — mas parece que não perceberam. Eu já imaginava a resposta: o médico (o feiticeiro-chefe) mandou dizer que sim. Na verdade estavam preocupados em resguardar a instituição, não os pacientes.

Minha tia estava pior. Delirando muito. Notei que perdera totalmente seu ar altivo. Não se lembrava de muita coisa. Criou uma barreira entre mim e ela — inadvertidamente, creio. Mesmo assim, conversamos muito, depois que lhe entreguei o fumo de corda e um cachimbo.

Mais tarde, fui falar com a enfermeira-chefe, uma mulatona bonita, alta e esbelta. Talvez fosse uma pessoa doce, mas nunca se pode saber até que ponto se trata apenas de máscara. Eu pretendia pedir-lhe informações sobre o dia a dia do hospital — coisas como horários, número de homens e mulheres, origem social dos doentes, tipos de tratamento, remédios etc. Em São Paulo, alimentara até a ilusão de poder passar para o outro lado daquelas paredes cinzentas. Dona Valquíria, a enfermeira, se sentou para conversarmos. Mas quando mencionei o gravador, pediu licença e, antes de sair, disparou o mesmo refrão:

— O senhor me desculpe. Preciso saber se isso não é contra a ética.

Eram quase cinco da tarde. Do lado de fora, ouvi que ela perguntava, um pouco esbaforida, pelo médico e pela assistente social, que entravam às 13 e saíam às 17, mas tinham ido embora antes. Anoto: não costumam dar plantão de manhã.

Dali a pouco, a enfermeira-chefe voltou para me perguntar se eu gostaria de falar também com o administrador do sanatório. Respondi que sim, gostaria de falar com quem se dispusesse. Ela sentou-se de novo, visivelmente conturbada. Comunicou que não podia responder às tais perguntas. Não era contra a ética profissional, mas era contra o regulamento do hospital o fornecimento de qualquer informação relativa às atividades internas.

— Mas é contra o regulamento dizer, por exemplo, o número de leitos?

— Não, isso posso dizer. São 99 leitos para mulheres, 63 pra homens.

— Posso anotar?

— Claro. Acho que isso não tem problema.

Anotei. Ela voltou a ficar inquieta:

— O senhor me desculpe, mas não comente com ninguém que lhe dei essa informação. Não tenho certeza se poderia.

— E os horários? A que horas comem, a que horas dormem...

Lá dentro, os gritos da mulher amarrada voltaram, por entre resmungos. E a enfermeira-chefe:

— Não, isso não posso dizer.

— Origem social dos doentes...

— Também é contra o regulamento.

— De que região do país...

— Não pode.

Respirei fundo, quase perdendo a paciência:

— Dona Valquíria, existe algum motivo pessoal nessa história? Quer dizer, estão desconfiados de mim, por algum motivo que desconheço?

— Não, absolutamente. É mesmo o regulamento. Bem, o senhor me dá licença, tenho minhas ocupações. Olha, peço desculpas. Eu gostaria de colaborar o mais possível, mas não posso passar por cima dos médicos. Tenho que me submeter às ordens deles.

Retirou-se. Vi passarem por mim várias enfermeiras que iam embora. Fiquei impressionado com seu jeito quase padronizado de machonas, tanto na maneira de andar quanto nos gestos e roupas.

O tal Senhor Eurípides, administrador do sanatório, demorou para me atender. Confesso que me sentia nervoso e frustrado, quando entrei naquela sala despida. Logo de início fiquei sabendo que o regulamento do hospital era ainda mais rigoroso do que a ética profissional. Quando disse que poderia me fornecer o histórico clínico de minha tia, a assistente social se enganara. Segundo o burocrata que me atendia, eu precisaria fazer um ofício dirigido ao diretor da instituição. Se fosse possível dar as informações solicitadas, isso só ocorreria por via de ofício, nunca verbalmente. Aliás, eu devia especificar muito bem cada uma das perguntas, pois as respostas viriam também muito específicas — caso o hospital as achasse viáveis.

— E a doença de minha tia?

— Isso já é um problema de ética.

— Que ética, meu senhor? Eu quero saber como vai minha tia, do ponto de vista do seu médico. Quero apenas a opinião dele.

— Ah, isso sim. Mas é só ele quem pode dizer.

— Mas o médico não atende familiares, segundo me disseram.

— Não, é que o senhor não se explicou bem.

— Ele nem sequer me recebeu para que eu pudesse ter a oportunidade de lhe explicar o que queria. Como é que não expliquei bem?

— É, mas o problema é que o senhor disse que se trata de uma pesquisa. Pra isso não informamos.

— Ora, se é para uma pesquisa ou não, que diferença faz? As informações são as mesmas. Além disso, sou parente e acho que tenho responsabilidades perante minha tia.

Foi então que ele abriu o jogo. Disse tudo, o horror escancarado:

— No momento em que sua tia entrou nesta instituição, a responsabilidade sobre ela passou toda para o seu médico, que trabalha para o Estado.

Fiz uma cara de quem diz: "O senhor está delirando!"

— Meu senhor, então o médico é um guardião do Estado? Ficou dono de minha tia? E a família? E quem enfiou minha tia aqui, não é responsável por ela? Não tem direito a fazer perguntas?

— Perguntas, sim. Mas saber mesmo da doença, não.

— Mas isso é uma loucura

— Loucura ou não, é a ética.

E continuou me respondendo como um rato:

— Querendo, o senhor pode entrar com um pedido no judiciário, para obter informações. Mas mesmo assim, duvido que consiga alguma coisa. Em geral o juiz só atende quando é a Justiça que precisa de alguma informação. Em caso de julgamento criminal, por exemplo.

— Mas que loucura! Isto aqui é...

Eu ia dizer "uma máfia", mas estava tão estupefato que não consegui me lembrar da palavra. O rato continuou desfiando suas frias razões:

279

— É para o bem do próprio doente. Por respeito à sua intimidade.

— Mas eu não tenho o menor interesse em saber segredos de minha tia.

— É um direito que nem as autoridades têm. Já houve casos de recusarmos informação até para delegado de polícia.

— Mas, meu senhor, se minha tia é considerada incapaz de tomar conta de si mesma, alguém mais tem que ser responsável. E quando o médico dá alta? Alguém precisa retirar minha tia.

— É.

— Podia ser eu. Então eu quero, acho que tenho o direito de saber o mínimo. Por exemplo, se minha tia passa bem, na opinião dos médicos. Quais são as perspectivas de receber alta. Isso é contra a ética ou o regulamento?

— Não. Mas isso só o doutor pode dizer.

— Mas se o doutor não quis me receber! Por duas vezes.

— É que o senhor não se explicou direito. Depois, o médico não está acostumado a falar com os familiares. Acho que estranhou. Quer dizer, o senhor vindo assim de supetão para uma visita...

Aí ele aproveitou para apresentar uma acusação que certamente funcionava como chantagem emocional. Aliás, não era a primeira vez que eu ouvia esse argumento em diferentes hospitais e com diferentes conotações:

— Além do mais, nenhum parente nunca veio ver ela.

— Mentira. Minha tia, irmã mais velha da internada, vem sistematicamente aqui. O senhor está mal informado.

— É, mas Dona Helena está aqui de graça. Nunca nenhum parente perguntou sobre isso...

A serpente dera o golpe final. Respirei fundo, imaginando que ele guardara esse derradeiro argumento para quando se sentisse acuado.

— Sr. Eurípedes, eu não tinha a menor ideia disso, por exemplo. Ou seja, não é contra a ética nem tão complicado assim me dizer por que meios minha tia entrou aqui. Eu realmente não sei como ela veio parar neste hospital, porque não sei nem mesmo quem a internou. Foi através do INPS?

— Não senhor. Ela está aqui gratuitamente. Acho que veio do Santa Terezinha.

— Que é isso?

— Hospital psiquiátrico. Esse é do INPS.

280

Eu sabia, mais ou menos, que o Santa Terezinha era um manicômio para indigentes. A enfermeira-chefe mencionara esse fato, nalgum momento.

— Ou seja, minha tia veio para cá como indigente.

— Bem, não usamos mais essa palavra. Mas foi mais ou menos assim.

— E aqui se atende pelo INPS também?

— É, mantemos convênio com o INPS.

— E também atendem indigentes...

— Um pequeno número.

Como o número de indigentes não devia ser tão pequeno assim, por tratar-se de uma entidade "filantrópica", ele completou enfaticamente:

— Temos até particulares aqui!

— Mas esta é uma entidade filantrópica, não? Será que essa informação também é contra o regulamento?

— Não, isso eu posso dizer. O senhor pode nos chamar de entidade filantrópica porque em parte somos mantidos por ajuda humanitária.

Pensei onde mais poderia achar uma brecha.

— Sr. Eurípedes, se eu quiser tirar minha tia, eu poderia? Quer dizer, mesmo sem alta?

— Poderia. Sob sua responsabilidade.

— Responsabilidade? Como assim?

— Responsabilidade total. Ela seria entregue ao senhor sem indicações de medicação, sem nada. O que acontecesse com ela...

Eu já sabia o que ia dizer. Pensei rápido:

— Quer dizer que as informações clínicas sobre minha tia é o tal doutor Adilson que detém. E não existe nada que possa me permitir acesso a elas...

— Bom, eu já disse que só judicialmente.

— Sim, mas digamos... a Secretaria da Saúde. Os senhores têm convênio com eles e isso significa que eles fazem inspeção, não é?

— Fazem.

Ele recuou a cadeira, receoso da conclusão a que eu iria chegar. Eu quis ser um pouco ameaçador:

— Quer dizer que seria possível obter informações através de funcionários da Secretaria.

— É. E do Ministério.

Do Ministério. Ele não se assustara, conforme constatei. Ao contrário:

— Além de tudo, não temos obrigação nem permissão alguma de passar qualquer detalhe ou dado referente às instalações, tratamento etc. É tudo confidencial.

Confidencial, pensei. Aqui também estamos no reino da Segurança Nacional.

— O senhor pode me dar o nome do diretor? Isso não é contra o regulamento, suponho.

Deu o nome do diretor. Deu também, sem problema, o nome completo do médico de minha tia. Nada disso era contra a ética ou contra o regulamento, graças a Deus. Mas eu estava furioso com tanta manipulação.

— Sr. Eurípedes, uma última pergunta. Será que tenho alguma coisa perigosa na cara? Eu impressiono assim tão mal, para que o médico tenha se recusado a falar comigo?

Ele sorriu, com benevolência exibicionística:

— Não. Como eu disse, ele ficou assustado.

— Assustado com o quê?

— Com essa pesquisa.

— Bom, não importa a pesquisa. Já que ele se negou a me ver, o senhor diga a ele que fiquei furioso e considero uma injustiça negar-me o direito de fazer perguntas às quais ele simplesmente poderia dizer não, se preferisse.

— Não vou dizer nada ao doutor.

— Talvez eu possa mandar um ofício?…

— Um ofício, perfeitamente. É a melhor coisa.

O burocrata estava satisfeito.

Saí, para respirar. Já não se tratava mais de minha tia. Tratava-se de mim, de qualquer um, de todos que caíssemos em suas garras. Lembrei-me do filme Sisters, do Brian de Palma, que me aterrorizara quando a detetive é agarrada pelos médicos do hospício e "tornada" uma das loucas. No final, ela própria se nega a dizer tudo o que sabia dos crimes — porque fora induzida, pela hipnose, a negar a si mesma. Eles tinham conseguido a espantosa proeza: instalar-se no interior dela — os "vampiros de almas".

Entretanto, pensei falar com advogados amigos, para saber até onde vão os direitos e poderes dessa ética profissional que permite esconder tudo sob o tapete da autoridade clínica. Iria também tentar falar com alguém do INPS. Ou da Secretaria de Saúde. Tratava-se de minha crença em mim como in-

282

divíduo versus *os fabricantes de humanoides. Minha fúria me fazia pensar ingenuamente em medir forças, como numa guerra.*

. . .

Aqui nesta cidade, uma tempestade tropical desaba durante a noite. À uma da manhã, talvez minha tia também esteja ouvindo esses ruídos. Que pensaria ela da tempestade?

. . .

São duas da manhã. Sinto um medo desconhecido, que nasceu aqui em Ribeirão Preto. É como se o espaço se tornasse cada vez menor ao redor de mim. Ao contrário, descubro que o inferno é cada vez mais amplo. Acordei com um prolongado som de sirene lá fora e imediatamente tive certeza de que vinham me buscar: o diretor do hospício me denunciara à polícia, por motivos desconhecidos, apenas para se vingar da minha insolência. Não consigo dormir. De pânico.

Rio de Janeiro, 5 de abril de 1977.

Não seria lícito levantar a hipótese de que, dentro do hospício, realmente estejam tirando sangue de minha tia, para comercializar? Suas reclamações insistentes talvez não provenham de puros delírios. De resto, todas as possibilidades são viáveis, já que não se pode penetrar naquela fortaleza medieval. Quem sabe se o fato de manter vivos os loucos não seria uma maneira de ter em funcionamento algumas fábricas de sangue humano — gratuito? Diante da realidade, as paranoias são reações sábias mas também pálidos reflexos.

São Paulo, outubro de 1979.

Sou informado de que minha amiga L. examinou todo o arquivo do manicômio do Juqueri e, por incrível que pareça, não encontrou nenhuma referência à passagem de minha tia por lá. Se eu não tivesse comprovado pessoalmente poderia acreditar que isso também faz parte da lenda de uma certa Helena Trevisan.

São Paulo, 22 de agosto de 1980.

Entre meus papéis velhos, encontro uma relação dos gastos que tive quando viajei ao interior, para visitar minha tia no hospício, em 1977. Como meu dinheiro estava curto, fiz também um levantamento dos hotéis mais baratos da cidade, com rápidas anotações sobre vantagens e desvantagens de cada um.

Eu tinha o cuidado de anotar essas pequenas coisas, religiosamente. Como se guardasse relíquias de um santuário onde horror e fascínio se confundiam.

São Paulo, 21 de setembro de 1980.

Lembro que, antes de morrer, meu pai pedia insistentemente que não o internássemos num hospício. Nunca entendi bem por quê. Talvez esse temor tivesse perseguido um pouco todos os membros da família, quase como parte do seu patrimônio de horrores.

São Paulo, dezembro de 1980.

Lembro que, em 1962, quando eu e mamãe fomos visitar tia Lena em Franco da Rocha (mesmo contra a vontade de meu pai), ela já estava bastante surda, de modo que conversávamos aos gritos. Contou-nos então que trabalhava no setor de limpeza e ajudava a lavar as internas que morriam. Divertida como um moleque, segredou-nos que guardava para si as roupas íntimas das falecidas. Creio que, por essa época, tia Lena teve uma primeira briga séria dentro do hospício. Parece que quebrou o braço de outra interna e sofreu ferimentos leves. Reclamava que a comida no Juqueri era péssima. Certa vez, em protesto porque os bolinhos de carne estavam estragados, subiu numa goiabeira e se recusou a descer, até ser ouvida pela direção. Assim foi minha tia Lena.

PSICOGRÁFICAS (I)

Querida Melinha, somos ambos tortos. Não é uma evidência muito antiga? Nem mesmo coincidência.

*

Querida Melinha. Sinto-me extenuado neste ponto da batalha que foi viagem também. Afundando no interior de nós mesmos, onde viemos parar? E eu: terei me tornado escritor ou missivista?

*

Querida Melinha,
Admito termos parede-meia com a Majestade — que nos une, nos afeta, nos pune. Veneramos a grandeza em tudo. Até mesmo no desregramento metafísico. Condição Majestática, por exemplo: a indiferença básica entre amar e morrer. Oscilamos igualmente entre um e outro.

*

Querida Melinha Marchiotti, tenho arrepios quando provo seu casaco. E aprovo, porque ele me põe ereto, pitecantropo. Primeiro, caminho pelo apartamento, vestindo essa maciez quase pegajosa que suga pele e pelinhos, incorporando-os a si. Tanta maciez me penetra e faz voar. Então, Melinha, desaparece esta casca muito humana que me limita. O espaço de *vison*, além de envolvente, é território de fadas, feiticeiro. Como varinha de condão, me transforma, me flexibiliza, me amplia. Dentro dele sinto-me imitação de ursinho de pelúcia, grosso e fofo. Tapete voador, o *vison* me transporta para regiões de sensualidade desconhecida onde me arrepio o tempo todo, de gozo. Sou prazeres tão sutis que cintilo. Mas não é só. Seu peso me imprime a categoria de um rei, porque dele brota a majestade, a mesma sempiterna Majestade. Vejo-me ao espelho: Ivã, o Manso, o Delicado, o Temeroso das correntes de ar, filho de requintado amor. Visto-me de glória com um simples cobrir-me dele. Levanto a gola: sou rei. Abaixo a gola: sou eu mesmo, parecido com um rei. Olho em vários espelhos. Todos se maravilham diante da minha imagem. Que farei eu, de tão belo? Parto, lascivo. Rápido giro pela avenida Ipiranga, onde desfilo. Bichas, michês, machões e bofecas me cobiçam, invejam. Caminho com uma dignidade papal. Diante do Bar do Jeca, sou observado pelos surdos-mudos, cujos dedos emudecem no ar, como se eu fosse um raio paralisador. Sei que pareço diferente. Sem nunca deixar este mundo de carnes, revisto-me de certa aura celestial. Sinto-me poeta e amante ideal. Nem já ficarei doente ou deprimido com a última rejeição: me protege e cura a investidura de *vison*. Nos calçadões, apalpo coxas, malas, peitos. Aliso bigodes no Arouche. Nos banheiros públicos, aproximo o nariz e meço cheiros. Uhnn, *vison* do paraíso! Sou outra vez fetichista, Melinha. E muitas vezes mais feliz, porque do ponto de vista da pele, o mundo fica mais suportável talvez, mais colorido, sem dúvida surpreendente. Seu negro casaco abriu uma ponte, fez-se canal de comunicação, de modo que o mundo é mediatizado por um espesso, longo desejo antinatural. Transponho.

*

Querida Melinha: há tristezas que são gratuitas demais. Então faço do teu estandarte de pelos o meu colchão, porque preciso dormir e descansar. Terei sonhos com príncipes encantados e cavaleiros fogosos: grandes amantes, sempre. Rolo em todas as direções, sacudido por corcovos de lascívia. Experimento um tesão animal no teu *vison* negro como a paixão mais assassina.

*

Querida Melinha, como já venho insistindo há anos, avise que é pra me tirarem daqui. Aqui a gente sofre mais do que Jesus Cristo e apanha por qualquer coisa. Caminho para um lado, encontro o muro. Fujo para outro, encontro a muralha. O povo berra, de todos os cantos, a todas as horas. Quando não posso mais suportar, preciso de silêncio e quero sair para buscar o silêncio. E dizem: Não pode fugir, sua louca sem-vergonha. Não ligam pra minha dor, isso sim. Às vezes me encolho na cama de vontade e fico assim durante dias. Nunca me levam pra ver o circo ou fazer pescaria. Em dia de festa, escuto lá longe a banda e os rojões, e fico só imaginando risadas. Mas aqui tem noite que nem posso dormir com o ruído dos outros, Melinha. Gritos, roncos, gemidos e tosses nesta caixa de ressonância. E nada de poder reclamar. O regulamento é que manda. O regulamento, sabe o que é? A caixinha de choque, a morfética e desgraçada que faz a loucura da gente amplificar e estrebuchar. Não aguento mais. Já tentei muitas maneiras de suicídio: saltando do telhado e me atirando no rio, por exemplo. Mas nem morrer eles permitem. Me sinto num buraco, uma cova. Porque fui enterrado, Melinha. Enterrado vivo e nem posso gritar. Acho que os vivos não ouvem.

*

Melinha Marchiotti, a que será que te destinas?

São Paulo, 2 de junho de 1981.

Súbitas lembranças de quando inaugurei este meu ofício de não enlouquecer, e vivi as costumeiras vexações de autor estreante. Teve, por exemplo, aquele conselheiro da Editora Símbolo que, após ler meus originais, deu parecer contrário à sua publicação — porque, segundo ele, eu não tinha uma "maneira socialista" de tratar a homossexualidade. Dessa fase, no entanto, a lembrança sem dúvida mais marcante é a do meu encontro com Pedro Paulo de Sena Madureira, então coordenador editorial da Imago, no Rio. Iniciava-se 1976 e eu andava pra cima e pra baixo com os originais do meu livro de contos. Por sugestão de Rose Marie Muraro, entrei em contato com Pedro Paulo, a quem acabei visitando em seu apartamento no Leme, Rio de Janeiro. O clima cordial desse encontro só foi ligeiramente interrompido por nossas divergências quanto a Luchino Visconti, cujo Ludwig eu detestara e Pedro Paulo considerava sublime. À sua afirmação de que esse aristocrata marxista e homossexual era mestre em expressar a "angústia existencial do artista", eu respondi sarcasticamente que se tratava sim de um burguês privilegiado que podia se dar ao luxo de ser uma bicha deslavada na vida real e curtir de pudico em seus filmes, mais recalcados do que propriamente refinados; parecia-me que, como criador, Visconti sofria de tédio e não de angústia. Ao que Pedro Paulo reagiu entre horrorizado e furioso. Mas pela continuidade da conversa, achei que a coisa ficara por aí. A tal ponto que, deixando seu apartamento já quase de madrugada, eu tinha o pressentimento de que a edição do meu primeiro livro estava assegurada. Conforme combináramos, telefonei-lhe após o carnaval, e soube que ainda não tinha terminado a leitura dos meus originais. Pediu que eu ligasse uns dias depois. Liguei. Nada ainda: "Ligue daqui a três dias." Liguei: "Volte a telefonar daqui a dois dias." Comecei a ficar inquieto. Além dessa espera, nada mais me prendia no Rio, mesmo porque meu parco dinheiro se esvaía. Quando finalmente o encontro aconteceu, foi na própria Editora Imago. Compareci com evidente apreensão e nervosismo. Encontrei um Pedro Paulo agora cheio de formalidades. O início da conversa soou constrangedor quando esse rapaz de rosto pouco europeu disse quase enfaticamente que, ao contrário do que se supunha, seu sobrenome era um aportuguesamento do francês Seine.

Após essa espécie de apresentação, ele disparou num cantochão repleto de expressões francesas que visava ilustrar um fato inequívoco: como escritor, eu era uma titica. Fui afundando na poltrona, à medida que Pedro Paulo falava, naquele tom calculadamente macio e imperturbável de catedrático. Em resumo, a Imago não podia lançar meu livro. Ele, Pedro Paulo, não queria absolutamente me desanimar, mas a seu ver eu teria muita dificuldade em achar um editor que corresse o risco. Se, por algum golpe da sorte, meu livro saísse, com certeza provocaria repercussões muito negativas. E explicou (sempre com estudada elegância) que tenho uma estrutura literária bastante ruim. Minhas frases estão mal construídas, meu estilo se repete e é emotivo ao exagero. Sobretudo, escrevo de maneira anacrônica. Além de que me faltam maturidade e maior verticalidade no tratamento dos temas e na elaboração dos personagens. Ele até concordava com minha abordagem do homossexualismo, mas lamentava dizer que me faltava o essencial: literatura. Talvez porque não conseguisse um distanciamento suficiente, eu acabava criando um clima falso que não podia ser classificado nem de ficção nem de autobiografia. Mas sobretudo isto: meus contos lhe pareciam tão mal escritos que — com perdão do atrevimento — achava essencial que eu os reescrevesse todos, de uma maneira menos desleixada, mais atenta. O conto "Testamento de Jônatas", de longe o melhor de todos, era o único que merecia ser publicado, não sem antes sofrer algumas modificações secundárias. Pedia que eu não me chateasse, pois ele absolutamente não dizia essas coisas para me desanimar. Pelo contrário, estava sendo honesto porque me considerava uma pessoa de talento. Porque meu livro, disse ele enfatizando a frase, revelava em mim um artista, *ainda que eu abominasse tal ideia. E foi só então que percebi todo o jogo: esse rapaz de insistente origem francesa mostrava-se picado de ressentimento por um fato de importância discutível. Aquele meu atrevimento ao ironizar o* artista *Visconti estava sendo elegantemente vingado, à custa do meu livro. Mas nem por isso, continuou Pedro Paulo, eu deixava de ser um artista imaturo, que precisava sem dúvida estudar um pouco mais as estruturas literárias. Para tanto, julgava muito proveitoso que eu lesse duas mestras na arte de escrever: Clarice Lispector e Nélida Piñon, que não escreviam nada que não fosse perfeito. Aliás, havia também um jovem escritor gaúcho, Caio Fernando Abreu, cuja leitura poderia me ser útil, in-*

clusive porque ele abordava com muito mais sensibilidade esse tema tão caro a mim — a homossexualidade. Acabado o longo sermão dominicano, eu me sentia insignificante como uma pulga. Apanhei de volta meus originais e fui embora tropeçando. Estava também furioso porque não fora levado a sério. As opiniões demasiado genéricas de Pedro Paulo sobre meu livro eram indício claro de que ele não lera senão uns poucos contos e destacara comodamente o "Testamento de Jônatas" apenas porque sabia que esse recebera um prêmio no México. Mas como eu já era teimoso àquela época, fui direto a um posto telefônico e disquei para o editor da Nórdica, cujo nome alguém me indicara como uma possibilidade. Ouvi do outro lado um sotaque português me explicar que eles estavam interessados apenas em grandes revelações; caso eu fosse o novo Jorge Amado, poderia procurá-los imediatamente O mínimo que consegui fazer foi interromper a ligação e voltar incontinente para São Paulo, onde, no final desse mesmo ano, meu primeiro livro foi lançado. Meses depois, recebi de Porto Alegre uma carta enviada por um jovem admirador que, tendo escrito uma entusiástica resenha sobre meu livro, chegou a brigar com o pessoal do seu jornal para que não se cortassem certas palavras consideradas "fortes" (como "homossexualismo", por exemplo). Esse rapaz, também escritor, veio a se tornar meu amigo. Chama-se Caio Fernando Abreu. Assim como eu, continua escrevendo até hoje, pela graça das musas avessas ao ressentimento.

EXERCÍCIOS DE ESTILO DIONISÍACO
(OU DE COMO ME TORNEI UM ESCRITOR)

Ei, rapagão, deixa eu dar um beijo ali onde, ao nascer, tuas nádegas se abrem em dois gomos vigorosos.

Ei, rapagão, deixa eu dar um beijo ali detrás, onde emergem dois vigorosos gomos que se projetam para o mundo, de tão afoitos.

Ei, rapagão, deixa eu dar um beijo na encruzilhada de teus ais, precisamente ali onde emergem dois vigorosos gomos que se projetam afoitos para o mundo.

Meninão, deixa eu dar um beijo ali onde tuas nádegas emanam como asas que se projetam afoitamente para o mundo ou vigorosos gomos que se abrem na encruzilhada de teus ais. Um só dos meus beijos no teu manancial de desejo, ó rapaz.

Ei, rapagão, deixa eu depositar um beijo ali onde tuas nádegas emanam como asas que se projetam afoitas, antes de se abrirem em dois gomos vigorosos. Nessa encruzilhada dos teus ais — teu manancial de desejo — quero afogar meus beijos.

E se acaso eu for lobo voraz, não precisa temer, rapagão despudorado. Sugo com maestria, mastigo com doçura. Tiro da mesma dor o teu êxtase. E te farei bater asas, ó camuflada borboleta que carregas (sem saber) o infinito no traseiro.

São Paulo, 22 de agosto de 1980.

Já faz quase um mês que venho trabalhando com regularidade todas as manhãs, na confecção do romance. Tento escrever só para mim, senão vem um bloqueio dos diabos. Às vezes fico empolgado e começo a contar para os amigos trechos como "Rapazes cujas bundas flamejam". Outras, pelo contrário, acho que meus amigos não vão gostar do romance — e isso me deixa inseguro. Então, o que escrevo me parece extremamente pretensioso ou até banal. Mesmo assim, não creio que eu tivesse coragem de imitar Juan Rulfo quando rasgou os originais de seu último livro, por considerá-lo muito ruim. Meia hora depois que jogo fora um texto, vou fuçar desesperadamente no lixo, para reaver o que escrevi.

Sinto medo de não ter capacidade para inventar. Receio estar sendo apenas um artífice, talvez até nisso discutível. Ou naturalista, piegas. Folheio vezes sem conta o material que venho acumulando nos últimos anos, desde quando tive a primeira ideia de escrever o romance. Como fui mudando pelo meio do caminho, toda essa papelada me parece agora confusa, ainda que rica. Tenho desde recortes de jornal e uma grande quantidade de papeizinhos rabiscados dentro de ônibus até blocos maciços de anotações sobre minhas visitas aos manicômios (algumas tão antigas que mal me lembro delas) ou xeroxes de pesquisas realizadas por amigos, como a L. Então sinto-me sem rumo.

Também não engulo com facilidade a fato de estar produzindo num esquema de mecenato, apesar de ter sido essa a única saída possível para mim. A ideia de que meu irmão Cláudio esteja me "financiando" — fazendo dinheiro para sustentar minha criação — às vezes chega a me repugnar; temo ser injusto, temo a dependência (mesmo em se tratando de uma pessoa tão adorável quanto o Cláudio).

Sei que, para criar, é preciso superar não apenas a poluição da sobrevivência, mas também essa poluição internalizada que é o malfadado sentimento de culpa. Então fico desafiando os escolhos de minha cabeça, lutando contra os medos. Acho que a vida me parece sempre demasiado patética — mesmo quando busco o riso.

São Paulo, 18 de novembro de 1980.

Revendo por acaso o trailer de Embalos de sábado à noite, *descubro (talvez tardiamente) que o rebolado de John Travolta tornava seu rabo irresistível.*

PSICOGRÁFICAS (II)

Rapazes cujas bundas flamejam

Rapazes cujas bundas flamejam pelas ruas (e neblinas) de São Paulo, sedutoramente. Que emitem fosforescência (em riscos) no ar. Vaga-lumes ou mariposas que andam de espada estendida, buscando adversários ou bainha, pelas esquinas. Parados, inflados, marcando o tempo com os pés sudorentos. Rapazes que me arrastam na mão e contramão, cheirosos de todos os cheiros, sovacos salgados principalmente. Rapazes cujos cabelos eu tranço em trancinhas de ternura ou cujos peitos afago e pelos aliso, um a um, sob os postes maternais da Paulista. Rapazes de mãos ágeis que tocam e esfregam, habitantes da luz de mercúrio e das vias expressas, cavaleiros que ardem e palpitam roliços de desejo, atacando gulosos do céu e da terra e do alto dos edifícios até. Rapazes portadores de latinhas antiquadas que escondem mil posições (todas para untar), mas ao invés de irem ao forno, untam-se para entrar, que verdadeiras fornalhas não podem mais esperar. Varões adoradores de vaselina com merda e igualmente com sucos tropicais. Rapazes que ainda mamam, sou como a mãe suculenta: prefiro no colo os filhos sensuais, de nariz empinado em cio. Sintam meu cheiro no ar impregnado de apelos. A quem abro as pernas primeiro, a quem apresento o mistério? Rapazes de músculos tesos, tenho funda a caverna rosada cujas paredes, pressinto, tantos gostam de roçar. Rapazes de bolas em fogo, de pelos ardentes como serpentes que atacam, e se enroscam ao passar. Como posso trotar sem torcer minhas largas ancas de potranca madura, sem lubrificar com o líquido mais denso, sem erguer os cabelos e ostentar esta nuca obscena? Lábios carnudos sou, sabor goiaba ou carambola. E língua úmida, preparando venenos e chicote. Narinas infladas e inomináveis desejos soluçam subindo das pernas para o nada ou percorrendo o inverso, do nada para o meu centro, minha campainha de amores. Rapazes de São Paulo desembainhados e nus, matem e metam. Sufoquem e sufoquem-se em seios de cabra como estes. Recostem-se no colo e mordam meus lábios de fêmea que incha de plenitude. Anseio por teu leite macho. Quero ser mãe dos pais, ter filhos dos filhos, deixar que dentre as coxas escorreguem rebentos de todos os quadrantes. E por entre urros sentir-me cada vez mais amante, de muitos mais. Parir provas de amor, flores. Florido campo, florado corpo, floridas coxas que provaram. Mas como eu ia dizendo, rapazes de bundas flamejantes, levantar-me e ser de repente o incerto. Ter a ambivalência do desejo no sangue, caminhar também eu com a lança do veneno impiedosamente empunhada. E cheirar no ar perfumes recônditos de cavernas de machos, sedentos de que exploradores os explorem em silêncio e lhes desvendem a escuridão. Como os rapazes continuam a esperar insaciados, nas esquinas, a vaselina que foi mão será agora contramão. Eles agarram-se uns aos outros e se deixam conduzir muito mansos para debaixo dos cobertores mais próximos, onde não haja ruídos nem telescópios. E aí se deleitam por entre ais de metamorfose, ejaculando paixões ocultas que sobem das profundezas do coração. Em cada esquina da cidade, os rapazes de São Paulo aguardam ora o leite materno, ora o esperma do pai. Mergulho nesse reino da ambiguidade. Para que lado penderá hoje o meu desejo, ó cidadãos:

Feminina

Quero ser mulher irresistível que enlouquece os afoitos e des encaminha os ingênuos. Quero ser mulher dengosa desejada sem ex ceção. Pelas ruas ter esse jeito altivo no trotar e ser p ródiga em olhares que prometem uis e ais. Dos admiradores quero frases bem inequívocas cantadas definitivas "isso sim é que é mu lher ai minha perdição." Ao sentar na banqueta dos bares quero leva ntar com jeitinho o vestido para ser elegante mulher de pequenos gestos levíssimas sugestões. Diante do espelho quero poder empoar o rosto tin gir de rubros os lábios exigir exóticos penteados e dependurar de tu do nos pequenos lóbulos. Quero olhos a cada dia de um tom. Mas quero e specialmente ter um corpo que só Deus faz trejeitos de Marilyn Monroe e piscadelas no olhar. Quero poder enterrar os dentes numa maçã vermel ha dentro de um estádio lotado sem me intimidar. Quero ter seios far tos para afagar com volúpia estudada. E poder apalpar a saliência do s mamilos de onde se expelirá o melhor mel. Quero alisar o lado inte rno das coxas derreter-me em bicos e bocas botar fogo no mundo e dep ois aplacar. Quero ser fêmea universal cujo prazer entra e sai por t odos os terminais. E ter amantes na loja no escritório no lar só pra poder desdenhosamente comunicar certa manhã "quero a cadela da viz inha que hoje enjoei." Quero enfim ser mulher pra poder me recusar. E abraçar a caricatura de um manjado sonho varonil: eu no mais secre to que sou a destampar fantasias deste meu lado arquissensual. Ar canjo azul santa e mulher. Uma verdadeira delícia tropical.

Entranhas de mãe

Na verdade, sem que eu suspeitasse — e quão verdadeiramente insensato é supor que, nos meus pensamentos ainda adolescentes, eu me anteciparia —, sem que antes fosse possível recolher algumas tenras flores de cada estação para florir os recantos mais doces do lar, inclusive o teto branco que as moscas elegeram como privada, sem que sequer pudesse preparar o enxovalzinho dela, encomendando à costureira vestidos muito pequenos que eu mesmo bordaria com iniciais góticas, e pudesse escolher a dedo cada peça do meu novo vestuário (esse que marca o início da etapa de genitora) composto de delicados modelos em cetim branco ou, para os meses mais frios, flanela rosada e marrom esmaecido, sem que eu tivesse tempo de preparar meu corpo para a tresloucada mudança (eu agora ninho, meu próprio ninho tanto mais verdadeiro quanto mais recôndito), sem que eu pudesse guardar para sempre uma a uma as minhas bonecas e tivesse tempo de pedir ao noivo que não as pulverizasse com sua fúria de primavera encaracolada e rubra, sem que eu chegasse a calar as canções de roda que ainda me comoviam e me pusesse a ensaiar canções para agora embalar (comoventes refrões de mãe), sem que me ficasse revelada a natureza dos anjos que, frutificando no seio dos bem-aventurados, são um dia soltos no solo do mundo onde criarão raízes durante sua passagem por estas esferas, sem na verdade suspeitar de absolutamente nada, engravidei. Em outras palavras, sou agora puta e madona.

Me acho bem formoso, na cadeira de balanço onde repouso, com a grande barriga roliça latejando desse puro mistério que brota, de forma muito concreta, dentro de mim. Minha filha (porque terei cinco filhas) prepara-se, por meu intermédio, para esse grande salto: tomar o mundo de assalto, escancarar minhas portas para a imensidão que pertencerá a ela. Minha vida se transformou, Melinha. Meu corpo chega a transfigurar a realidade. Tenho olhos que olham mais, agora. Num mesmo espaço, vejo uma quantidade maior de coisas. O veludo torna-se mais macio e penetrante, várias vezes mais veludo. Estou aguçado: atinjo com maior precisão o âmago do colorido. Mais do que uma simples justaposição de duas cores, vejo esses contrastes como contraposição de espaços diferentes. E como espelhos que criam diferentes imagens de mim. Sofro o vermelho, Melinha. Sinto-o em demasia. De tão íntegro, o vermelho parece indigesto. E que dizer do azul? É sempre mar adorado, nunca céu. O azul é sempre um mar de azul que me tira o fôlego. Afogo no azul, Melinha. Mas gosto.

Por isso, aqui sentadinho e tépido, pergunto: que explosiva semente Pepo depositou em minhas entranhas? Ai, Melinha, desde que Pepo meteu o seu mistério em mim, perco o fôlego e me sinto uma bomba, de tanto arfar. Por artes de Pepo, fiquei sem ar. Sou obrigado a pequenos movimentos, agora. Também pudera, engordei dez quilos, estou inchado de tanta água e leite acumulados. Me sinto enorme, Melinha, com dois metros de altura e dois de diâmetro. Sinto as coisas todas mais longe de mim, então preciso reorganizar o espaço ao meu redor. Quando vou comer, por exemplo, tenho que usar meus braços como pontes para chegar ao mundo. Ando e piso feito um elefante. A cada passo, penso: dei mais um passo. O tempo todo tenho a impressão de estar usando mais espaço para cima, para a frente, para os lados. Às vezes, quando converso, começo a notar que atualmente gesticulo mais. Sabe, como se remasse nos ares, um moinho de vento. É bem isso, Melinha. Apesar do peso reprodutor, sinto que sou uma florzinha flanando. Não é gozado? Um elefante que voa, um pombo-elefante, nem mais nem menos. Mas também um paquiderme sensual, sabe? Porque o peso do meu andar não esconde uma certa majestade venérea em meus movimentos. *Frisson* assim de atriz de ópera quando vai entrar em cena para cantar a ária principal. Ária do amor impossível. Simplesmente quero o tempo todo trepar, ó mulher! Por essas e outras digo que Pepo fez alguma coisa comigo. Acho que me encheu de nova vida. Agora, sinto de verdade que sou pleno de sangue e um imenso hemoducto, por onde o líquido vai e volta, passeando. Fecho os olhos e intuo as bombadas: de cada vez, ele escoa como corredeira, quase espumante. Sinto que sou suculento, pegajoso de vermelho, depósito de vida quente e densa. Eu e minhas filhas fazemos uma mesma carne sanguinolenta. Tudo porque o meu Carlito, com aqueles olhos azuis a que ninguém resiste, endoideceu os meus desejos. Ai, minha carne é agora tão fraca, Melinha! Por culpa desse amor muito louco, quero prazeres sofisticados, sem-vergonhices genuínas, malabarismos afrodisíacos que nem nos áureos tempos imaginava. (Sabe o que é, por exemplo, sentir apetite pelas sujeiras do amado? O sebinho do pinto e todos os sebos!) Acho que eu não hesitaria em gozar sem interrupção. Tenho o corpo inteiro sensível, sedento de toques. Quanto mais bolinação, ui!, melhor. Esta coisa entre minhas pernas teima e se reivindica centro: incha, palpita por qualquer coisinha. Vive lambuzada. Está generosamente disponível, à espera. É muito mais receptiva. Mais macia e rosada, também. Sinto que ela está sempre fogosa, pegando fogo mesmo. Melinha, minha coisinha anda louca por beijos. Lábios contra lábios. E meus peitos, então, entumesceram e ficaram mais sensíveis: o leite será afrodisíaco? Como eu dizia, tudo culpa de Pepo. Desde que me visitou pela primeira vez, ele me faz arder, me deixa variado de tanta febre. Meu amado passou por mim e largou esta sua marca. Aqui dentro, ele cresce sem parar. E te digo que meu nenê adora um tal fogo multiplicado. Eu gosto que ele goste. Gosto tanto que às vezes nem sei distinguir quem é o rebento, quem é o amado. Não se escandalize, sua boba. É que ando impossível mesmo.

Esta gestação, que é também incesto, me tornou vaidoso. Quero roupas, bonitas e elegantes. Desejo sapatos altíssimos, para manter uma postura graciosa, de *miss*, e brincos muito longos, exagerados. Acho que vou até cortar os cabelos *à la garçonne*, pra ficar com uma cara de Tarsila do

Amaral, personalíssima e toda musa do modernismo. Tenho tido verdadeira paixão por camisas de seda. Me dá grande prazer sentir o tecido suave e voluptuoso passando na minha pele, nas mamas deliciadas com o roçar. Quero a sensação de estar nuzinho por dentro das roupas largas, muito nu e indescritivelmente apetitoso, para excitar os homens com minha barriga e estas tetas que balançam feito pacotes de leite. Nas ruas, gosto que me observem assim redondo, sem roupa mesmo com roupas. Ai, como gosto de estar nu, ficar diante do espelho examinando as pequenas mudanças de cada dia. Aliás, quando vou tomar banho, o tempo para. Adoro longos banhos, a impetuosidade da água morna em minha pele. Fico excitado, luxurioso, Melinha. Tanto que outro dia fui à farmácia (que grande aventura um elefante atravessar a rua) só pra comprar uma dúzia dos sabonetes mais perfumados. Daqueles caríssimos, não importa. Deve ser por motivo parecido que insisti para que fôssemos a Santos. Passei o tempo todo dentro da água. Queria estar submerso! Que posso fazer se sinto tanta afinidade com a água?

Como eu dizia, Pepo fez coisas estranhas em mim. Veja você que comecei a ter interesse por enterros. Fascínio, Melinha! Telefono para as pessoas só pra saber se estão informadas de algum enterro e não perco um. Em minha vida toda nunca participei de tantos enterros como nestes meses. Gosto especialmente daquela parte dentro do cemitério. E fico muito sério acompanhando todos os detalhes: a terra escavada, a água benta, as flores já murchando, e o caixão descendo, descendo. Sinto calafrios de delícia ao ver os mortos sendo enterrados. E quando a sepultura se fecha, aperto a barriga e é como um abraço. Dentro das minhas entranhas, sou dono da vida, mando na morte. Sou a mãe, você me entende? Sou a Criadora. Cinco vezes, mas poderia ser mais, quantas eu quiser. Fabrico a população deste planeta, Melinha, sou poderosa como uma feiticeira poderosíssima. E o mais engraçado é que não deixo de ser eu. Com esta barriga roliça, sinto que estou me expandindo para além de mim mesmo, sendo mais eu. Cresço com esse embrião, sou parte dele, me sinto duas vezes eu. Passo para a dimensão da magia, porque vivo duas vidas a um só tempo. Cada um dos meus gestos são dois, neste período de multiplicação em que vivo quarenta e oito horas todos os dias: mijo, como e amo e vou ao cinema sempre a dois. Já não há mais solidão, Melinha. Sou um sendo dois. Sou o Duplo. E sou todas as possibilidades, já que decreto o início da vida, nasço a vida, empresto todas as ferramentas do meu existir para uma nova existência. Eu forninho, eu fábrica de todos, eu que amamento a espécie nos meus seios. Por causa desta filha, tenho a sensação de ser imortal, Melinha.

Mas nenhuma felicidade dura mais do que o instante apenas necessário para dar-nos a medida de seu gosto fátuo; quer dizer, para fazer a gente sofrer. Quando me lembro de que se trata de uns minguados nove meses, um arrepio me percorre as paredes de dentro, Melinha. Me dói essa transitoriedade da vida. Ou antes: saber que sou apenas o leito de um rio cujas águas, impossíveis de serem barradas, passarão por mim sem nunca me banhar outra vez. Quererei estas filhas fora do meu ventre? Não, absolutamente não. Preferiria que ficassem guardadas neste cofre ou coração, para onde converge todo meu desejo e amor. Não quero voltar a ser só. Quero ser cinco, milhares de vezes mais eu.

Sou definitivamente fecundo.

Então, Melinha.

São Paulo, outubro de 1977. (cont.)

Querido Darcy,

Até agora, meus planos para o romance são os seguintes: haverá uma primeira parte em que apresentarei propriamente a busca da tia. Aí vou inserir meu diário de escritor (eu, meu próprio personagem), num movimento parecido a uma viagem pelas entranhas do romance. Pretendo incluir situações e problemas relacionados com a própria elaboração da obra — por exemplo, conversas do autor com seus amigos a respeito do livro. Portanto, esta carta poderá tranquilamente ser integrada ao projeto. Além de constituir uma espécie de romance do romance, a primeira parte deverá mostrar também a descoberta que o Autor-personagem faz de sua própria forma de enlouquecer, ao se apaixonar por um rapaz. A segunda parte será um pouco o reverso da medalha: trata-se do romance em terceira pessoa, a parte "objetiva" que o Autor-personagem poderia ter escrito. Aí se contará a vida de Melinha, desde pequena. Pretendo falar de sua infância e juventude, seus gestos tortos e sua rebeldia — assim como das fobias de sua família patriarcal. O capítulo terminará exatamente quando ela é mandada para o hospício, de modo a fornecer escassos detalhes de sua loucura.

Bom, esse projeto é também o meu desespero, pois eu gostaria de ter o livro pronto até o final do corrente ano, para ser publicado ainda em 1978, a fim de dar continuidade a este duro início de carreira literária. Mas me encontro sem emprego, casa nem dinheiro. Então gostaria de lhe falar de algo parecido com uma bolsa de estudo, instituição que, apesar de ser um pouco humilhante, já existe para o cientista e, de certo modo, para o artista plástico. Mas é muito rara para o escritor e o poeta, mesmo porque até certo ponto pareceria um contrassenso. Foi nesse sentido que Leyland me sugeriu falar com você: para lhe propor o financiamento da elaboração desse meu romance, num prazo de 4 a 6 meses, não envolvendo naturalmente a edição. Depois de lançado o livro, meus direitos autorais seguiriam diretamente para você, como pagamento. Talvez você fique assustado com esta proposta tão brusca — e tem razão. Se quiser conversar a respeito, eu o farei alegremente. Mas gostaria honestamente que minha atitude não lhe criasse nenhum mal-estar. Aliás, se houver motivo para desculpas, eu me apresso em pedi-las. Fica um grande abraço, com o carinho e a fraternidade do

João Silvério Trevisan

TEMPESTADE E ÍMPETO

Manoel Antônio, um rapazinho de grandes esperanças, passeia de mãos dadas com o miúdo Isidore ("figura loura e mimosa como a de uma donzela") numa praia de São Vicente onde, muitos anos depois, Oswald de Andrade sofreria suas dores de pai. Enquanto o mar se encapela com sisudez naquele agosto de ventos medonhos, Isidore ri por causa de uma palavra recém-aprendida em português. Português ou quimbundo? Manoel explica:

— Quimbunda ou simplesmente bunda é o nome dado à mulher da nação bantu, que em geral tem largos traseiros. Daí, o qualificativo tribal se substantivou e passou da pessoa para uma parte dela. A verdade é que nós brasileiros sempre nos sentimos atraídos por essa região da anatomia humana. Tem algo a ver com nossa generosidade, ou paixão pela grandiloquência. Talvez porque nossa sensualidade efetivamente passe pela grandiloquência.

Isidore perde o fôlego na gargalhada, porque a palavra "bunda" é, segundo ele, onomatopaica e perfeitamente escultural. Manoel Antônio ri tão somente do riso de Isidore que, apontando uma mulher ali perto, enche a boca de vento e explode em seu acento gálico:

— Boundá.

— Bunda, é apenas bunda, corrige complacentemente (o quase constrangido) Manoel Antônio, de antemão disposto a perdoar todas essas inconveniências porque ama secretamente o pequenino Isidore. Enquanto ajeita os punhos rendados de seu camisão, o adolescente acompanha cada pequeno movimento do menino, com olhos que oscilam entre a voracidade e a ternura. Isidore não se cansa de apontar as bundas que passam pelas ruas, grudadas na parte posterior de seus donos, ora secas e graves, ora opulentas e manhosas. Manoel Antônio apenas cora (de amor, de timidez). Cheio de excitação, o mimoso Isidore dispara pela praia, gritando ininterruptamente sua palavra mágica em quimbundo ou português:

— Boundá.

*

Pelas ruas escuras da depravada São Paulo de quinze mil habitantes, Manoel Antônio e Isidore caminham de mãos dadas, quase apressados, debaixo da garoazinha. Já se faz tarde, nessa que ficará conhecida como "A noite do século". Manoel Antônio usa uma longa capa espanhola que se arrasta na lama, e carrega um lampião aceso. Isidore veste um delicado traje de noiva, mas por ser tão pequenino mais parece uma menina comungante, de véu e grinalda.

Que intenções carregariam ambos, nessas esdrúxulas fantasias? Que pensamentos desregrados se ocultariam em suas mentes angelicais?

Ao chegar diante dos portões do Cemitério da Consolação, os dois ingressam furtivamente em seu interior e aí se juntam a um bando de adolescentes que, também envoltos em negras capas, aguardam a meia-noite, pálidos ao clarão de suas lâmpadas bruxuleantes. Estão todos sentados em silêncio, ao lado de uma enorme capela funerária encimada por um obsceno anjo de mármore claro cujos olhos refulgem perfidamente, mais do que vivos. Quando se iniciam as doze badaladas, de uma curva do cemitério surgem jovens noivas de branco alvíssimo, em passos lentos e suprema dignidade. O formoso Isidore junta-se a elas, justamente quando vão ingressando na capela, seguidas pelos rapazinhos de negro.

O cemitério parece agora deserto. Apenas uma que outra coruja pia. No interior da capela, no entanto, a procissão desce uma escada e desemboca num salão em cujo centro se vê a entrada para uma cripta. Um dos rapazinhos despe a capa e deixa à mostra o corpo inteiramente nu, alvíssimo e quase imberbe, exceto pelo nascente tufo de pelos acima do sexo. Há uma saudação uníssona:

— Salve, Lord Byron, Príncipe dos Poetas e Grão-Mestre dos Carbonários.

Lord Byron desce à cripta, com muita determinação, e regressa pouco depois com os braços cheios de garrafas, caixas de hóstia e pacotinhos de baseado. Enquanto isso, os adolescentes o imitam na nudez e vão largando suas capas pelo chão. Podem-se reconhecer os belos corpos nus de Johann, Arnold-o-louro, Baudelaire, Solfieri muito pálido, Archibald, Gennaro, Claudius Hermann, Sousândrade e o ruivo Bertram, além de alguns poetas ainda desconhecidos, por graça de sua marginalidade extrema. Servem-se todos de champanhe ou conhaque, bebidos no bojo dos crânios que existem às dezenas pelo chão. Comem as hóstias com voracidade. Acendem os cigarros e os espetam em ossos de fêmur de bebê, tornados pálidas piteiras. O adolescente Byron, em cujo rosto já se notam prenúncios de bigode, apanha um punhal, levanta sua caveira e brinda com voz surpreendentemente madura:

— Ó preciosa filha da escuridão, mãe de todos os segredos, temos fé no veneno. A embriaguez, que nos presenteia com a máscara, torna-se aqui nosso método, ó Morte, se tudo começou no riso das crianças, nele tudo terminará. Bebamos à perenidade, onipotência e poesia dos túmulos, porque é necessário ser absolutamente modernos. Um brinde a este século, tão propício aos assassinos!

— Ao século dos assassinos, ó Mestre! À doce Morte!

Após o brinde, os rapazinhos beijam-se mutuamente os rabos, como se já conhecessem a cerimônia de cor. Quando sentem o chão sativamente ondular, retiram-se aos bandos da capela, prontos para o início da grande orgia. Berrando feito loucos, correm e saltam por cima dos túmulos, perseguidos pelas noivas que vão se despindo como podem. De dentro dos vestidos saltam então Rimbaud com seios de silicone, William Blake maquiadíssimo, Heinrich von Kleist ostentando uma bunda escultural, Don Juan finalmente assumido, o requintado travesti Giorgia (atual amante de Arnold-o-louro e antigo caso do Abade dos Beneditinos), sem falar no dulcíssimo Isidore, que, apesar da pouca idade, já ostenta pequeninos entumescimentos artificiais no lugar dos seios.

As diabólicas crianças acoplam-se indiscriminadamente, aos pares ou em grupos. E rolam por cima dos túmulos, fazendo amor ou preferindo simplesmente foder enquanto a paulistana garoa os molha. Manoel Antônio Álvares de Azevedo agarra com suspeitosa sofreguidão a mão de Isidore (também conhecido como Conde de Lautréamont) e arrasta-o para uma lindíssima tumba de mármore negro. Antes de atacar o pequeno, Manoel Antônio deita um olhar sórdido àquele corpinho delicado e umedece os lábios de lascívia. Logo depois, rolam ambos por cima das datas antigas cinzeladas na lápide e aquecem-na com a paixão mais desvairada. Manoel chupa o cuzinho virgem de Isidore que ri sem parar, gritando maniacamente "boundá, boundá". E é assim rindo que seu líquido esguicha para o alto. Ou antes: Manoel Antônio arranca os restos virginais que porventura ainda cobrem o corpinho do cobiçado Conde e atira-se sobre ele. No escuro, busca o buraco. Surpreende-se ao sentir em sua língua a fina flor das hemorroidas (indiscutivelmente precoces) de seu muito mais devasso do que cândido Isidore. Isidore se arreganha, peida e engole, numa sucção de fome ancestral, o pinguelo brasileiro. Ambos riem, enquanto gozam. Manoel Antônio maravilha-se porque o jorro do Condezinho chega a dois metros de altura. E pensa fazer um poema ao túmulo-chafariz. Ou antes: "Venha cá, meu leãozinho gaulês", murmura Manoel Antônio, que apanha Isidore no colo e o vai empalando com seu lampião. Lautréamont geme e morde o nariz do parceiro, até tirar sangue. Amaldiçoa a poesia, em francês e espanhol, enquanto é sacudido pelo vaivém libidinoso de Manoel Antônio, o inocente violador de menores.

A garoazinha paulistana engrossa e vai rapidamente se transformando em tempestade tropical. Por entre os raios e trovoadas, a grua movimenta-se para o alto, descortinando o panorama bestial de uma orgia adolescente encenada sobre os restos sagrados dos mortos, em toda a extensão desse lamacento sepulcrário da Consolação. A tempestade renova-lhes o ímpeto. Emitindo guinchos nada humanos, alguns casais perseguem-se como loucos, deixando encharcados os trapos das noivas andróginas e cobrindo de lama seus recentes pelos. Há grupos que ainda trepam por cima dos túmulos, obscenamente ostentando rasgos, sangue e leite. Seus urros não são inocentes nem é imaturo o seu esperma que, vertendo-se abundantemente nas valetas, vai engrossar a enxurrada que rola pegajosamente para fora do campo-santo e desce pela rua da Consolação, inflando as narinas de morcegos e corujas. Confundindo-se com o fragor dos raios, há poemas escabrosos que as surpreendentemente vigorosas vozes adolescentes emitem, de todos os pontos. Daqui:

— Ah, se em vez de inferno o universo fosse um imenso ânus celeste: sim, teria enfiado minha vara através do seu esfíncter sangrento, desmoronando, com meus movimentos impetuosos, as próprias paredes de sua bacia!

Dacolá:

— Não me servirei das armas construídas de madeira e ferro. A sonoridade seráfica da harpa tornar-se-á, sob meus dedos, um talismã terrível.

Dali:

— Sou filho de homem e de mulher, pelo que me disseram. Isso me espanta... Acreditava ser muito mais! Se dependesse da minha vontade, teria preferido ser filho da fêmea do tubarão, cuja fome é amiga das tempestades, e do tigre, de reconhecida crueldade.

E dali:

— Quem arde por compartilhar meu leito, que venha. Mas imponho uma condição à minha hospitalidade: é necessário não ter mais de quinze anos.

E, lá do último túmulo, em coral que arfa:

— Ah, amo o romantismo... Ui, amo os rapazinhos.

No cimo da capela-mor, o anjo de olhos ardentes e corpo obsceno sorri gozosamente. Peixes devassos saltitam nas poças e beliscam o farto esperma que boia sobre as águas. Há uma horrenda cascavel que, antes de fugir para sua toca, empina-se no ar e cospe seu veneno branco sobre uma imagem de morto. Uma estátua de anjinho nu ejacula sangue no sepulcrário tropical. Sinais de morte sob a chuva, sinais de maldição.

Mas também indícios de grandiosa paixão. Numa cova recém-aberta, o ainda anônimo Burroughs (príncipe dos pervertidos) está sendo enterrado por amor incurável a esses adolescentes que o cercam com o olhar suspenso de quem aguarda o derradeiro e maior espetáculo. Ao dar o suspiro final, Bill Burroughs não os decepciona: no momento final da agonia, seu pinto, que ostenta algumas letras caprichosamente tatuadas, cresce espantosamente e, ao enrijecer, revela trechos ocultos daquilo que vem a ser uma frase inteirinha, e mensagem final. Em cores variadas, o enorme pinto de Burroughs sentencia: *Pauliceia maluca, pirei contigo*. Só então seu dono ejacula a última cusparada de vida. E morre. Há ós de maravilha, após os quais os meninos caem merecidamente sobre o cadáver, uivando como lobos da estepe. Manoel Antônio vai tirando-lhe pedaços do peito. Isidore abocanha-lhe o sexo ainda quente e mastiga a epígrafe genital, enquanto crava as unhas nos testículos palpitantes do glorioso Bill. O arredondado Kleist atira-se sobre seus olhos e os suga num átimo de segundo, como se esvaziasse dois ovos. Baudelaire puxa suas tripas feito serpentinas e disputa-as com Blake, por entre esgares demoníacos. Na beira da cova, Rimbaud espeta a veia maior de Sousândrade com uma bomba de ar para bicicletas. Muito loucos ambos, atracam-se com apetite e mordem-se os lábios num longo beijo, ao mesmo tempo que espicham os olhos para o espetáculo do artista devorado. De suas bocas o sangue escorre em densos fios, nos cantos direito e esquerdo. Eles sugam-se com gemidos de delírio.

Não longe dali, ainda salpicado de anônima merda nos bigodes, Claudius Hermann chora sobre um túmulo (por acaso, o de Borba Gato). Solfieri, Bertram, Archibald e Johann tentam consolá-lo.

— Ah, grita Claudius, preciso de uma presença, preciso. Ou talvez um furico. A picada de um pico é como a pica do amigo: arde só no início.

— Bravo, bravo, grita Bertram muito doido. É pura poesia.

— Ah, Claudius, exclama Johann, termina tua desbundada história, essa mesma que lembra uma folha de outono varrida pelo vento.

— Poesia, repete Bertram, isso é pura poesia.

Ao que o enfezado Archibald, que até ali não conseguira gozar, retruca:

— Poesia, sabeis o que é a poesia? Uma escada de sons e harmonias que às almas loucas parecem ideias e lhes despertam apenas ilusões...

— A poesia hoje é moeda de cobre. Não há mendigo nem caixeiro de taverna que não tenha esse vintém azinhavrado, completou Johann.

— Ora, basta, murmura Solfieri chupando lascivamente os dentes, na busca de um atrasado gozo de bronha. Conta logo essa trepada, ô bichona.

Claudius Hermann, entusiasmado, levanta a voz:

— E então, sob os supostos trajes de Eleonora, fui descobrindo braços viris, um peito com cabelos e, no meio das pernas, uma inesperada teta marchitada, dessas que inflam com a aproximação do leite. Maravilhem-se, ó mortais: por um admirável engano do destino, eu raptara o secretamente desejado Duque Maffio, em lugar da bela mas convencional Eleonora.

— Ó, exclamam todos, arredondando os beiços em coro.

— Por toda a madrugada, continua Claudius, aguardei que o belo mancebo despertasse. Ao velar seu sono, fui me apaixonando como uma louca que perde o pé na realidade e voa. Quando se lhe abriram os olhos, de manhã, perguntei: Ó doce amado, aceitarias partir incontinente para o continente latino-americano comigo? Eu te amaria por toda a eternidade e te faria Rei! Se disseres não, juro-te que este quarto será pequeno para conter todo o sangue derramado. Sim ou não? Ao que o doce Maffio, olhando-me com lágrimas comovidas nos olhos, exclamou louco de paixão: Irei prontamente contigo! E desmaiou de emoção.

Dito isso, Claudius baixou a cabeça, sem dizer mais palavra. Talvez tivesse ele próprio desmaiado. Bertram soltou uma gargalhada de escárnio. Solfieri interrompeu-o com um pisão no pé, se oferecendo:

— Eu mesmo contarei o final dessa história de viados. Pouco antes de partir em lua de mel pela América Latina, Claudius saiu para providenciar transporte. Horas depois, quando regressou à sua alcova de felicidade, o que encontrou? Um espetáculo de horror indescritível. No leito empapado em sangue, o Duque Maffio jazia inerte, com um corte fundo e ainda rubro no pescoço. A seus pés, igualmente ensanguentado, o frio cadáver de quem senão a bela Eleonora, com um punhal nas mãos? Diante da cena, Claudius soltou um grito de desespero e veio a desmaiar só agora, lívido como se a mesma morte o tivesse possuído!

O grupo, chocado ante tal desenlace, tornou-se momentaneamente estátua. Foi então que um vulto saiu das sombras e chegou-se até eles devagar, pisando com sonoridade ritmada sobre a lápide do Borba Gato. Todos voltaram a cabeça em uníssono e gritaram gélidos:

— O Duque Maffio!

Claudius despertou, ao som do nome adorado, e fixou os olhos na figura recém-chegada dalém-túmulo.

— Esse não é o meu Maffio, murmurou desencantado, antes de desmaiar outra vez.

Ao que o visitante, numa voz de tom glacial e eterno, trovejou intempestivamente:

— Por onde andará Melinha? Quem roubou essa mulher? Que desgraçado atirou-a nos infernos da loucura? Em nome de Satã, dizei-me, ó bastardos, onde andará Melinha Marchiotti?

Um calafrio de horror percorreu-lhes os intestinos: nunca tinham ouvido falar em Melinha Marchiotti.

— Quem pode ser esse moço?, sussurrou Johann.

— Talvez um santo, talvez um louco, arriscou Bertram.

— Louco? Feliz, talvez. Quem sabe se a ventura não está na insânia?, sussurrou Solfieri.

307

E Archibald, vencendo o medo, ousou:

— Quem és tu, ó fantasma aureolado por negros caracóis?

— Meu nome é Pepo, respondeu prontamente o visitante inesperado.

— De onde vens tão sombrio?

— Venho da morte. Uma overdose de amor me matou. Mas não reclamo, respondeu o fantasma sem se comover.

Então, no clarão fugidio de um derradeiro relâmpago, os mancebos captaram, pela primeira vez, um azul profundo e hipnótico nos olhos do jovem morto.

— Ah, eis o azul dos grandes amores, exclamou Bertram, numa entonação de fim de ato.

E o fantasma desvaneceu-se.

Notem que, na mórbida São Paulo, a tempestade passou. Já agora, a madrugada desponta alvissareira, nos trinados insistentes de um pássaro solitário. Os meninos, mal despertos do desvario, buscam às tontas suas capas e, por entre gemidos de dor, começam a dispersar-se antes que a luz do sol revele seus rostos marcados pela ultrajante orgia tumular. Os corpos se cobrem outra vez, escondendo arranhões, salpicos de esperma e rubros sinais de penetração. Ainda mal digerindo o peito de Burroughs, Manoel Antônio arrota em direção a Isidore, que adormeceu a seu lado, e pragueja mal-humorado.

— É melhor fugir deste cemitério e continuar meu caminho.

Com grande pressa, parte envolto em sua longa capa espanhola, a murmurar um novo poema, pelas ruas da sombria São Paulo:

— Prosaica vida, eu te maldigo e escarro em teus festins brilhantes, mentirosos!

Em poucos minutos, os satânicos fantasmas abandonam a tenebrosa São Paulo, onde é raro um dia sem enterro. Agora, até os pássaros já lá descantam seu hino de saudação ao dia que emerge das trevas. Mas ó ledo engano! No coração mesmo da necrópole paulistana resta uma cena teimosa, dessas que parecem ter estacionado no tempo, quase fora de lugar. Um homem balança na ponta de uma corda amarrada aos braços do cruzeiro. O pequeno Lord Byron, barrento, ainda chapado e mal escondendo sua nudez, chega-se ao cadáver, abre-lhe a braguilha e, vampiro desgarrado, suga longamente a parca solidez que aí encontra. De repente, como se algum resto daquela vida (ou seriam vibrações da morte?) se transferisse

308

a ele, seu corpo adolescente estremece e seus olhos se reviram para os lados. Há um prolongado estrebuchar, em que seus dedos afundam como raízes nas pernas do morto, e seus lábios se contorcem sem desgrudar dessa espécie de teta varonil. Tão intensa é a explosão de amor necrofílico que o pequeno Lord parece sofrer um ataque epilético, em homenagem a Dostoiévski. Mas não, trata-se apenas de um retardatário orgasmo que explode, definitivamente, junto com a alvorada. Saindo da leitosidade, o céu se torna rubro, sem que o Príncipe dos Poetas se preocupe em abandonar a insípida São Paulo.

Neste ponto, é lícito perguntar quem seria, afinal, o morto que se tornara objeto de tão romântica (outros diriam: pós-romântica) paixão. Por sua adiantada calvície, tanto poderia ser Genet quanto Ginsberg ou até o místico Charles de Foucauld. Nunca se saberá.

Em qualquer dos casos, obedecendo às implacáveis leis da natureza, o sol se pôs alto. E foi tremendo o escândalo na tediosa São Paulo quando o coveiro deu de cara com o seguinte quadro: uma vez desnudado o cadáver, o pequeno Lord lavava-o agora com sua própria língua. Sim, cena mais do que chocante para aqueles tempos e paragens! Porque Genet (ou Ginsberg ou Charles de Foucauld) tinha mijado e cagado generosamente, no exato momento de morrer. Por toda a narcótica São Paulo, correu então o maléfico boato de que, além de necrófilo, o inocente Lord Byron também era um sórdido cropófago ou adepto dos *scat* e *water games*.

Quanto a Manoel Antônio, mostrou uma surpresa demasiado natural ao ser informado de tais aberrações. Suspirou, conformado, e continuou escrevendo mais uma cartinha amorosa à mãe carioca. Começava assim: "Minha boa mãi…" e dissimulava muito bem seus eletrizantes desejos de incesto.

Dessa que ficou conhecida como "A noite do século" só sobrou no Cemitério da Consolação o anjo de olhos brilhantes, em mármore que a luz do dia ainda torna rosa. Naturalmente, a estátua continua até hoje obscena. Ou quase. Brotam incessantes florzinhas encarnadas, durante todos os meses, do ânus. E o pau sempre ereto… Ah, o pau… Algum poeta guloso engoliu seu mui róseo pau.

THE SMART ART OF BEING
SUCCESSFUL
(OU O PORCO AGÔNICO)

Começo isto que certamente será o final convidando toda a imprensa para uma entrevista coletiva. Quero que todos os jornais comuniquem: meu mais novo romance vai despencar.

Ouço objeções cruéis:

— Quem é você pra dar entrevista coletiva? Nem as mais altas personalidades das letras brasileiras...

Faço-me inflexível:

— Se for preciso, fabrique-se mais uma fama. Afinal, serão apenas alguns profissionais entrevistando outro.

Vou mais longe, na minha determinação:

— Aliás, seus medíocres bostinhas, o governo deveria escalonar um dia pra cada cidadão dar sua entrevista coletiva. Revezadamente. Pois só haverá uma perfeita democracia ao se democratizar o sucesso, a genialidade e o estrelismo. E por falar nisso, viva a democracia!

Todos pasmam com meu tino político. Engolem-se moscas. Mas o silêncio é cristalinamente aprovador.

Vencidas as objeções, eu me apresento. Começo dizendo bem claro meu nome: agora me ouçam. Quero máquinas fotográficas, muitas máquinas. E *flashes* espoucando feito estrelas que, ao contemplarem meus olhos, se estilhaçam em mil e duzentos pedaços de luz. Gostaram?

*

Como iria vestido um escritor bem-sucedido, polêmico, original? Deveria, certamente, brilhar na totalidade de seu gênio: brilhar como ser, já que cada momento de sua vida é manifestação de um talento único. Ou antes, que tudo se fetichize, portanto.

Ao som do tema de Lawrence da Arábia, entro na sala a perseguir garbosamente as bordas do meu manto principesco e pederástico que esvoaça em múltiplos tons de azul. Teria eu signos demoníacos na testa, ou restos de casco em lugar dos saltos gastos? O certo é que eu seria, nesse momento, o centro da humanidade, a qual estaria cumprindo ainda uma vez, e agora através de mim, seu mais recôndito sonho de redimir-se pela poesia e superar o utilitarismo da cultura pela gratuidade da beleza: o artista pobre e atormentado tem enfim reconhecido seu gênio, e é resgatado dos mosquitos tropicais para o cosmopolitismo nova-iorquino, graças a uma bolsa Fulbright. Esse, o orgulho legítimo da inteira raça humana redimida em mim, ao me elevar à mesma estirpe de Homero, Eurípedes, Virgílio, Dante, Cervantes e Olavo Bilac. É a glória.

*

Entre as muitas possibilidades, eu deveria simplesmente brilhar como mais gostasse. Sem respeito às etiquetas. Por exemplo, iria todo de linho cento e vinte e lindo, com um chapéu de plumas alvíssimas. Fora da moda. Ou não. Ou como minha atriz predileta, saído diretamente de um filme de Werner Schroeter. No pescoço ostentaria um enorme crisoberilo cor de azeitona, desses que se tornam vermelhos sob a luz, tão vermelhos quanto meus lábios invejados até por Liz Taylor. Nesse caso, compareceria de unhas longas, muito roxas. E chegaria naturalmente de mãos dadas com Pepo, que estaria vestindo a mesma candura de um marinheiro no porto após quatro meses de mar. Então eu diria a todos:

— Aqui estou, queridos. Meu nome é Magdalena Montezuma.

Quem sabe até, levado pelos eflúvios eróticos do momento, eu paquerasse o mais belo dentre os jornalistas. Sussurraria, *en passant*:

— Adoro teu sorvete crocante, ó meninão.

Depois, riria abertamente para os *flashes* promíscuos e colocaria todo meu talento em ação:

— Me ponham num hospício, se preferirem. Mas lhes adianto que sou uma louca incurável. Eu, Mae West, já não sofro por vocês.

*

E a cenografia, como seria a cenografia para essa entrevista de consagração? Imagino um cenário de Syberberg abrilhantado com objetos de Wilde.

Ao fundo do salão, há uma grandiosa paisagem pintada em telão, com o máximo de detalhes e preciosismo: saindo dentre o verde das florestas de pinho, veem-se picos escarpados e castelos de mil torres, cercados por abismos no fundo dos quais correm fios de água cristalina. No alto do canto esquerdo da paisagem, a luz banha tudo em azul pálido, imprimindo às cores um tom de magia — como se Nosferatu fosse surgir em seguida, ou bandos de bruxas entrassem às gargalhadas em suas perversas vassouras, ou Ludwig (o de Syberberg, não o de Visconti) irrompesse cantando uma ária fúnebre sobre o fim de seus dentes.

De cada lado do aposento há cortinados de veludo negro. No da esquerda, estão bordados com fios de ouro mil trezentos e vinte e um papagaios amazônicos que trazem minhas iniciais. No da direita, quinhentas e sessenta e uma borboletas também em fios de ouro, ostentando nas asas os dois pês de Pepo.

No centro, um leito revestido de veludo escarlate, com suportes de prata dourada. Seus cortinados são de gaze de Daca, levíssimo tecido também conhecido como "orvalho da noite" (e para o qual é necessário providenciar ligeiras brisas no salão). Tanto no dossel quanto na alta cabeceira do leito, encontram-se transcritos os trechos mais geniais das minhas obras, em fundo de ouro com cercadura de pérolas. De cada lado do leito, imensos candelabros de prata, com cem velas acesas no total, são sustentados por jovens índios nus (sem necessidade de ereções decorativas). A colcha é de seda cinza da China. As almofadas, de cetim pardo, ostentam desenhos de santos, entre os quais se destaca o de são Sebastião martirizado, com uma estranha feição nipônica em homenagem a Yukio Mishima.

Aí reclinados, eu e Pepo estamos prontos para a entrevista.

Lembrete: nesse caso específico, creio que eu deveria ir vestido com o casaco de Charles de Orléans, em cujas mangas estão bordados os versos de uma canção que começa assim: "*Madame, je suis tout joyeux.*" E mais: para fazer eclodir esse tom de desconcerto que é minha marca pessoal, talvez eu siga a sugestão de certa personagem deliciosamente amoral. Dentro de uma banheira, colocarei um porco coberto com uma fina capa de plástico transparente que lhe provocará morte lenta por asfixia. Durante minha brilhante entrevista, haverá então grunhidos e estrebuchamentos de um animal agônico. Nenhum contraponto poderá adequar-se melhor ao meu gênio do que os incômodos sinais da morte que chega, no exato momento da minha glorificação. Será meu presente aos presentes.

*

Abrem-se as portas e sou atacado: Herói, Mito, Legenda Nacional.

*

— Conte-nos o enredo do seu novo romance, Escritor.

— Deus me livre. Detesto a fatuidade.

— Ele se parece com algum dos seus trabalhos anteriores?

— Que ideia! O que fiz no passado é coisa enterrada, finita.

— Que influências teria recebido desta vez?

— Nenhuma que eu saiba. Não há sentido em corrigir o que os outros fizeram. O negócio é destruir. Começar sempre pelo nada outra vez.

— Seu ponto de partida, pelo menos, é algo real?

— Minha obra não pretende simplesmente fazer concorrência com a realidade, querido. Não se esqueça que, de todos os gêneros literários, o romance é o mais *outlaw*, quer dizer, o mais livre. Recuso-me a submeter a ficção ao real.

— Mas o senhor não é inteiramente ficção... (Risos.)

— É preciso ser pouco sutil para não notar o bicéfalo que sou: Santo & Canalha. Exatamente por isso eu quis um romance ao mesmo tempo rigoroso e fantasista. Desafiar esse paradoxo entre a criação e a vida, romper essa lei da gravitação interior. Eis minha meta.

— Senhor Escritor, e o tema do romance... (Abafado por grunhidos particularmente violentos do suíno.)

— Não tem. Esse é o ponto mais extraordinário. Meu romance não tem tema definido, porque nele cabem todos. Eu simplesmente me recusei a usar tesouras para desviar os inúmeros fluxos que perpassam minha criação. Trabalhei nessa obra por mais de quatro anos, e fui colocando aí as coisas mais sugestivas que me ocorriam. É verdade que, às vezes, um grande encontro amoroso na vida correspondia a apenas duas palavras contundentes no meu romance. Mas, em resumo, eu sempre quis uma obra que se confundisse com a vida, sem imitá-la e sim transfigurando-a.

— Não será essa mistura demasiado ingênua e até indigesta para uma época em que se vive a ficção científica no dia a dia?

— Ao contrário. Antes de tudo, esta é a época de Clara Crocodilo, monstro da ambiguidade, mas também da ficção propositalmente deformada. Foi pensando nos efeitos surpreendentes da imaginação que coloquei a mim mesmo (ser fantasioso) presente no romance através de notas nas quais se pode encontrar a vida em estado bruto — e não menos distorcida por ser real. Clara Crocodilo: o que é, mas nem tanto. Ou várias Melinhas. Ou vários romances.

— Não lhe parece perigoso colocar o Autor como objeto de sua própria ficção? Isso não poderia matar o leitor de tédio?

— Em todo caso, não me considero absolutamente um chato. (Risos.) Justamente porque sou surpreendente, digo que é preciso ter gosto especial para me descobrir. Exijo do leitor uma condição de disponibilidade e abertura básicas. Porque sou um deflagrador. Escrevam aí que estou inaugurando um gosto: a podridão cifrada. Ou significante.

— O senhor não teme tornar sua obra um monumento narcisista?

— Não. Por ser sempre *voyeur*, o leitor vai adorar me espiar pelos bastidores, examinar meus mais recônditos desvãos, como faria um confessor. Tudo graças à minha generosidade.

— Na elaboração desse romance deve ter havido um plano preestabelecido, um… (Grunhidos fortes do porco já agônico.)

— Claro que não. É preciso compreender que, para um livro como esse, resultaria inadmissível um plano preestabelecido. A obra soaria falsa. Quando muito, poderá ter havido planos inteiramente precários, em permanente transformação. Preferi deixar que a vida e meus sonhos me levassem. Este romance é o fruto de minha entrega ao acaso.

— Mas o senhor disse há pouco que não pretendia fazer concorrência com a vida…

— Ainda o reino do paradoxo... É verdade que meu personagem enlouqueceu paulatinamente e vai se afastando do que se poderia chamar de realidade. Mas qual seria a verdadeira realidade, se a vida é sempre um sonho? Preferi, por intermédio de um Autor-personagem, trazer o leitor constantemente de volta à sua vida interior, que é paradoxal mas verdadeira para quem a experimenta. Talvez exista sim um tema dominante em meu romance: a esquizofrenia. Minha obra é uma experimentação na esquizofrenia. Como Deus. (Pavorosos grunhidos do suíno.)

— Qual o título definitivo do seu, digamos, romance?

— Devo reiterar que nada em meu digamos-romance é definitivo. Ele podia se chamar *O martírio de são Sebastião em São Paulo*. Mas também: *Adelaida ou A linguagem do amor*, *O cu saltitante* (risos), *Allegro bárbaro*, *Vacilante porém elegante*, *Nunca fui santa* etc. Por motivos meramente técnicos, acabou ficando *Vagas notícias de Melinha Marchiotti*.

— Seria possível falar-se também de um estilo esquizofrênico, nesse seu livro?

— Talvez sim, já que nele eu quis tornar legítima a mistura de muitos estilos, autores e escolas. Meu romance é um *patchwork* muito pessoal e o único possível em relação a mim, ou seja, enquanto viagem aos meus vários eus. Ele reflete exatamente o que sou: este *melting pot* que os senhores têm diante de si. Mesmo porque, sou tentado a pensar na literatura atual como filha relutante da cibernética. Hoje tornou-se escassa a diferença entre criar e citar. Aliás, é bem possível que neste exato momento haja alguém lançando exatamente este mesmo romance, em Singapura ou Los Angeles. É tudo o que nos resta no presente estágio de complexidade, em que acumulamos milhares de anos de cultura e civilização.

— Haverá muitos arroubos de linguagem nessa nova obra?

— Nada além do corriqueiro. Anote, por exemplo, uma expressão que causará um certo furor: "Surdos-mudos cujos dedos emudecem no ar." De resto, já se encontra no fim uma certa moda de desestruturar a linguagem por pura falta de imaginação.

— Fale de seu método de trabalho, se é que existe método em seu caso.

— Disse e repito: escrevi esse romance como quem vive. Carregava comigo um bloquinho onde ia anotando coisas que me ocorriam, discussões e diálogos comigo mesmo a respeito dos personagens e da obra. Resultado: em certo sentido, o romance já vem acompanhado de sua própria história. Algo genial, a meu ver, porque expõe as vísceras do Autor e de sua Obra. Imaginem como não seria fascinante ler hoje o diário de trabalho da *Odisseia*! Acho que este meu romance apresenta um mapa dos meus caminhos de criador. Para os que ainda desconhecem minha modesta importância nas letras... (Ruídos estridentes do bicho asfixiado.)

— Isso significaria, em última análise, que o senhor nunca escreveu um romance. Não teria apenas traçado um mapa do itinerário de Narciso? (Risos.)

— Francamente, não estou preocupado em definir meu ofício tanto assim. Sou um escritor. Talvez de mapas. Da primeira vez que se chamou a atenção para meu talento, fiquei surpreso. Depois, ante a insistência, acabei concordando. Hoje, não duvido em reconhecer o que é consenso neste país: sou um admirável elaborador de mapas da boçalidade humana. Mas confesso sem qualquer pudor que ouso oscilar entre o amor por meu personagem e o amor por mim mesmo. Não sei a quem amo mais. Talvez porque eu seja megalomaníaco, egoísta, incorrigível e contraditório. Mas mesmo que tivesse todos os defeitos do mundo, a verdade é que nada poderia ofuscar o brilho do meu talento. Onde toco, brota a magia. Para desgosto dos pusilânimes, evidentemente. (Aplausos esparsos.)

— Senhor Escritor, não teme ter feito um romance de ideias, algo demasiadamente abstrato para ser aceito pelos críticos?

— Devo admitir que são justamente as ideias que me interessam. Ou antes, interessam-me acima de tudo a deformidade das ideias, suas nuances e texturas mais anormais. Quanto aos críticos, gosto de considerá-los como simples leitores. Não importa que tenham à disposição um amplificador de sua opinião pessoal, que através dos mídia se torna opinião pública.

— Há previsões de que seu romance vai ultrapassar o sucesso do último García Márquez, atingindo a prodigiosa tiragem de três milhões de exemplares. O que mais o senhor poderia desejar?

— Desejo, na verdade, que meu romance não pare no tempo. Para que não se torne um bloco de papel habitado por fantasmas e fixado na história como um frouxo quadro na parede, gostaria que algum louco

316

continuasse a escrevê-lo ou até mesmo o reescrevesse. Inteiramente. Queria que meu romance fosse saqueado, destroçado. E revivesse, passado o sucesso, porque... (Inaudível graças aos grunhidos do animal agônico.)

— Quais são seus planos futuros, senhor Escritor?

— De imediato, um contundente romance inspirado na relação entre Mikail Bakunin e Serguei Netchaiev. Um velho revolucionário abandona seus mais altos ideais e se humilha até o indescritível, por amor a um adolescente cínico e fascinante que o reduz à miséria e atrai sobre ele o descrédito geral. Os senhores talvez me perguntassem por que tamanho pessimismo. E eu certamente lhes responderia: amar até à destruição é a maior evidência de que os amantes herdarão a terra. Meu projeto seguinte a esse é uma novelazinha sobre um pintor cabotino que atinge o êxtase no dia em que dá o cu ao seu secretário, casualmente. Daí em diante, vicia-se no êxtase e quer ser possuído a cada hora do dia, nos banheiros públicos ou dentro de casa. Assim, graças ao furico, ele se torna um puta místico. Gostaram? É o que se chama: apimentar o cu dos outros. (Insuportáveis grunhidos do suíno em agonia.)

— Senhor Escritor, afinal quem é Melinha Marchiotti?

— Ah, eu aguardava ansiosamente essa pergunta. Obrigado. Melinha Marchiotti são inúmeras falsas imagens, todas de brilho enganador. Talvez a mais legitimamente falsa dentre elas seja a do próprio Escritor, um personagem que de resto adora o embuste. Na verdade, esta é a história de um engodo. Porque Melinha Marchiotti, senhores, sou sempre eu.

*

Há um brusco silêncio e fortes vibrações. Intuo que o porco morreu. Compensador sacrifício à Fortuna. Sentindo que os jornalistas aguardam meu comentário, aponto delicadamente para o fundo do salão:

— Como dizia o primeiro marido da Ingrid, o Ingmar Bergman, matar é uma forma de possuir.

Em seguida, levanto-me do leito, acompanhado pela suavíssima beleza de Pepo, apanho o vinho verde e faço uma libação:

— Ao sucesso da Poesia e do Sonho!

Os aplausos são estrondosos. Mas antes que dê por encerrada a entrevista:

— Uma última pergunta, Escritor. Dizem que, pra não tomar na cabeça, o senhor nunca dorme de touca.

— Não, *dear*. Durmo apenas com duas gotas de perfume francês.

Os risos generalizados misturam-se aos aplausos renovados e aos *flashes* que espoucam. Sorrio para as câmeras como para um espelho. Só então percebo o óbvio: esse é o confuso ruído do amor que todos me devotam. Ou da glória. E penso, irresistivelmente: não há dúvida que triunfei como um dos mais legítimos exemplos do talento humano. Já sei que meu nome ocupará, em letras garrafais, a página frontal dos jornais de amanhã. Vou deixando o local sinceramente comovido. Atiro beijos ao espelho:

— Eu amo vocês todos, meus patéticos terráqueos.

Enquanto saio, recolho com discreta elegância as bordas de minha longuíssima capa de Peter O'Toole no cio. A partir de hoje, eu a carregarei sobre meus ombros como um troféu. Porque ela é o sinal de que venci definitivamente a batalha contra o mundo.

*

Por insistência minha, o entusiasmado editor brasileiro manda colocar no alto do prédio Martinelli um anúncio luminoso que diz: MELINHA MARCHIOTTI, PIREI CONTIGO — e, embaixo, o número do telefone da editora. Não deu outra. O telefone toca o dia inteiro: pessoas querendo saber quem é a tal famosa atriz, ou cantora, ou locutora, ou apresentadora da TV, ou deputada, ou heroína, ou santa, ou — imaginem! — até escritora. Há uma curiosidade geral a respeito. A cidade só fala em Melinha Marchiotti.

*

Conforme está previsto, as edições do meu último romance se sucederão prodigamente. O repetido esgotamento me consagrará. Um ano depois, serei atirado à França, onde receberei o Prix Médicis para melhor autor estrangeiro. Autografarei fabulosos contratos para escrever os romances seguintes. Darei escândalo em concorridíssimos lançamentos. García Márquez me cobiçará, Hollywood me perseguirá. Eu direi:

— Chega pra lá, Francis Ford Coppola. Meu apocalipse não é agora.

E então, com toda certeza, ó espelho, terei me transformado num grande autor nacional. Talvez até aceite entrar para a Academia Brasileira de Letras. Com certa relutância, é verdade, serei finalmente um imortal.

Espelho meu, espelho meu.

TREILER

(Dentro das *Poesias completas* de J. L. Borges, Pepo deixou uma folha com o rascunho de um possível prefácio para meu velho romance.)

Este é um livro e líber.

Este é casca, para escrever. Moderna entrecasca que deixei.

Este livro pode ser meu. Mas foi de muitos. Será sem dúvida para tantos. Tem várias Melinhas, vários Escritores, Amantes eventuais.

Este é um único que são vários, muitos, incontáveis. Como nas Liberalia, Festa & Canalha.

Por isso eu digo: as autorias tornam-se estátuas que desabam no tempo. Nomes e estilos diluem-se em cartilhas acadêmicas e a humanidade se apossa deles, mais cedo ou mais tarde, com maior ou menor hipocrisia, cinismo, cerimônia. Cervantes é hoje aquela pedra esculpida na praça Dom José Gaspar. E Flaubert? Flaubert sou eu, por exemplo.

Nesse universo nada sagrado, tudo é degradável. Um escritor são fantasias impressas em letras de papel branco. Ou mais: somos os escritores que lemos e leitores que fazemos livros.

Portanto, sou todos, porque resumo. Interpreto aquilo que sou, sendo todos em mim. Faço parte de muitas biografias. De quem me quiser. E ousar ser inclusive eu. Que todos devorarão, sendo únicos que são.

Digo que toda literatura é anônima, mas nem isso sou eu quem o digo.

Então, este Escrito eu o torno Escritexto, Escretência. Se foi de todos, é celebração. Porque aqui se inicia a reedificação de Antinoé. Que terá desdobramentos comprometedores, imprevisíveis.

Por exemplo: livrodade. Puro papel lançado ao vento em busca de novos horizontes. Para mais além. Papel também amante do fogo e efêmero desejo, porque líber. Pois bem. Senhoras e Senhores.

Eu tinha algo a lhes dizer.

O que pretendo mesmo dizer?

Teria eu me esquecido do que vou lhes dizer?

Então, o que é que eu pretendia dizer? O que realmente pensava que poderia dizer aos Senhores?

Ah, se pelo menos me lembrasse vagamente do que tenho a intenção de dizer! Eu me sentiria tão feliz se pudesse transmitir aquilo que eu suponho que pensava lhes dizer.

Afinal, o que direi aos presentes?

Sou aquele que me perdi.

(Na época, eu opinei que, apesar de contundente, o final acabava soando como uma confissão de fiasco. Pepo respondeu que tinha se preocupado apenas em me resguardar da acusação de originalidade. De qualquer modo, isso foi tudo o que sobrou da minha primeira obra-prima.)

E FINALMENTE:
RÁPIDO HAPPY END

Em 70 milímetros coloridíssimo e Dolby Stereo, aparecem na tela panorâmica os atores JOÃO SILVÉRIO TREVISAN, PEPO, O ESCRITOR, MELINHA I, MELINHA II e MARTIM MALIBRAM, todos igualmente suados pela longa-metragem da performance. Agarram-se as mãos. Fazem graciosa vênia. Com voz uníssona, saúdam: "Alô, alô, coisas deste mundo." A seguir, formam um trenzinho. E saem coreograficamente do quadro, acenando adeuses para o público.

APÊNDICE
EXCERTOS DE UM POEMÁRIO

CÂNTICO MAL TEMPERADO
PARA JOE DALLESANDRO

Desde que um certo Joe me fez pirar,
percorro sem rumo as cidades e em cada jovem
encontro o tal Joe
falando português nas esquinas da Ipiranga
mas bem pode ser javanês
nos canais de Amsterdã.
Para quem ainda não sabe,
Joe é aquele que tornou doce a guerra ao proclamar:
em Joe-Tesão reconcilie-se a carne consigo
pintos celebrem como irmãos, de modo que
se verá Whitman e James Dean besuntados de KY.

Eis aqui sua história singular:
no começo,
Joe era anjo para além do bem e do mal.
Fez-se rito, oferenda e fogo,
tornou-se divindade a vagar generosa pelas noites
e gostava de ser venerado pelos chatos que ancoravam em seu pentelho.
Joe tirava todo mundo do juízo.
Até que um dia o crucificamos com agulhas de homem,
mas a Cruz era a própria Beleza.
Adão de potência devorada
herói emasculado desta nossa geração

ou troféu de certa olimpíada desigual,
ele verteu um mar de plasma imensamente humano,
soltou um vagido de amor (Ó amados)
e nos sorriu.

É preciso que os filhos assassinem o criador
e mamem em seu cândido membro a matéria-prima do sonho
e devorem em porções desregradas o sonho-sonho futurista
para aplacar a catástrofe mundial do desejo,
na mais perfeita comunhão.
Foi tão grande o surto de luxúria
que sobreveio o aguardado milagre.
Joe ressuscitou numa overdose de amor
e confundiu-se com o sol.
E todos celebramos com danças pagãs e canções.

Ai Joe Gostoso
Joe feito carne
perecível senhor dos nossos desejos.
Ui Joe Personagem-Deste-Século
Joe cúmplice de mil e um sonhos
filho bastardo de impensáveis aberrações.
Joe transfigura o planeta
Joe nos devolve aos encantos do belo
malandro autor da pacificação.
Ai Santo Joe, sobe aos céus perfeitamente humano soberano
Bem-Aventurado Profeta da Carne
e dos que amam as mais doces carnes
carnudo denso de delicados músculos, puro fascínio
tenso perfume de cio
no colosso perfurado entrecoxas,
arcanjo que a espécie gerou
em homenagem às estrelas mais longínquas e às galáxias que estão por vir.

Do meu orgasmo de cristal
gritei milagre, milagre
e abracei inteiros os espaços do corpo.
Porque há os que gostam de olhar o espelho e
os que gostam de espelhar, arrasto-me de joelhos aos pés da beldade
coloco o ídolo em meu nicho mais pessoal
e entrego minhas costas ao flagelo
em troca de um único olhar, ou bênção,
desse que elejo meu deus principal.
Diante de Joe-Joe
que outro recurso senão adorar
erguer templos e pirâmides
queimar maconha nos turíbulos e deixar que esse Cristo penetre pelo nariz?

Eu, devoto,
fiz solene promessa.
Para garantir que num único neurônio do último transgressor da razão
reste a lembrança de Joe,
percorrerei a fantasia
até o fim dos meus dias
e na entrada de cada porto erguerei
uma estátua libertina
com o corpo sem veste do Menino Joe
ou talvez em parcos trajes de Marinheiro
ostentando seu deslumbrante tesão.
Ou simplesmente o desejo:
perpetue-se a imagem de um deus do meu tempo,
em cinco estágios naturais
euphorica
phantastica
inebriantia
hypnotica
excitantia.

Meu bem, hoje eu rondo pelas cidades e te procuro
em cada um dos teus portos.
Esta grande puta (vírgula, assinado)
Andy Pharol.

PEPOEMAS

prisão
loucura
não é isso
enlouquecer
de amor?

andor
amor
não dor
morte da dor
no andor
da tristeza
só

ódio
apenas modo
ou amor?

pepo
te amo
qual é?
sem essa de medo
de mim.
faz-me rir.

RECUSAS DESCER?
ENTÃO FICA AÍ
EU MERGULHO
NO TEU AMOR.

matematicamente preso
perdidamente uscada
ânsia
do nada
eis tudo.

um homem chamado te amo
outro chamado sou o amor
outro chamado
nenhum-nenhoutro

pepo, no limite do real.

E
eu amo pe
po te amo
amo te
pe te po
po
amo
como
gemo
toco
tomo
temo
apo
ampe
po
pe
te
ah
PO

Eu
PeTro
POtro
poro
PEjo
silPO
trepo
meu pope
pepo

não dá
pra ir por aí
sem pepo

ou se preferirem o causador.
sou a causa
onde é a ponta do martírio?
(who knows?)

bebo
bato papo
metro o dedo
na ode
mas pepo
não vem

não vou dor
mir
espero pepo
vir

sexo
sem vida
vida sem pepo
adeus
aquele amor
à vida

só, morro,
não importa, com pepo.

PRONTO para ser
devorado
se pepo não chegar.

obsessão
pois a desgraça
caiu sobre mim
ou maldição

pepo
em casa
portanto
amor
por aí sem
não consigo ir

palavras
como pepo
dez anos de idade
gente como pepo
a eternidade

morreu
de nonsense
o amante
ou o amor?

quem sabe
erro
erro
no
erro
no
erro
arri

PEPO
PEPO
PEPO
PEPO

MENTE, NONSENSE

TUDO DOR
TANTA DOR
pra quê?
de tanta dor,
amar ou enlouquecer

mal
folie
folha do mal
falto o pecado
feto de amor
foto da cor
dorso em dor
colorado eu
embolor ou seja
mau cheiro
amor
com suor

PARA DUAS VOZES

I

Reconheça-se
que a carne do amado
é reflexo convincente do absoluto.
Então, como não ser esquartejador e açougueiro
absolutamente
por amor?

II

Se a carne do amado
é imagem de um criador,
então como não ser açougueiro
ou deicida
por amor?
Pode ser crime passional.
Será meu suicídio acidental.

RECADO DE WALT PARA PEPO

Ultrapassando as equações,
machos mutantes
agarram tesos seus pássaros-paus
trocam mútuas suas flores-abelhas
e emitem gemidinhos fraternais.
Na docevisão de Whitman
há uma nova fertilidade.
Tem início a poesia, Pepo.

Notícias críticas de *Vagas notícias*

Vagas Notícias de Dona Melinha: quando o espelho vira lâmpada[1]

*Jean-Paul Carraldo**

Deve-se ir ainda mais longe:
que a alma se torne seu próprio delator,
sua própria parteira, uma só atividade;
que o espelho vire lâmpada.

W.B.YEATS

Diante da crise pós-tudo, a crítica literária tem se comportado com uma sistemática e quase doentia omissão. Incapaz de escapar ao óbvio que a indústria cultural dita, seu papel tem sido o de tornar clássico tudo aquilo que em literatura for perturbador, de modo que se pode falar de uma crítica com vocação para aquietar. Não me parece nada surpreendente, por exemplo, a consagração tardia, no Brasil dos anos 1980, de um

---

1 Publicado originalmente no "Folhetim", *Folha de S.Paulo*, em 18 de agosto de 1985.

* Jean-Paul Carraldo, 41, é doutor em literatura pela Universidade de Paris III. Autor, entre outros, de *La poétique de la marmelade* (Editora Von Scheisse). Atualmente, ministra cursos em várias faculdades do interior de São Paulo, enquanto pesquisa para sua tese de livre-docência sobre a literatura brasileira contemporânea.

fenômeno como a *beat generation* americana dos anos 1950. O resultado mais grave é justamente a cegueira diante do que ocorre no presente e à sua volta. Num caso-limite, um artigo de capa de certa revista semanal proclamava, ainda no ano passado, que os dois únicos escritores do Brasil são Machado de Assis e Graciliano Ramos. O resultado de tal venalidade é, naturalmente, a total falta de diálogo entre crítica e criação. Mesmo porque, pretextando a inexistência de uma produção significativa na literatura brasileira atual, esses jovens burocratas da semiótica disfarçados em críticos acabam criando uma cortina de silêncio que é, com toda certeza, um dos fatores responsáveis pelo império do *blasé* em que está mergulhada a vida intelectual do país.

Algum tempo atrás me chegou às mãos, quase casualmente, o romance *Vagas notícias de Melinha Marchiotti* (Editora Global, 1984), de João Silvério Trevisan, um desses autores que a crítica teima em desconhecer, talvez porque em seu passado recente ele tenha cometido a imprudência de se envolver no movimento de liberação homossexual quando, neste país, só a militância dentro dos partidos políticos é fator de admiração, em se tratando de intelectuais. E, no entanto, está aí uma das obras mais instigantes que conheço na literatura brasileira atual. Eu diria que se trata de uma reflexão celebratória justamente a partir de nossa grande crise-pós ou, se preferirem, essa "crise da crise". Nem lamentações passadistas nem ingênua idolatria das tradicionais vanguardas. A celebração, no caso desse *Vagas notícias*, apresenta-se como uma dissolução das fronteiras: a literatura como uma grande massa informe e luminosa, em que não cabem mais estilos, gêneros nem escolas. Já em seu prefácio (citação tirada de um romance homônimo inexistente), o livro de Trevisan introduz um Deus cego (metáfora do escritor) que perdeu o caminho de suas certezas e se debate entre vomitar ou gozar. Nesse contexto de ambivalência, Trevisan aparece como um cultor da mais inquietante forma de decadência: essa que dança diante da morte — e *morte* entendida num sentido lato. Morreu aquele Autor onipotente, que já não sabe sequer quem são seus personagens ou qual é seu estilo, e não consegue nem mesmo diferenciar sua obra das demais autorias, nas quais ele tropeça enquanto leitor inveterado.

Na verdade, Trevisan parece ter escrito *Vagas notícias* a partir de sua biblioteca. Na era do pós-tudo e da informática, ele coloca uma questão atualíssima: o que são as autorias? É possível haver originalidade em nossos dias, ou só nos resta citar? Em caso de dúvida, é melhor citar — responde o autor. E assim fez. Mas ocorre que citar Homero já não é mais citar o autor da *Odisseia* e sim todos os Homeros que vieram reescrevendo a *Odisseia* pelos séculos, até chegar a esse Homero que escreveu o *Ulisses* de Joyce. Por quê? Porque "Ulisses já não tem dono e Homero somos cada um de nós", responde o personagem do romance de Trevisan. Daí porque, hoje, já não se sabe mais onde termina o leitor e onde começa o escritor. Nesse sentido, o que há de especialmente inquietante em *Vagas notícias* é sua constatação de que plagiar é preciso, pois somos todos "devoradores a serem devorados".

ESCREVER É PILHAR

Escrever talvez seja, atualmente, uma tarefa de pilhar a literatura enquanto matéria-prima de si mesma, exatamente como já se reciclam, em certos países, garrafas usadas e papel velho. Na selva da literatura, Trevisan viaja de cipó em cipó, depois de ter encontrado uma maneira original de florescer, ou seja, sendo muitos. Assim como nunca se sabe direito quem é Melinha Marchiotti — personagem repetidamente procurado e nunca definido —, também não se consegue decifrar quem é o escritor que escreveu esse romance sobre um Escritor que tenta definir seu personagem e a si mesmo. Certamente, uma festa de espelhos inter-refletidos, até criar um efeito de labirinto, por onde passeiam estonteados fantasmas de autores que Trevisan ama ou quer exorcizar: Rimbaud, Kavafis, Freud, Joyce, Genet, Borges, Sá-Carneiro, Whitman, Sade, Max Stirner, Lewis Carroll, Oswald de Andrade, Handke, entre muitos outros. Evidentemente, a citação é mero pretexto para recriar, como no caso de Dostoiévski, que recita, pela boca de Bakunin, um trecho de sua obra, modificado por Trevisan. Há citações distorcidas de um certo Renato Dosbaralhos (também conhecido como René Descartes) e textos apócrifos de Freud analisando o personagem Melinha Marchiotti. Ou, ainda, divertidas e anárquicas homenagens ao modernismo antropofágico e ao romantismo, num capítulo em que contracenam, durante uma orgia no velho Cemitério da Consolação, Lautréamont, Byron, Burroughs e Álvares de Azevedo, cercados de seus próprios personagens. Tudo mergulhado numa corrosiva porneia; em certo capítulo, entram de cambulhada James Joyce e Lezama Lima, cujo *Paradiso* (em que constava uma dúzia de sinônimos para *pênis*) é homenageado com a citação desembestada de quase duzentos e cinquenta sinônimos brasileiro-portugueses para o órgão sexual masculino.

Vagas notícias de Melinha Marchiotti participa do contexto fragmentário tão típico da literatura dos nossos dias, mas não para nisso que poderia ser simplesmente uma utilização do experimental como forma de competir no mercado. Trata-se de um romance radical, cujo grande tema é o embate entre a poesia (ou literatura) e a vida: o espelho *versus* a lâmpada. Partindo do pressuposto de que um autor sofre a vida de maneira particularmente aguda, por estar a ela mais exposto, Trevisan tenta apresentar a literatura não apenas como ficção, mas também como os bastidores de si mesma, ou seja, essa "realidade" que se encontra detrás do espelho da fantasia. Para tanto, ele mesclou sua obra propriamente ficcional com seu próprio diário de feitura da obra. O resultado inusitado é que ambos se relacionam tão intrincadamente que já não se pode mais separar ficção de autobiografia, mesmo quando tenham a aparência de formas nitidamente opostas. No interior do romance, a vida e a ficção tornaram-se matéria-prima igualmente preciosa para tecer o texto e o contexto, ora se contrapondo, ora se entretecendo. O Trevisan memorialista é um ser frágil e sentimental, perdido em dramas cotidianos como a falta de dinheiro e a solidão. Mas trata-se do mesmo Trevisan — e aí está o "mistério" — que na página seguinte alça voo, supera o cotidiano e irrompe no universo da poesia. O resultado final é, no mínimo, fascinante: o leitor vive um experimento na ambiguidade, ao acompanhar os desencontrados caminhos da ficção e concomitantemente percorrer os intestinos de um romance, para descobrir, do outro lado do espelho, que realidade e ficção integram apenas as variadas faces de um mesmo poliedro.

Se a linguagem, a poesia e a literatura se inserem no universo da metáfora, Trevisan nos propõe que essa metáfora será tanto mais ela mesma quanto mais mergulhar no seu suposto contrário, a vida. Daí por que uma coisa não existe sem a outra. Não há dúvida que estamos longe do naturalismo: Trevisan aproxima os contrários mas não os soluciona, preferindo deixar a tensão intocada, já que aqui o contexto é o paradoxo, a ambiguidade e o travestismo. O paradoxo surge justamente quando se pensa a poesia como uma excrescência barroca da vida. Se nosso cotidiano configura-se como espantosamente avesso à experiência poética, pode-se dizer também que a poesia é um olhar que a vida emite diante do espelho de si mesma, projetando-se sob outra luz. De tal modo que o papel do poeta e do criador é manter viva essa condição de espelho e permitir, por intermédio dos reflexos mágicos, a transfiguração da vida, da lâmpada.

NÃO HÁ PLÁGIO

Como esse mesmo reflexo torna o escritor "um único que são vários, muitos, incontáveis", a literatura passa pela condição de anônima, apócrifa. Para Trevisan, as autorias são, além de uma frágil sombra, um quase-produto do acaso. Por obra do acaso, chegou até nós o Quixote, escrito por um tal Cervantes, de origem e personalidade incertas porque distantes no tempo e no espaço. Para nós, leitores do século XX, o Cervantes mais concreto são alguns livros empoeirados nas bibliotecas. O verdadeiro Cervantes do Quixote só ressuscita quando nós, leitores, o lemos. De modo que *sua* obra é também *nossa* obra, na medida que a estamos reatualizando e reescrevendo, com nosso imaginário.

Se a literatura sem leitor é estéril, pode-se dizer que a espécie humana está escrevendo, no decorrer dos séculos, um mesmo e único livro de autoria incerta. Portanto, o plágio é uma vã discussão, e o ficcionista é um ídolo de pés de barro frente ao "absolutismo" da vida. Mas aí justamente ocorre a reviravolta: paradoxalmente, é a ficção que resgatará a vida, tão efêmera. Na fraqueza da literatura encontra-se também sua força; graças ao imaginário, o real tem capacidade de sobrevoar o nada e emergir num território onde as contradições confluem, justamente por se terem aguçado: literatura e vida se aproximam como os extremos de uma ferradura. É emergindo no universo da ficção que o criador — profissional do espelho — alimenta a lâmpada da vida.

Com suas perturbadoras notícias sobre o vago terreno da criação literária, João Silvério Trevisan introduz um signo de contradição no espaço da dualidade: enquanto personagem de si mesmo, refletido no espelho de sua obra, ele é o Eu e o Outro, o espelho da representação, mas também a lâmpada da vida. Eu diria que, dessa maneira, a literatura brasileira inaugura-se a si mesma como o Duplo. O espelho vira lâmpada (ou vice-versa). A ficção vinga-se da vida (ou vice-versa). Mas poderia ser também a poesia vingando-se da crítica.

* * *

[Em meados de 1985, quando voltei de uma estada de quase um ano como bolsista na Alemanha, constatei o silêncio da crítica em torno do lançamento do meu romance *Vagas notícias de Melinha Marchiotti*, no ano anterior. Se a crítica não vinha a mim, resolvi ir a ela, a meu modo. Aproveitei o crítico ficcional Jean-Paul Carraldo, que eu havia inventado na quarta capa deste livro, e resolvi escrever um ensaio assinado por ele, sobre meu romance. Propus a Marília Pacheco Fiorillo, então editora-chefe do semanário "Folhetim", da *Folha de S.Paulo*, que publicasse o ensaio. Ela gostou tanto da ideia que preparou um número especial do "Folhetim" com ensaios de falsos críticos criados por vários escritores, entre eles Inácio de Loyola Brandão, Caio Fernando Abreu e Márcio Souza. O título desse número especial era "A nova crítica brasileira e seus autores prediletos". Só na penúltima página foi explicado o trote. À diferença dos demais textos aí publicados, o meu ensaio era uma tentativa séria de explicar o romance *Vagas notícias de Melinha Marchiotti* aos leitores. Eu o publico aqui para mostrar o escritor como sua própria parteira, preenchendo o silêncio que ainda cerca este romance.]

Melinha Marchiotti e o terrorismo anal[1]

Fábio Figueiredo Camargo[*]

1984, Brasil. João Silvério Trevisan publica *Vagas notícias de Melinha Marchiotti*. Nele, um narrador em primeira pessoa — que tem o mesmo nome do autor — conta o drama de um escritor tentando produzir um livro. A protagonista, Melinha Marchiotti, é apresentada em um romance dentro do romance, inspirado em Helena Trevisan, tia do escritor, reconhecida pela família como louca e, por isso, internada no Hospital Psiquiátrico do Juqueri, em Franco da Rocha, no estado de São Paulo. Em seu processo de escrita, o autor/narrador/personagem se depara com a loucura da tia e desconfia da própria sanidade. Em meio a tudo isso, há sua intensa paixão por Pepo. Nesta nova edição no ano de 2022, que

---

1 Este texto é uma versão do artigo "*Vagas notícias de Melinha Marchiotti*, de João Silvério Trevisan, e o terrorismo anal", publicado originalmente na *Revista Periodicus*, n. 6, v. 1, nov. 2016-abr. 2017 — publicação do Núcleo de Pesquisa e Extensão em Culturas, Gêneros e Sexualidades (NuCus) da Universidade Federal da Bahia.

* Professor do Instituto de Letras e Linguística da Universidade Federal de Uberlândia (UFU), doutor em Literaturas de Língua Portuguesa pela Pontifícia Universidade Católica de Minas Gerais (PUC-Minas). Participa do Grupo de Pesquisa em Mídias, Literatura e Outras Artes — GPMLA, no qual é responsável pelo levantamento e análise de cenas homoeróticas na literatura brasileira.

parece reencenar, para todos os dissabores, o país dos anos 1980, este livro continua atual e com uma visão lúcida sobre o que é viver no Brasil.

2009, Espanha. Paul Preciado, filósofo e teórico *queer*, publica "Terror anal", posfácio à primeira edição espanhola de *O desejo homossexual*, de Guy Hocquenghem. Seu trabalho contextualiza a França de 1972, cenário em que o livro de Hocquenghem foi produzido, e afirma que, graças às tentativas de decolonização do ânus, iniciadas pelos movimentos lésbico e gay das décadas de 1960 e 1970, o mundo começou a viver a era da "revolução anal". Valendo-se de uma breve fabulação sobre a "origem do ânus", Preciado demonstra como a cultura ocidental e falocêntrica interditou esse orifício a fim de deter o controle das relações sociais e afetivas, implementando uma sociedade produtiva e capitalista. A cultura teria tomado como sua função o fechamento do ânus para que a energia vital e sexual que dele flui se convertesse em "honoráveis e saudáveis" companheirismo viril, intercâmbio linguístico, comunicação, publicidade e capital.

Seguindo sua análise, Preciado resgata o conceito de "terrorismo textual" de Roland Barthes, para quem um texto terrorista é aquele que intervém na sociedade por meio da violência contra leis e ideologias, gerando sua própria inteligibilidade histórica e social. Preciado considera o livro de Hocquenghem o primeiro texto terrorista que confronta a linguagem heterossexual hegemônica e que faz o primeiro diagnóstico crítico sobre as relações entre capitalismo e heterossexualidade. E, de forma mais significativa, acredita que o resultado disso é um livro escrito por um viado que não esconde sua marcação social como "escória" e "anormal" por afirmar o que deseja.

Mas, para além do comentário ao livro de Hocquenghem, o posfácio "Terror anal" acrescenta uma importante camada de indeterminação de seu gênero textual ao criar espaço para a poetização ou ficcionalização do gênero ensaístico. Preciado opera diversos deslizamentos por registros, tipos e gêneros textuais, pois passeia livremente entre fábula, mito, ensaio, prova documental ou histórica e outros. Todas as ideias do filósofo são apresentadas de modo inconstante e pouco usual para o gênero textual "posfácio", reduzindo assim a margem que o classificaria como um texto estritamente "científico", o que o torna bastante singular. Essa abertura instável, fluida e inclassificável de um texto que se comporta fora de um ideal cartesiano de economia produtiva, podemos chamar de "terrorismo [textual] anal".

Se Preciado reflete sobre a necessidade de abertura metafórica e material do ânus, Trevisan a experimenta literariamente. De acordo com o teórico espanhol, devemos abrir o ânus social, o ânus público, pela via da cultura. Para tanto, sugere que façamos uso dos meios de comunicação — que nada mais são do que redes extensas e difusas de construção e normalização da identidade. Daí sua fórmula: "TERRORISMO ANAL = TERRORISMO KULTURAL." Por isso, a urgência de criação de novas maneiras de se relacionar, inclusive no espaço público, com diferentes agentes da arte e da cultura, e de utilizar os meios de comunicação, como as editoras, por exemplo, para veicular noções que colocam em xeque tanto as estruturas organizadas quanto o que se consideram objetos culturais. E é justamente isso que João Silvério Trevisan faz.

Em *Vagas notícias de Melinha Marchiotti*, a ambiguidade e a mistura de gêneros textuais e literários são evidentes, uma vez que o romance (e o romance dentro do romance) é construído com poemas, cartas, críticas literárias, bilhetes, diagnósticos médicos, trechos de obras de diversos autores — muitas vezes alterados, rasurados e/ou reformulados, conforme a imaginação do autor/narrador/personagem. São (re)escritos ou (re)inventados textos de personagens históricos, como Sigmund Freud, Magnus Hirschfeld, Karl-Maria Kertbeny (criador da palavra "homossexual"), Fiódor Dostoiévski, Mikhail Bakunin, bem como diagnósticos médicos de Qorpo-Santo e Lima Barreto. Sem a necessidade de explicações mais demoradas ou de comprovação da autenticidade dos documentos que estruturam a trama, o autor/narrador/personagem demonstra não se importar com a verdade factual. Aparecem, então, subtítulos de documentações instigantes como as "Recomendações do Neurólogo Magnus Hirschfeld Sobre a Massagem na Próstata" (p. 100) e o "Panfleto do Terrorista Striga Bridbey Sobre as Virtudes Revolucionárias do Relaxamento do Esfíncter" (p. 103).

Podemos dizer que *Vagas notícias de Melinha Marchiotti* é um texto "terrorista anal", como Preciado conceitua. Um livro de ânus aberto, que não se preocupa com a ordem produtivista, mas com a energia fluida que poderá advir da profusão de textos sobre textos, que se deslocam, como se nenhum deles deixasse de ser importante para a narrativa — subvertendo o consenso no âmbito literário sobre o que é um romance. Nesse sentido, João Silvério Trevisan produz dentro do código literário, para além da domesticação normatizadora.

A literatura, como parte das produções humanas, continua por demais atrelada à condição de objeto de culto. Seu valor ainda é certificado por segmentos acadêmicos que priorizam aspectos estéticos em detrimento dos sociais e insistem em uma ética iluminista/formalista/estruturalista da universalização dos direitos e dos gostos. O romance de João Silvério Trevisan realiza a decolonização das regras estabelecidas sobre o fazer literário, desautomatizando certo modo de produção como o único esteticamente viável ou perfeito. Além disso, mistura os gêneros, cria um texto terrorista e, conjuntamente, critica as normas reguladoras da sexualidade reprodutiva. Textos *queer*, ou de ânus aberto, contribuem para novas abordagens culturais e para a produção de olhares sobre as ditas sexualidades dissidentes. Portanto, não basta apenas tematizar essas outras sexualidades, é preciso (re)escrevê-las rasurando o código, tornando enunciado e enunciação complementares entre si e divergentes do sistema literário estabelecido: ABERTURA DO CÂNONE = ABERTURA DO ÂNUS.

Ainda que *Vagas notícias de Melinha Marchiotti* apresente características da literatura produzida nos anos 1980 — como a fragmentação da narrativa, a montagem cinematográfica, a revisão da história etc. — Trevisan, sempre na vanguarda, inaugura a literatura *queer* no Brasil. O autor desestabiliza o código criando um texto à deriva: não pertence a um gênero reconhecível nem é de fácil classificação. Do mesmo modo, a temática homoerótica ocupa uma função que vai muito além da mera história de amor homossexual. Quem lê este livro se depara com diversas cartas do escritor e vários trechos extraídos de seu diário real, o que borra as fronteiras entre a realidade e a ficção, gerando certo desconforto para a teoria e a crítica literária. Trevisan insere a sua vida na obra para rasurar o paradigma da teoria da literatura, que recomenda à crítica separar o escritor empírico de narrador e personagens. Seu terrorismo anal propõe que vida e ficção se imiscuem mais do que gostaria o ideal que grassa nas rodas letradas.

O terrorismo anal e a genética *queer* de *Vagas notícias de Melinha Marchiotti* estão também em algumas cenas de relações sexuais homo-eróticas. Este romance não pretende ser igual às demais narrativas de literatura erótica ou pornográfica ditas "sérias". Capítulos que poderiam ser tomados como "obscenos" são revestidos, ao mesmo tempo, de teor poético e escrachado, como o "Viagem ao Reino de São Longuinho" (p. 27), em que o autor/narrador/personagem apresenta uma linguagem de câmera subjetiva junto ao percurso do desejo sexual pulsante dos perso-nagens. Cortes e planos-sequências dão o ritmo da fluidez e da fruição do gozo de espaços da homossocialização masculina: desejo anônimo, volume humano. Trevisan não se interessa que seu texto discuta os limi-tes entre erotismo e pornografia, extinguindo, mais uma vez, as frontei-ras delimitadas pela teoria exterior à produção dos escritores.

Ao mesmo tempo, o autor/narrador/personagem estabelece uma rela-ção de inacabamento com a literatura: sua escrita se dá em progresso. Seu texto é tão instável e aberto ao acidental e ao que é considerado "sórdido" pelo sistema heterocentrado quanto à sexualidade e ao desejo. No Brasil dos anos 1980, representar o homoerotismo de forma explícita flertava com a marginalidade, ia na contramão do discurso literário vencedor e vendedor do romance policial e do romance-reportagem. Além disso, esse modo de introduzir o pessoal como político era algo muito distante do que se encontrava nas autobiografias dos recém-anistiados que faziam su-cesso nos meios intelectuais.

João Silvério Trevisan se nega à lógica do mercado, à reprodução de fórmulas literárias, o que lhe custa caro até hoje. Isso se mostra no fato in-conteste de *Vagas notícias de Melinha Marchiotti* e toda a sua criatividade só ser reeditado quase quarenta anos depois de sua primeira publicação. Em sua literatura "suja" nada é censurado. A narrativa realiza não só a satisfação dos desejos do autor/narrador/personagem como também do próprio romance ao exacerbar a sexualidade, tornando a "economia da narrativa", para usar um termo caro a Georges Bataille, nada produtiva.

O que é criado aqui não é um sentido exemplar, mas o prazer pelo prazer, a ostentação de sua parte maldita.

É do desperdício e do gozo que se trata, não mais do sexo para a procriação ou da literatura como medida ordenada de análise do mundo. *Vagas notícias de Melinha Marchiotti* se recusa a entrar no padrão de adequação da linguagem. Terrorismo anal, abertura do enunciado literário para outros discursos, outros espaços; apresentação de modos diversificados de formas e relações, desordenação da cultura. É desse dispêndio que vive o autor/narrador/personagem. Não só seu sexo não corrobora para a organização social, mas seu ânus, assim como sua escrita, está aberto para a improdutividade. No terrorismo anal, o ânus aberto — considerado pela civilização ocidental como o "mal", o "sujo", o "imundo", o "abjeto" — é tornado objeto de orgulho. O que foi legado à lata de lixo e transformado em tabu, a sexualidade dita "desviante" — que foi vilipendiada, reprimida violentamente — assume ares de vedete.

Vagas notícias de Melinha Marchiotti é um livro que deve ser lido, relido, divulgado, consumido e aberto para a satisfação, para o gozo, para o deleite. Contra todas as normas estabelecidas, contra a caretice e a carolice que insistem em nos oprimir. Abrir este livro é abrir-se ao prazer da desobediência, abrir-se ao desejo, abrir-se a um dos grandes autores brasileiros, que precisa ser lido urgentemente.

Índice

Vagas notícias de Melinha Marchiotti   5

"Vagas notícias de Dona Melinha: quando o espelho vira lâmpada",
   por Jean-Paul Carraldo   335

"Melinha Marchiotti e o terrorismo anal",
   por Fábio Figueiredo Camargo   341

© João Silvério Trevisan

1ª edição Global Editora, 1984
2ª edição Grupo Editorial Record, 2022

Capa: Casa Rex

	CIP-BRASIL. CATALOGAÇÃO NA PUBLICAÇÃO SINDICATO NACIONAL DOS EDITORES DE LIVROS, RJ
T789v 2ª ed.	Trevisan, João Silvério Vagas notícias de Melinha Marchiotti / João Silvério Trevisan – [2. ed]. – Rio de Janeiro : Record, 2022. ISBN 978-65-5587-562-1 1. Romance Brasileiro. I. Título.
21-78316	CDD: 869-3 CDU: 82-93(81)
	Gabriela Faray Ferreira Lopes – Bibliotecária – CRB-7/6643

Todos os direitos reservados. Proibida a reprodução, o armazenamento ou a transmissão de partes deste livro, através de quaisquer meios, sem a prévia autorização por escrito.

Este livro foi revisado segundo o Novo Acordo da Língua Portuguesa.

Direitos desta edição adquiridos pela
EDITORA RECORD LTDA.
Rua Argentina, 171 – Rio de Janeiro, RJ – 20921-380
Tel.: (21) 2585-2000.

Seja um leitor preferencial Record.
Cadastre-se no site www.record.com.br
e receba informações sobre nossos
lançamentos e nossas promoções.

Atendimento e venda direta ao leitor:
sac@record.com.br

Impresso no Brasil

2022

Este livro foi composto na tipografia Adobe
Garamond Pro, em corpo 11/15, e impresso
em papel off-white no Sistema Cameron da
Divisão Gráfica da Distribuidora Record.